U0075963

新

滿清十三皇朝

四 清宮遺恨 完

許嘯天 著

目錄

滿清

十三皇朝

第七十五回　辛酉政變

肅順原打算先奉梓宮進京，向恭王要了傳國璽，立怡親王載垣做皇帝；誰知孝貞皇后卻看出了肅順的計策，便不許他先進京去，又說要和懿貴妃一塊兒奉梓宮進京。肅順無可奈何，祇得遵了孝貞后的懿旨，一同進京。

他和端華在暗地裏派了怡親王的侍衛兵，名說是保護后妃兩宮的，實在是打算在半路動起手來，把懿貴妃母子兩人殺死，祇奉孝貞后進京去。誰知懿貴妃也早早料到有這一著，那喜劉送詔書進京去的時候，便又諭令榮祿帶了四千禁兵，到熱河來保護幼帝。

這裏梓宮正出得城；那面榮祿的人馬也到了，兩面碰得正著；肅順見有一支禁兵保護著懿貴妃母子二人，榮祿跟隨著懿貴妃，又是寸步不離。一路上行來，苦沒有下手的機會；把個肅順急得祇是在馬上嘆氣。但是又想：自己帶領侍衛兵先一日進京，還可以假託先帝的遺詔，把懿貴妃廢了名號，再把幼帝

載淳拒絕在城外；自己在城裏奉載垣做了皇帝，那時生米煮成熟飯，也不怕懿貴妃不奉詔。

祇因此時行宮裏出來一行人馬，是梓宮在前面，肅順帶領侍衛兵馬，算是保護梓宮，緊跟在後面；孝貞后和懿貴妃的軍仗，又在肅順一班人後面。榮祿帶領禁軍保護兩宮，又在後面。

大隊人馬在路上走得很慢，走了許多日子，看看快到京城了。懿貴妃料定肅順會有這麼一著，她趁打尖的時候，在行館裏和孝貞后商量停妥；叫兩個宮女假扮著后妃兩人，坐在后妃的車子裏，自己卻僱了幾輛輕快的車子坐著，叫榮祿撥一小支人馬，暗暗的保護著，從小路抄在梓宮前面，飛也似的趕進宮去。

孝貞后和懿貴妃到得京裏，肅順等還在路上；懿貴妃便把恭親王、醇親王，大學士周祖培、桂良，戶部尚書沈兆麟，戶部左侍郎文祥，右侍郎寶鋆，鴻臚寺少卿曹毓英等一班心腹大臣，進宮去連夜密議。又把傳國璽給大臣們看過，議定奉幼主載淳爲皇帝，改年號稱同治元年；諸事停妥，第二天，恭親王派大隊人馬去駐紮在大淸門一帶，以備迎接梓宮，一面又在太和殿上預備燈綵，作爲奉安梓宮、百官行禮的地方。

直到第三天時，那怡親王載垣和端華先進城來；孝貞后便吩咐把詔書向兩人宣讀。

端華大聲說道：「我輩未曾入城，詔書從何而來？」

恭親王說：「現有傳國璽在此。」

怡親王也說道：「小王承先帝遺旨，監國攝政，如今皇子年幼，非我允許，無論太后、貴妃，都無權召見臣工。」

正說著，榮祿從裏面出來，說：「太后懿旨，把兩人拿下。」便有兵士上前來擒住，又有侍衛上前來脫去兩人的衣帽，擁出隆宗門，打入宗人府監禁起來。

這時蕭順正護送梓宮，走到密雲地方打尖；醇親王便秘密宣召神機營大祥子、大文子，星夜趕到密雲去捉拿。此時蕭順正在臥室裏，擁抱著兩位如夫人睡在床上；聽說醇親王派人來捉拿他，他便咆哮如雷，在臥室中大罵。兵士打破房門，一擁上去，把蕭順捉住；帶上腳鐐手銬，暫送宗人府去監禁。

第七十五回　辛酉政變

這裏兩宮皇太后和同治皇帝，都是全身孝服、素車白馬出皇城大門，把梓宮迎接進城，奉安在太和殿，都行過禮；然後同治帝陞殿，受百官朝賀畢，便下諭旨定蕭順、端華、載垣一班人的罪。諭旨上說道：

載垣、端華、肅順，朋比為奸，專權跋扈；種種情形，均經明降諭旨，宣示中外。至載垣、端華、肅順於七月十七日，皇考升遐，即以贊襄王大臣自居。實則我皇考彌留之際，但面諭載垣等，立朕為皇太子，並無令其贊襄政事之諭；載垣乃造作贊襄名目，諸事並不請旨，擅自主持。兩宮皇太后面諭之事，亦敢違阻不行。御史董元醇條奏皇太后垂簾事宜，載垣等非獨擅改諭旨；並於召對時，有伊等係襄贊朕躬，不能聽命於皇太后，伊等請皇太后看摺，亦屬餘多之語。當面咆哮，目無君上，情形不一而足；且屢言親王等不可召見，意在離間。此載垣、肅順、端華之罪狀也。肅順擅坐御位，於進內廷當差時，出入自由，目無法紀；擅用行宮內御用器物，於傳取應用物件，抗違不遵旨。並自請分見兩宮皇太后，於召對時，辭氣之間，互相抑揚，意在搆釁。此又肅順之罪狀也。一切罪狀，均經母后皇太后、聖母皇太后面諭，議政王軍機大臣逐條開列，傳知會議議王大臣等知悉。

茲據該王大臣等按律擬罪，將載垣等凌遲取死；當即召見議政王奕訢，軍機大臣戶部左侍郎文祥，右侍郎寶鋆，鴻臚寺少卿曹毓英，惠親王惇親王奕誴，醇親王奕譞，鍾郡王奕詥，

孚郡王奕譓，睿親王仁壽，大學士賈楨、周祖培，刑部尚書綿森，面諭以載垣等罪，不無有一線可原。茲據該大臣等僉稱載垣、端華、肅順，跋扈不臣，均屬罪大惡極，國法無可寬宥，並無異辭。朕念載垣等均屬宗支，以身罹重罪，應悉棄市，能無淚下！惟載垣等前後一切專權跋扈情形，謀危社稷，是皆列祖列宗之罪人，非獨欺凌朕躬為有罪也。在載垣未嘗不自恃為顧命大臣，縱使作惡多端，定邀寬典，豈知襄贊政務，皇考實無此諭，若不重治其罪，何以仰副皇考付託之重？亦何以飭法紀而示萬世？即照該王大臣等所擬，均即凌遲處死，實屬怙罪相當；惟國家本有議親議貴之條，尚可量從末減，姑於萬無可寬貸之中，免其肆市，載垣、端華均著加恩賜令自盡。即派肅親王華封，刑部尚書綿森，迅即前往宗人府空室，傳旨令其自盡。

此為國體起見，並非朕之私於載垣、端華也。至肅順之悖逆狂謬，較載垣等尤甚，亟應凌遲處死，以伸國法而快人心。惟朕心究有所不忍，著加恩改為斬立決；即派睿親王仁壽，刑部右侍郎載齡，前往監視行刑，以為大逆不道者戒。至景壽身為國戚，緘默不言；穆蔭、匡源、杜翰、焦佑瀛，於載垣等竊奪政柄，不能力爭，均屬幸恩溺職。穆蔭在軍機大臣上行走已久，

班次在前，情節尤重：該王大臣等擬請將景壽、穆蔭、匡源、杜翰、焦佑瀛革職，發往新疆效力，均屬罪有應得。惟以載垣等兇燄放張，受彼箝制，實有難與爭衡之勢；其不能振作，尚有可原。御前大臣景壽著即革職，仍留公爵並額駙品級，免其嚴遣；兵部尚書穆蔭著即革職，改為發往軍台效力贖罪。吏部左侍郎匡源，署禮部右侍郎杜翰，太僕寺少卿焦佑瀛，均著即行革職，加恩免其發遣。欽此！

煌煌一篇上諭，全是懿貴妃的主意。這時載淳做了皇帝，懿貴妃也陞做太后；孝貞后住在東面，宮裏人稱東太后，懿貴妃住在西面，宮裏人稱西太后。

當時肅順在宗人府裏接了聖旨，便十分憤怒，大聲對載垣、端華兩人說道：「你們當初不聽我的話，把事情弄糟到這個樣子！」

原來咸豐皇帝臨危的時候，肅順便勸怡親王，先把傳國璽偷了出來，再行調動兵隊，看住兩位太后和幼主，不放他們進京去。一面下諭革去恭親王、榮祿一班人的職，奪去他們的兵權，然後回京行事。

那時怡親王膽小，不敢下手，那傳國璽又落在西太后手裏，大勢已經去了；又放兩宮先回京去，和恭親

王、榮祿從容部署，自己又守著笨重的梓宮，直比太后遲三日才到密雲；坐失絕好機會，生生的敗在怡親王一人手上。

當時肅順口口聲聲怨恨怡親王。怡親王也無話可說，祇得聽憑華封、綿森兩人，把他押到宗人府空屋子裏去自盡。這裏，肅順有睿親王仁壽、刑部右侍郎載齡，押著他出宗人府來，直押到西市去行刑。那沿路看熱鬧的人，人山人海；見肅順身肥面白，因在國喪期內，穿著白袍布靴，反綁著坐在牛車上。

那犯人過騾馬市大街的時候，道旁的小孩都歡呼著道：「肅順這奸賊！你倒也有今天這一日嗎？」還有許多讀書人聽說肅順殺頭了，便大家呼朋引伴的坐著車子，帶著酒菜，到西市去看熱鬧；一面歡呼暢飲，一面抓些泥土，向肅順臉上擲去。一霎時，肅順一張白白胖胖的臉上，堆滿了泥土。

劊子手舉刀「卡擦」一聲，把肅順的腦袋砍了下來；便見人叢裏走出一個少年來，「噗」的在睿親王馬前跪倒，滿臉淌著眼淚。睿親王問是什麼人？那少年自認說，是已故大學士柏葰的兒子，他願出一千兩銀子，把肅順的頭買去，祭他冤屈死的父親。

睿親王也知道柏葰死得冤枉，又看那少年哭得厲害，便答應了他；那少年便拿出一千兩銀子來，賞

第七十五回　辛酉政變

了劊子手，捧著肅順的頭回家去，請了許多親友來，看他祭人頭。

說起那柏葰，在咸豐八年的時候做大學士；他雖是滿人，卻也常常放出去做主考。這一年，恰恰點

柏葰做了北闈的主考，便有人告發，說他勾通關節，將一個戲子名平齡的取中了。他們旗下的公子哥兒

原愛唱戲，高興的時候，串著班兒，算不得一回事情；況且捐了監生進考場，原講不得出身，祇看文章

便了。

無奈那肅順正在專權的時候，他有意要興大獄，在文宗跟前說了，把那時北闈的同考官一網打盡；

從同考官起，直到舉人，殺頭的有五六十人。祇有那時一個副考官名朱鳳標的，因害眼病請假，不曾入

場，祇革了職，逃了性命。

刑部會審下來，把柏葰的罪定了斬立決；那班滿大臣，都替他在文宗跟前跪求。無奈文宗聽信了肅

順的話，再也挽回不過來；當時對大臣們說道：「朕不是殺宰相，朕是殺考官。」

到行刑的這一天，柏葰照規矩，戴著沒有纓子的帽子，穿了玄色外套，步行到菜市口去謝恩以後，

靜候聖旨，又叮囑他兒子，在夕照寺守候。他兒子正要走時，忽見刑部尚書趙光嚎啕大哭著跑來。

這時時辰已到，劊子手不容他說話，便跪請柏大人升天。柏葰臨死的時候，便囑咐他兒子，不要忘

了殺父之仇；祇聽得「卡擦」一刀，人頭落地。當時有人輓柏葰道：

其生也榮，其死也哀，雨露雷霆皆聖德；

臣門如市，臣心如水，皇天后土鑒孤忠。

如今柏葰的兒子，居然也守到蕭順殺頭的這一天；不但是柏葰的兒子快活，便是整個京城裏的讀書人，都人人快活。

天大一件事情，全仗西太后一人的智謀，把同治皇帝的天下打了下來；同治皇帝便上母后皇太后的尊號，稱爲慈安皇太后，上聖母皇太后尊號，稱做慈禧皇太后。由恭親王領銜，奏請兩宮垂簾聽政；殿上掛著簾子，慈安太后坐在東面，慈禧太后坐在西面，同受百官朝拜，同聽朝政。

慈安太后原是一個忠厚人，又是不善於辭令的；凡有王大臣奏對事項，總由慈禧太后問話。慈禧太后的說話，又流亮，又是辣殺；大臣們聽了，個個害怕。但是每到了緊要關頭，慈禧太后卻不要自己做主，總要和慈安太后商量了，才肯傳諭。這慈安太后見慈禧的才具聰明，都高出自己以上，便凡事儘讓

她些二;但是每遇慈禧說話有錯的地方,慈安卻正顏厲色的規勸她,從不肯附和的。

在慈禧的意思,早想把這聽政的大權攬在自己掌握中了;祇怕的慈安辦事嚴正,沒有機會可以下得手。但她在暗地裏,外面聯絡著姪兒榮祿,內裏買通了安、崔兩總管和李蓮英;叫他們隨時偵探東太后的舉動,預備抵制的手段。

獨有慈安太后辦理朝政,一秉至公;她凡事託恭親王做主,說:「咱們娘兒,原不懂什麼事情,祇請六爺忠心爲國,替皇上辦事不錯,遇事奏明一聲便了。」恭親王領了慈安太后的諭旨,便常常進宮奏事,商議朝政;慈安太后知道曾國藩是一個好官,便把他從兩江總督陞做大學士。

後來何桂清失陷了城池,刑部議定斬罪;何桂清卻暗暗的託同鄉、同年、同官,在京裏的十七人上奏摺,替他求情,說何桂清如何無罪,又拿了整萬銀子去買通榮祿,求他在慈禧太后跟前說好話。他們認爲慈安太后是不管事的,便不把慈安攔在心上;誰知道這一回,慈安太后獨依了太常寺卿李棠階的奏本,下諭命斬了何桂清。諭旨上說:何桂清臨陣脫逃,罪無可貸。這樣辦了一辦,把全國的將士嚇得人人膽寒。

慈安太后又把李棠階調入軍機,一年之中,官陞列尚書。後來那將軍勝保,打了幾次勝仗,便十分

驕傲橫暴，又十分貪淫；李棠階知道了，狠狠的參了他一本，慈安太后赫然震怒，便把勝保捉來，關在刑部大牢裏，審問明白了，便下諭賜死。這時曾國藩、李鴻章、左宗棠一班漢大臣，打髮匪、打捻匪、打回匪，屢立戰功；慈安的主意，便下旨封他侯爵、伯爵。

慈禧太后一向認爲慈安太后是懦弱的，如今見她殺殺辣辣的辦了幾椿事，不覺有些膽寒起來；她回宮的時候，便召安得海來，和他商量。那安得海是慈禧太后寵用的人，莫說是宮裏，便是滿朝中，他的權柄也是最大；常常仗著西太后的勢力，壓迫一班王公大臣。

這時恭親王的權柄也不小，那恭親王又是慈安太后親信的大臣；他見安得海如此跋扈，早心中懷著憤怒。遇到慈安召見的時候，便奏稱安得海如何貪贓枉法，越分專權；那安得海卻矇在鼓裏，依舊是橫行不法。

他在外面，便處處替慈禧太后拉攏；有許多大臣都入了慈禧的黨。慈禧的同黨，一天多似一天；那安得海的權柄，也一天大似一天。如今慈禧太后把安得海傳進宮裏，告訴他說：「如今慈安太后漸漸的擅權了，動不動殺大臣、辦將軍，你須小心些；在外面不要招搖得太厲害，當心犯在東太后手裏，不是玩的。」

一一

誰知那安得海聽了，非但不害怕，還氣憤憤的說道：「害怕她怎的？皇上是咱們太后的皇上。東太后的威權無論怎的大，總蓋不過咱們太后上面去。皇太后原是和東太后客氣，凡事儘讓她些；奴才看來，如今皇太后再不能講客氣了，咱太后讓一步，東太后便進一步。照著這樣下去，莫說咱們做奴才的將來沒有飯吃，便是咱太后將來，也沒有立足的地方了。」

這幾句話，正說在慈禧太后的心眼兒上，便點點頭說不錯。從此以後，安得海常常在慈禧太后跟前獻計，說如何專權，如何結黨；又常常出宮，到榮祿家裏去商量事情。

那恭親王也在背地裏，隨處偵探安總管的行為；他們的事情，恭親王統統知道，常常去奏明慈安太后，要下安得海的手。那慈安太后總礙著慈禧太后的臉面，不好意思動手。

有一天，恭親王爲江南的軍務，進宮去見慈安太后；慈安太后叫去請慈禧的意旨。那恭親王走到西宮門口，祇見安得海在前面走著，也走進西宮去。那安得海明明瞧見恭親王的，他也不上前去招呼，竟大模大樣的走進宮去；恭親王心中不覺大怒，待到恭親王走進宮去，卻被太監們擋住了，說太后有事。

恭親王沒奈何，祇得忍著，在宮門外候著。

誰知直候到天色快晚，還不見傳見，把個恭親王氣得不住的頓足，氣憤憤的走出宮去；見了醇親

王，便說道：「安得海這奴才如此無禮，我非殺他不可！」

原來這一天慈禧太后在宮中，儘和安得海商量到山東去採辦龍衣的事情，卻不曾知道恭親王在宮門外請見；那安得海原是看見恭親王進宮來的，卻故意不叫太監們通報，有意捉弄恭親王的。

安得海得了慈禧太后的密旨，便悄悄的出京，動身到山東，預備下江南，替慈禧太后織辦龍衣錦緞去。照清宮的祖宗成法，做太監的，不許出京城一步；如查得有太監出京的，便立刻就地正法。如今這安得海出得京來，非但不知道隱瞞，反沿途招搖；藉著慈禧太后的威勢，自稱欽差大臣，一路上騷擾地方，逼勒官府。那山東地方官，被他敲詐得叫苦連天。

他坐著大號太平船兩隻，船上插著日形三足烏旗，一面船旁又插了許多龍鳳旗幟，帶著許多美貌的童男童女；又沿途傳喚官妓到船上供差，品竹調絲。船在水中央走著，兩岸間看的人站得密層層，好似打著兩重城牆。船過德州，正是七月二十一日，是安太監的生日；安得海便在船中大做起生日，在中艙裏陳設著龍衣；有許多男女上船去對他拜壽。

看這消息傳到德州知州趙新耳朵裏，知道太監私自出京，是犯法的事情；便親自帶了衙役，趕上去查拿，那安太監的船卻已去遠了。趙知州不敢怠慢，便親自進省去稟報山東巡撫丁寶楨知道；接著又有

各府縣的文書寄到，眾口一詞，說安太監如何騷擾地方，逼勒官府。那丁寶楨聽了大怒，一面動公文給東昌濟寧各府縣，跟蹤追拿；一面寫了一本密奏，八百里文書送進京去，專奏與慈安太后知道。

這一天，恭親王正在軍機處，接到了這一本奏章，一看也不覺大怒；便袖著這奏本，匆匆趕進宮去，請見慈安太后。

第七十六回　咸豐遺詔

恭親王接了丁寶楨這一道密摺，知道安總管私自出京，在山東地方十分騷擾；他看了這奏章，不覺又憤怒又歡喜。憤怒的是安得海膽大妄為，歡喜的則是安得海惡貫滿盈，如今趁此機會，可以殺了安得海，重振朝綱。

恭親王進宮去的時候，已把殺安得海的諭旨擬就，連丁寶楨的奏摺，一齊上呈慈安太后觀看；慈安太后看了大駭，說道：「這奴才如此妄為，還當了得；他如今連咱家的祖訓也不顧，我也顧不得西太后的情面了，總是國法家法要緊。」說著，立刻在那諭旨上用了印，恭親王拿著就走。

這時，西太后正由太監李蓮英傳了一班戲子來，正在長春宮裏聽唱戲；西太后於戲曲一道，是很有心得的，如今傳的又是內城的名角兒，早把個西太后聽出了神，所以恭親王在暗地裏進行殺安得海的事情，西太后那邊一點風聲也沒有。那丁寶楨上了密摺以後，不多幾天，便接到內廷密旨；丁寶楨看時，

滿清

十三皇朝

見那諭旨上寫道：

據丁寶楨奏，太監在外招搖煽惑一摺，德州知州趙新稟稱，七月間有安姓太監乘坐太平船二隻，聲勢炫赫，自稱奉旨差遣，織辦龍衣。船上有日形三足烏旗一面，船旁有龍鳳旗幟；帶有男女多人，並有女樂，品竹調絲，兩岸觀者如堵。又稱本月二十一日，係該太監生辰，中設龍衣，男女羅拜。該州正在訪拏間，船已揚帆南下；該撫已飭東昌濟寧各府州，飭屬跟蹤追捕等語。覽奏深堪駭異。該太監擅自遠出，並有種種不法情事；再不從嚴懲辦，何以肅宮禁而儆效尤？著馬新貽、張之萬、丁日昌、丁寶楨，迅速遴派幹員，於所屬地方，將六品藍翎安姓太監，嚴密查拏；令隨從人等，指證確實，毋庸審訊，即行就地正法，不准任其狡飾。如該太監聞風折回直境，即著曾國藩一體嚴拏正法；儻有疏縱，惟該督撫是問。其隨從人等，有跡近匪類者，並著嚴拏，分別懲辦，毋庸再行請旨。將此由六百里各密諭知之，

欽此。

安得海正法以後十天工夫，慈安太后又命恭親王擬第二道諭旨。上面寫道：

本月初三日，丁寶楨奏據德州知州趙新稟稱，有安姓太監乘坐大船，捏稱欽差，縅辦龍衣；船旁插有龍鳳旗幟，攜帶男女多人，沿途招搖煽惑，居民驚駭等情。當經諭令直隸山東、江蘇各督撫，派員查拏，即行正法。茲據丁寶楨奏，已於泰安縣地方，將該犯安得海拏獲，遵旨正法；其隨從人等，本日已諭令丁寶楨分別嚴行懲辦。我朝家法相承，整飭宦寺，有犯必懲，綱紀至嚴；每遇有在外招搖生事者，無不立治其罪。乃該太監安得海竟敢如此膽大妄為，種種不法，實屬罪有應得；經此次嚴懲後，各太監自當益加儆懼，仍著總管內務大臣嚴飭總管太監等，嗣後務將所管太監嚴加約束，俾各勤慎當差。如有不安本分，出外滋事者，除將本犯照例治罪外，定將該管太監一併懲辦。並通諭直省各督撫，嚴飭所屬，遇有太監冒稱奉差等事，無論已未犯法，立即鎖拿奏明懲治，毋稍寬縱。

西太后見了這兩道諭旨以後，才知道那安得海已經正法；她不覺又傷心、又憤怒、又慚愧，便也不

顧太后的體面，氣憤憤的直趕到東宮去。

那慈安太后正在宮中午睡，聽說西太后來了，還不知什麼事情，忙起來迎接；那慈禧太后進來的時候，身後跟著許多太監、宮女，聲勢兇兇。慈禧太后待到走進慈安太后的寢室，也不向慈安行禮，氣憤憤的便在椅子上一坐；那臉兒氣得鐵也似青，祇是不做聲。倒是慈安太后笑吟吟的上去問道：「怎麼了，氣得這個樣子？」

那慈禧太后見問，便放聲大哭，又撞著頭，又頓著腳；多少宮女上去拉勸，都勸不住，把個慈安太后嚇怔了，一句話也說不出來。

慈禧太后哭到傷心的時候，便搶到慈安跟前，噗的跪倒；一頭撞在慈安太后懷裏揉搓著，一面哭喊著道：「太后原是正宮出身，我是婢子出身；如今婢子犯了法，求正宮太后賜我死了罷！」弄得慈安太后好似丈二金剛，摸不著自己的頭腦；祇是忍著氣，拿好話勸她起來。

慈禧太后止住了哭，才正顏厲色的質問慈安太后；說：「殺安得海的事情，為什麼不和我商量？先帝在日，我還不曾封后，還常常叫我商議朝政來；如今做了皇太后，這殺安得海的事情，為什麼不和我商量，卻和六爺去商量？這不但六爺眼中沒有我這個皇太后，且在太后眼中，也明明的瞧我不起。如今

我不求別的，祇求太后賜我一死，免得我在皇上跟前丟臉。老實說一句話，那安得海，是我打發他到山東去的；如今殺了安得海，明明是剝我的臉皮，叫我在宮中如何做得人呢？」說著，又大哭起來；口口聲聲說：「請太后殺了我罷！」

這慈安太后是一個幽嫻貞靜的女子，如何見過這陣仗兒，早氣得手腳索索的抖，說不出一句話來；掙扎了半天，才掙扎出一句：「我從此以後不問朝政了，諸事聽憑聖母太后管理去。本來皇上是聖母太后的皇上，我祇求老死在宮中，吃一口太平飯兒，便也心滿意足了。」慈安太后說著，也不覺流下眼淚來。

兩宮正鬧得不得開交的時候，忽然說萬歲爺來了；這時同治皇帝也有十二歲了，身材長得很高大，穿著輕衣小帽，十分清秀。他走進屋子來，向兩宮行過禮；便問皇太后為什麼生氣。慈安太后便告訴他，殺安得海的事情。

原來，同治皇帝年幼素來不問朝政，終日在皇宮裏遊玩著；一切事情都由兩位太后主政。所以殺安得海的事情，同治皇帝並不知道；如今聽慈安太后說了，才哈哈大笑道：「這個王八羔子狗奴才！殺得好！」

慈禧太后聽皇帝罵人，把臉也變了顏色，忙站起身來回宮去；這同治皇帝也不理會，帶了諳達太監們，自己到內苑遊玩去了。

你道這同治皇帝，為什麼這樣切齒痛恨安得海？原來安得海在宮中掌權日久，那三四千太監，一半趨附他的也有，一半怨恨他的也有。安得海人又長得漂亮，專在西太后跟前伺候；西太后這時年紀也祇二十七八歲，正在盛年的時候，又愛和太監們說笑。便有許多人說安得海並不是真太監，是外邊人混進宮來，行從前呂不韋和嫪毒的計策的。同治皇帝年紀雖小，人卻十分乖覺；聽了旁人的言語，心中本已十分恨這安得海了。

後來安得海得了慈禧太后的歡心，越發不把別人放在眼裏，他連皇帝也侮辱起來了。有一天，他正和一班太監們站在太后寢宮的廊下說閒話，遠遠的見皇帝走來；那太監們個個垂下手，上去請個安。惟有那安得海不獨不上去請安，他連手也不垂下，那皇帝大怒，便喝叫：「拉去！用家法！」那安得海才害怕起來，忙跪下來碰響頭求饒。

慈禧太后在屋子裏聽得了，便把皇帝喚去了，反狠狠的拿皇帝訓斥了一場；說：「安得海是先皇手裏得用的奴才，便有小過失，也須先請太后的示，才能動家法。」幾句話，把個小皇帝氣得在背地裏，

拿小刀砍著他玩弄的泥人腦袋。伺候皇上的太監，問皇上什麼意思？那皇上狠狠的說道：「是殺小安子。」如今聽說安得海被慈安太后傳旨正法，皇上心中如何不喜。

講到這位同治皇帝，因自小生長在圓明園和熱河行宮的，那兩處地方的官禁，卻沒有大內一般森嚴；離街市又近，自幼兒便有太監們抱他到市上去遊玩；後來長大起來，那市井一切遊玩和街道上熱鬧的情形，他都看在眼裏。如今進得京來，自己又做了皇帝，殿陛森嚴，宮廷寂寞，把個活潑的小皇帝關得心中十分煩悶。

便有一班小太監伴著皇上，想出種種的遊玩法子來，哄著皇上。什麼踢氣球、踢毽子、游水、跑冰、弄船、唱戲各種遊戲都玩著；玩到高興的時候，皇上也夾在裏面玩。那恭親王的兒子載澂，也和同治皇帝同年伴歲；同治皇帝在圓明園、在熱河，都是載澂和他做伴玩耍的。如今兩人多年不見了，同治皇帝把他傳進宮去，兩人依舊一塊兒玩耍。

那載澂又是一個淘氣的小孩子，在京城各處地方遊玩，學得許多淘氣的遊玩法；他兩人都拿小太監做要物。後來，同治皇帝想出一個摜交的法子來。那摜交的玩兒，要身材瘦小，腰肢靈活；先拿一張板凳，叫小太監站在板凳上面，那上身向後彎轉去，手尖兒接著自己的腳後跟，肚子挺起，一個身體好似

一個篾子圈兒，再把兩條腿摔過去，接著手尖兒。

這樣子攢著，愈攢得快愈好；攢到七八十個，那板凳面上的地位一絲也不許移動。那班小太監初練的時候，不免腰肢生硬；被皇上用兩手在他肚子上硬按下去，立刻吐出血來死的也有，把腰骨按斷的也有，從板凳上摔下來，磕破腦袋立刻死的也有。一天裏面，總要弄死幾個小太監。任妳太后如何勸說，他總是不聽。後來這攢交的事情，宮裏的小太監人人會了；一時把這法子流傳到外面去，頓時京城裏面，各戲園裏都學習起來。

同治皇帝年紀到了十四歲，智識漸漸的開了，再有那載澂在一旁提調著，便慢慢的找宮女玩兒去了，一時被他糟蹋的宮女，也不知道有多少。後來還是慈安太后暗地裏留心看出來，便對慈禧太后說，要給皇上提親事了。

這時，慈禧太后自從和慈安爭鬧過以後，便老實不客氣，凡事獨斷獨行；每天垂簾聽政的時候，遇有大臣們奏對，慈禧也不和慈安商量，也不待慈安開口，便自管自下諭旨。慈安看看沒趣，從此著著退讓，連臨朝也不臨了。恭親王雖是忠心於慈安的，但見慈安沒有膽量，自己又要保全性命，祇得轉過方向來，竭力去聯絡崔總管、李太監；託崔、李兩人，替他在慈禧太后前說好話。

那慈禧太后起初知道殺安得海的事情，是恭親王主謀的；便把恭親王恨入骨髓，常常想借別的事情革去他的職。後來還是榮祿勸住，說：「六爺不但是皇家近支，且是先朝顧命之臣；再者，先皇有密詔在他們手裏，怕過逼他們狠了，他們索性拿出密詔來，於太后臉上不大好看。」

慈禧聽榮祿的話，果然不錯，便祇得暫時罷手；那榮祿卻在暗地裏拉攏恭親王。他知道恭親王是一朝顧命，無論如何，總是排擠不開的；還不如籠絡他，叫他幫西太后的忙。這時恭親王正勢孤的時候，見有人來招呼他，他樂得順手推舟，倒在慈禧太后這一面，處處謹慎小心，聽慈禧太后的命令。

這慈禧太后添了一個大臣幫助，卻也把她從前的仇恨一筆勾消；祇可憐把個慈安太后撇在宮裏，冷冷清清的，也沒有一個心腹可以商量得的。但是在慈禧太后心中，還認做咸豐帝的密詔在慈安手中，仍懼懼三分，不敢立刻下毒手。實則那張咸豐帝的遺詔，早已不在慈安太后手中了，也不在恭親王手中，卻在醇王福晉的手中。

當時李蓮英見了遺詔，去告訴西太后，西太后忙託人去求著醇王福晉。醇王福晉聽了，立刻套車趕進行宮去。走進屋子，恰巧咸豐皇帝斷了氣，醇王福晉趁眾人不曾到來的時候，忙在皇帝身邊搜得密

第七十六回　咸豐遺詔

一三一

詔，藏在衣袋裏。

她原擬拿去給慈禧太后看的，又怕從此多事，便拿去藏在自己家裏；哄著慈禧太后，祇說不曾拿到。這一來，免得兩宮多生意見；二來，也叫慈禧太后心裏有幾分恐懼，不敢過於欺侮慈安，這原是很好的法子。

到同治帝成年的時候，慈安和慈禧爲了皇帝大婚的事情，雙方又各起爭執。原來同治年紀漸漸長大起來，於男女之間的事情，也有些一知半解；再加同治帝在宮中隨處亂闖，宮女們也不避忌，那太監們閒空下來，攢三聚五的，也喜歡講些風流故事。

這一天，正是大熱天，午後，太后正息著宴；那班太監圍坐在穹門口納涼，各人信口開河的說些閒話。其中有一個太監，便說起蕭順殺頭的事情。說：「蕭順臨到砍頭的時候，還拿十分齷齪的話罵著西太后；劊子手拿刀口擱在他嘴裏，舌頭也割破，牙齒也磕落，他滿嘴流著血，還是罵不絕口呢。」

另一個太監接著說道：「你們還不知道蕭順父親的一椿風流案件呢！」

蕭順的父親，便是鄭親王烏爾棍布；蕭順是姨太太生的。那姨太太，是回子家裏的女兒，原是好人

家人。有一天，鄭親王下朝來，車子經過裱背胡同口，見一個絕色的女孩兒，心裏不覺大動；回到王府裏，時時刻刻想著這女孩兒。便喚一個心腹包衣，姓趙的去打聽；打算買她來做小老婆。

那姓趙的去一打聽，知道那女孩兒的父親是回子，家裏雖很窮苦，但那女孩兒已說了婆家了。姓趙的也無法可想，照直的去回覆鄭王爺。誰知這鄭親王和那女孩兒，前世宛似有一劫的，他卻非把這女孩兒娶來做小老婆不可；限那姓趙的三個月工夫，務必要把那女孩兒弄到，便是花十萬八萬銀子，也是願意的。

那姓趙的在急切中，想出一條計策來；恰巧那裱背胡同裏有一座空屋子，姓趙的去租下來住著，和那女孩兒的父親做朋友，做得十分知己，常常拿銀錢去幫助他。那女孩兒的父親做十分感激姓趙的。

看看限期快到了，一時卻也想不出下手的方法。這時候，鄭王忽然接到管步軍統領衙門的差使，到任的第三天，忽然解到一批盜犯；那姓趙的忽然想得了計策，便拿錢去打通強盜，叫他咬定那女孩兒的

第七十六回　咸豐遺詔

父親，說是他們的窩家。

又故意埋贓在她父親家裏，把那女孩兒的父親捉來，和強盜一塊兒殺了頭。姓趙的出面拿出銀子來，替她家埋葬，又拿錢去周卹她母女兩人；另外又叫人假造了她父親在日的借票，到這女孩兒家裏去

二五

逼討得十分緊急。姓趙的又替她還債，把她母女兩人感激得什麼似的。

那姓趙的又在暗地裏，指使他地方上的青皮，闖到那女孩兒家裏去，調戲那女孩兒；故意鬧得給她婆婆家知道，說她那未過門的媳婦是不貞節的。她婆婆家知道了大怒，便退了那女孩兒的婚。那母女又是怨苦，又是窮困，便來和這姓趙的商議。姓趙的替她想法子，把她女孩兒去說給鄭親王做姨太太，又賞了她母親三千銀子。她母女兩人到了這山窮水盡的時候，也無可奈何，祇得把這絕世美人斷送在王府裏。

誰知這女孩兒一進了王府，第三年養出一個男孩來，便是蕭順。不多幾年，那鄭親王便害惡瘡死了，那瘡名叫落頭疤，在頸子四周爛成一圈，直到頭落下來才死。京城裏的劊子手，能把砍下來的腦袋，依舊縫在頸子上的；那鄭親王的屍身，也喚那劊子手縫上了頭才收殮。最奇怪的，那姓趙的，同時也害落頭疤死了。

那太監講完了這椿故事，忽然穹門背後轉出一個同治皇上來，把那班太監嚇了一大跳，忙上去請安。皇上倒也不理會，便找著那講故事的太監，問他道：「那鄭親王千方百計的要了那女孩子來何用？又什麼是叫做小小老婆？」

那班太監聽皇上問這個話，他們要笑又不敢笑，要說又不好說得；其中有幾個壞的，便在背地裏指導皇上如何玩弄女人。那皇帝聽了，覺得十分新奇；從此他見了宮女，便拉住了試驗，一時裏被皇上糟蹋的宮女不計其數。那宮女吃了虧，也無從告訴。

這消息慢慢的傳到慈安太后耳中，便去和慈禧太后商量，要給同治帝大婚。慈禧太后卻也有這個意思，便立刻傳諭禮部、工部及內務府，預備一切。皇宮裏的規矩，皇帝大婚以前，先要選八個年紀稍長的宮女進御；名叫伺帳、司寢、司儀、司門。同治帝便選八個平日自己所心愛的宮女去，一一進御；又請皇上選定答應幾人，常在幾人，貴人幾人，嬪幾人，妃幾人，貴妃幾人，皇貴妃幾人，一一都挑選停妥，然後再挑選皇后。

當時慈禧的意思，要挑選侍郎鳳秀的女兒做皇后。在慈安太后的意思，卻喜歡承恩公崇綺的女兒做皇后。兩宮爲了這選后的事情，又大大的爭執起來了。在慈安的意思，說崇綺的女兒，面貌又美麗，舉動又端莊；今年恰好十九歲；雖比皇上年紀大幾歲，但也很懂得規矩，正可以做得皇后。而鳳秀的女兒，年紀祇十四歲，怕不能十分懂得人事；面貌既不十分美，舉動又是十分輕佻，怕不能母儀天下。

這幾句話，觸惱了慈禧太后；說慈安有意削她的臉，便大鬧起來。慈安太后這時早已被慈禧的威力壓倒了，見慈禧太后對她咆哮，氣得她一句話也說不出來；到後慈安太后想出一個主意來，說：「咱們兩人也不用爭執，這是皇上的事情，咱們不如請皇上來，聽皇上自己挑選罷。」

那慈禧太后心想：皇上是自己的兒子，沒有不聽我說的話的；當下便把皇上去請進來，說出這兩位格格來，請皇上自己挑選。這兩位格格平日進宮來遊玩，皇上也曾見過，當下他便選中了崇綺的女兒，稱爲孝哲皇后；又封鳳秀的女兒做慧妃。這是皇上的主意，慈禧太后便不好說什麼；一時裏，皇宮裏便十分熱鬧起來了。

大婚的這一天，開了大清門，把個皇后從這門裏抬了進來；那慧妃卻於早一日進宮，伺候著皇后、皇帝。皇后告過天地，行過大禮，拜過宗廟，見過兩位太后以後，同治帝便坐大殿，受百官的朝賀。那座大殿蓋造得十分氣派，殿下面鋪著白石階級，共有二十層；兩旁白石圍欄，階的盡頭，四壁長廊。廊下支著朱漆柱子，窗櫺雕刻得極其精細。

這時廊下站立了許多文武百官，都候著分班朝賀。望去，殿上開著二十四扇長門，門上木頭都雕出壽字來；殿裏面都拿金磚鋪地，磚上塗著黑漆，十分光滑。大臣們都上來趴在地下磕頭，皇帝坐在寶座

上。那寶座是黑色的，是拿橡木做成的；座上嵌著各色的玉石。這大殿後面，便是皇帝的寢宮，共有三十二間，陳設得十分整齊。

皇帝的寢宮後面，便是皇后的寢宮，共有二十四間；留著三間，是給慧妃住的。皇帝和皇后的寢宮雖十分接近，但前後不相連的；帝宮和后宮都是一條長廊，通著慈禧太后的寢宮，為便於帝后往太后處請安起見。這原是慈禧太后的主意，吩咐這樣造的。

同治帝自從娶了孝哲后以後，見皇后眉目明媚，舉動端莊，見了皇帝，溫婉而不輕佻；同治帝便十分寵愛，他夫妻兩人常在宮中廝守著。皇后又是熟讀唐詩的，皇帝隨口讀出一句來，皇后便接下去背誦如流，皇帝越發喜歡她。皇后在宮中和皇帝說笑著，廊下守候的宮女、太監們，卻從不曾聽得皇后的笑聲的。

祇有那慧妃，卻是十分輕佻；有時皇帝到慧妃房裏去，慧妃接著便做出百般妖媚來。在廊下守候的宮女、太監們，祇聽得屋子裏，一陣一陣不斷的笑聲。後來給皇后知道了，便傳諭吩咐慧妃，叫她放穩重些；那慧妃仗著是西太后挑中的人，也不拿皇后放在心裏，依舊是謔浪嘯嗷，調笑無忌，背地裏還在西太后跟前，說皇后的壞話。

第七十六回　咸豐遺詔

二九

那孝哲皇后原是西太后不中意的，聽了慧妃的話，越發沒有好臉嘴待皇后了。每日皇后到西太后宮中去請安，西太后總是正顏厲色的對她說道：「皇上年紀輕，國家大事要緊，莫常留他在宮裏玩耍。」孝哲后聽了西太后的排揎，真是一肚皮冤氣沒訴處；虧得東太后卻十分喜歡她，常常把她傳進宮去，安慰她幾句。

給慈禧太后知道了，心中越發忿怒，常常對皇帝說：「慧妃十分賢明，便該常常親近她；皇后年紀輕，不懂得什麼規矩，皇帝不該迷戀中宮，致荒了朝廷的正事。」這幾句話，常常對皇帝說著；說得皇帝心煩起來，便也不敢常到皇后宮裏去了。

西太后又派了人，在暗地裏偵探著皇帝的舉動，見同治帝到孝哲后宮裏去了，第二天慈禧太后見了，必要嘮叨一大套；把個同治帝氣得從此不到皇后宮裏去了，也不到慧妃宮裏去，便終年獨宿在乾清宮裏。每到無聊的時候，便傳從前慣交的小太監來，做著各種遊玩事情來消遣。

但是同治帝自從大婚以後，便換了一種性格；從前的玩耍，他看了一概沒有意味，任你小太監如何哄著玩著，皇上終是悶悶不樂。後來，由崔總管弄了一班小戲子進宮來演唱，起初皇上看了十分歡喜；後來看了一齣「遊龍戲鳳」，把皇上的一片春心又勾引起來。便悄悄的問小太監：「京城裏可有玩耍女

人的地方？」

　那小太監都要討皇上的好，便說這裏宣武門外某家姑娘如何美貌，某家奶奶又如何乾淨；皇上聽了，便賞了小太監許多瓜子金，叫他們瞞著人，悄悄的陪皇帝到各處去玩耍。這皇帝玩出味來了，便終日在外面不肯回宮去；崔總管便是知道，也不敢多說。這皇上每日請過太后的安，坐過朝以後，便溜出宮門遊玩去；皇帝在外面，自己號稱是江西陳拔貢。

　皇帝除玩姑娘以外，凡是茶坊酒肆，他都要去軋熱鬧。有一天，左都御史毛文達和滿堂官昶熙，在宣武門外春燕樓酒店裏吃酒談笑；忽然一眼見東壁廂一個漂亮少年坐著，身後還站著一個小書僮。再細看時，那少年不是別人，正是當今皇上！

　他打扮做公子哥兒模樣，自由自在的一手拿著酒杯在那裏飲酒；皇帝也瞧見他兩人了，便向他們點頭微笑。慌得毛文達、昶熙兩人酒也不敢喝，急急跑下樓去，悄悄的去告訴了步軍統領；那統領聽了，嚇了一大跳，忙調齊兵馬，親自帶著要去保護皇上。被毛文達攔住了，說：「統領這一去，鬧得人人知道；聖駕倘有不測，你我如何擔得下這個干係？再者，統領這一聲張，弄得當今皇上不得自由自在遊玩，反叫皇上著惱；你我得不到保駕功勞，反要受聖上的申斥，這又何苦來？」

那統領聽了毛文達的話，卻也有些躊躇起來：便問道：「依大人的意思，怎麼樣才能兩全呢？」

毛文達思索了半天，才得了一個主意；便吩咐統領，在衙門裏挑選了二十個勇健兵丁，穿了平常人衣服，到春燕樓去暗地裏保護著皇帝。倘然皇上到別處去遊玩，也祇須在前後暗暗地跟著保護著，卻不可令皇上知道。那統領官聽了，便依了他的意思，點派了二十名勇士出去。

第七十七回 母子君臣

步軍統領密派著二十個勇健軍人，暗暗的保護著皇上；那皇上一到外面，大街小巷，沒有一處不去遊玩。後來他走到琉璃廠一家紙舖子裏，去買玉版箋，共要十二兩銀子；同治帝從懷中掏出一把瓜子金來付給店夥。誰知那店夥是不認識瓜子金的，他卻不要；那小太監也不問他要不要，拿著紙便走。

店夥見他要白拿貨物，發起急來，托地從櫃臺裏面跳出身體來，伸手一把在小太監衣襟上扭住；另有一個夥計從裏面走出來，把皇上當胸扭住。口口聲聲嚷說：「誆騙貨物的賊！送他到衙門裏去。」

那時店裏掌櫃的也走出來，問著皇帝道：「你是什麼人？」

那皇帝說道：「我是江西的拔貢，姓陳的便是。」

正在不得開交的時候，忽然走進十多個雄赳赳的武士來，把兩個夥計的辮子揪住；說：「隨我到衙

門裏去！」

那店夥便大嚷起來，說道：「世界反了！你不抓白撞賊，倒要抓我做買賣的人？」

那武士聽夥計罵皇帝白撞賊，便揚起手來，正要打下去；還是皇上來解勸，說：「叫夥計拿了紙，跟隨我回家拿錢去。」武士聽了才放手。

那夥計沒奈何，祇得捧著紙跟在後面，彎彎曲曲的走去；進了城又走了不少路。一抬頭，忽然見高高的午朝門矗在面前；看看那主僕兩人，搖搖擺擺的走進午門去，這夥計害怕起來，忙把手中的紙丟在地上，慌慌張張的逃去。同治帝看了，不覺大笑；吩咐小太監去把紙拾起來，拿進宮去。

第二天，依舊命小太監拿了銀子，到紙舖子裏去如數給錢；慌得那紙舖子裏的掌櫃，不住的向小太監作揖打躬，小太監也不去睬他，逕自回宮來。過了幾天，同治帝獨召毛文達進宮去，提起春燕樓吃酒的事，皇帝還說他多事；有那武士跟隨著，行動反多不便。毛文達又碰頭勸諫說：「皇上是萬乘之軀，不可冒此大險。」同治帝如何肯聽，依舊偷偷的在外面遊玩。

有一天，出了後宰門，走過湖南會館，忽然對小太監說道：「曾國藩住在裏面，待朕看他去。」走進會館，找到曾國藩院子裏一問，曾國藩出外去了；見對面有一間屋子，房門開著，同治帝便也直闖進

去。屋子裏是一個湖南舉人姓郁的，這時正趴在炕上吃飯；見一個少年昂頭直入，也不招呼人，便在書桌前坐下。見書案上攤著一本文章稿子，那少年便提起筆來，隨手亂塗；到末後，寫著「不妙」兩字。

那郁舉人正要上去攔住，這少年丟下筆，哈哈大笑著走了。

郁舉人看了十分詫異，問自己的僕人時，說：「這是來拜望曾大人的客人，因為曾大人出外未回，所以他信步到老爺屋子裏來的。」郁舉人聽了，猜不出是什麼樣人；待到晚上，曾國藩回來了，郁舉人跑去問他，又拿塗抹過的文章給曾國藩看，曾國藩也猜想不出是什麼人。

第二天，曾國藩被召進宮去，奏對完了，同治帝笑問：「昨天怎麼不在會館裏？」曾國藩聽了，十分詫異，忙碰著頭說：「臣昨天應恭王爺的召，在王爺府中陪飲。」

同治帝又笑說：「你那對門住著的湖南舉人，好大模大樣的。」

曾國藩聽了，知道皇上昨天又私自出宮來過了，便嚇得一句話也不敢對答；回到會館裏，把這情形告訴了郁舉人，才知道昨天來塗抹文章的，便是當今皇上。嚇得那郁舉人會試也不會了，收拾行李，一溜煙的逃出京去了。從此京裏大小官員，都不敢在外面行走；祇怕遇到了當今皇上，得了什麼罪名。但是同治帝卻越發遊玩的得了意，依舊每日帶了小太監在外面亂闖。

第七十七回　母子君臣

有一天，宣文門外土地寺裏有一個廟祝，正在打掃佛堂；外面下著大雨，忽然有一個少年抱著頭，匆匆的進來，後面跟著一個僮兒。看他主僕兩人身上都被雨打濕了，這廟祝是熱心人，忙把他主僕兩人邀到後面屋子裏去；特意生著火盆，又替他們拿衣服烤乾，煎著茶給他們吃。

那少年一面喝著茶，一面問道：「這廟裏沒有和尚的嗎？」

那廟祝說道：「這裏祇有師徒兩個，和尚如今出外打齋飯去了。」

少年又問廟祝：「今年多大年紀？在這廟中幾年了？從前在什麼地方？」

那廟祝見問，便把手中的掃帚撐著，說道：「我如今三十六歲了，來到這廟裏已有四個年頭了。當初原在西關頭陳大人家裏做奴才的，我是陳大人家自幼兒要去做書僮的，足足服侍了陳大人二十個年頭；四年前偶不小心，打破了一個古瓶，陳大人把奴才打了一頓，攆出門來。我無處可奔，因一向認識這土地廟裏的大師父；便投奔他來，當一個廟祝。廟裏香火十分冷清，我在這裏也十分窮苦。」

那少年問：「在陳家當了二十年書僮，陳大人可曾替你娶過媳婦，又可曾給你幾個工錢？」

廟祝說：「我在他家二十年工夫，也不曾看見一個大錢；娶媳婦的事，更不必說起。」

這少年聽了，臉上有些動怒的樣兒；便問：「如今，你那陳大人在什麼地方？」

廟祝說道：「早在三年前，到廣東當海關道去了。」

少年又問：「我全國的海關缺分，什麼地方最好？」

那廟祝說道：「這自然要數廣東的海關是第一個好缺了。」

少年問他：「你也想去做一做海關道嗎？」

那廟祝笑說道：「大爺敢是和我開玩笑呢！想我不過做一個廟祝罷了，菜飯也不得飽，布衣也不得暖，哪裏敢存這得妄想。」

少年聽了，接著說道：「你既這樣說，我便送你到一個菜飯飽、布衣暖的去處去。」

說著，叫拿紙筆來；這少年便一揮而就，從懷中掏出一個小印來，蓋上印，把字條兒交給廟祝。

說：「你明天拿去見步軍統領，自有好處。」

那廟祝把字條兒藏著，到了第二天，果然拿著去見步軍統領。

廟祝接了字條兒，心中將信將疑；這時天上雨也停了，他主僕兩人的衣衫也烤乾了，少年便告辭出去。

這時做步軍統領的，便是醇賢親王；他打開字條兒來一看，認識是皇上的手諭，慌得他忙擺設香案，開著正門出來，把這廟祝接了進去，三跪九叩首，行過全禮。把個廟祝弄得摸不著頭路，祇得任他

擺佈去。過了幾天，那統領便替他更換衣衫，打發兩個差官，帶著一角文書，送他到廣東，見他那舊主人陳大人去。

陳大人見了公文，忙把海關道的印信交與廟祝，自己退出衙門。從此那廟祝做了海關道，他感激皇上的恩典，把歷任的積弊都查了出來；叫衙門裏的師爺，替他上了一本。吏部派人查覆，把從前做過粵海關道的官員，都一齊革了職。

這廟祝在任上四年，也不貪贓，也不舞弊；但也多了十六七萬家財，便做起富翁來了。後來同治帝知道了，便點頭稱讚道：「朕識拔的人，到底不錯。」

這時同治帝在外面遊蕩慣了，一天不出宮門，心中便悶悶不樂；皇上最掛念的，是後門外的一個涼粉擔兒。皇上每帶著小太監在後門外走過，總要就擔頭去吃一碗；但吃了總不給錢的。在同治帝心中，也永不知有吃零碎食兒要給錢的一回事；那賣涼粉的見他品貌英秀，舉動豪華，認做是王家的公子哥兒，也不敢向他要錢。這樣一天一天的吃著，差不多吃了四五十碗了。

有一天，皇上又站在擔兒邊吃涼粉；恰巧旁邊也有三五個人站著吃涼粉，他們吃完了，便個個掏出錢來，給那賣涼粉的。皇帝看了十分詫異；便問那賣涼粉的：「你要錢幹什麼？」

那賣涼粉的聽了大笑，說道：「真是公子哥兒！我不要錢，家裏三五口人，哪裏來澆裏呢？」

皇帝又說道：「你既這樣，為什麼不要銀子，卻要錢呢？」

那賣涼粉的又笑道：「這涼粉是賤東西，哪裏說得上銀子；一兩銀子要買幾擔呢，怎麼可以賣得人的銀子呢？」

皇帝又問道：「你既要賣錢，為什麼不向我要錢呢？」

那賣涼粉的知道他是貴家公子，便有意說著好聽話兒，道：「爺們肯賞光，已是榮耀了，哪裏還敢向爺們要錢呢？」

皇帝聽了十分歡喜，說道：「我吃你的涼粉也多了，今天我想賞你；可是袋子裏沒有錢，我便寫一張銀帖給你，你明天拿帖子去取錢，可好麼？」

那賣涼粉的聽說有銀子到手，如何不願；便去在一家小酒舖子裏，借過一副紙筆來。皇帝在紙上寫道：「飭廣儲司付銀五百兩。」又打上小印，寫畢，把筆一擲去了。

那賣涼粉的是不認識字的，拿著這銀帖去給酒店掌櫃的看；那掌櫃的看了，嚇了一跳，說道：「你今天遇到的，是當今萬歲爺了！」

那賣涼粉的不信，說：「哪有這個事。」

那掌櫃的說道：「這上面明明寫著廣儲司，這廣儲司在皇上宮裏，是皇上家的庫房，看你怎麼取去？」那賣涼粉的聽了才害怕起來，把那張銀帖拿去藏在枕箱下面壓著，終是不敢到宮裏去拿銀子。他打算倘然再遇見萬歲爺，便把這張銀帖還他。

後來他老婆知道了，日日夜夜在耳旁絮聒，逼他去領取銀子；那賣涼粉的沒奈何，祇得硬著頭皮，闖進宮門去。手裏拿著銀帖，東碰西撞的問人；好不容易，果然給他找到了廣儲司，把這張銀帖呈上去。那司官問他：「這張帖子打那裏得來的？」

那賣涼粉的祇得老老實實的說道：「有一位爺，該了小的涼粉錢，拿這帖子賞小；小的原不敢要，那爺說不妨事的，吩咐小的來領銀子。老爺們說給領便領，說不給領時，小的也不要了。」

那司官聽他說得有來歷，又看他是一個老實人，便吩咐他候著；一面拿著銀帖去轉稟堂官，堂官不敢怠慢，進宮去奏明慈禧太后。慈禧太后便吩咐把皇上請來。過了一會，那同治帝進來，慈禧太后便拿這銀帖給他看；同治帝便承認，「這是朕賞給後門外賣涼粉的。」

慈禧太后見皇帝認了，便吩咐堂官，叫照數給那賣涼粉的，「我們不要失信於小百姓。」那堂官領

了旨，便退出去，拿了五百兩銀子，付給賣涼粉的；那賣涼粉的捧著銀子，歡天喜地的去了。

這裏，慈禧太后便對同治帝說道：「皇帝天天在外邊胡鬧，也失了皇家的體統，以後須格外自己檢點，莫給御史官知道了，又要在咱們跟前多說多話。」

這時恭親王恰巧有事進宮來，慈禧太后便對恭親王說道：「六爺是皇叔了，皇帝天天在外面胡鬧，也得六爺勸諫勸諫才是。」

同治帝聽著太后嘮叨了半天，心中十分不自在，便退出來，回到乾清宮去；誰知接著又是恭親王進宮來請見。

這時皇帝十分困倦，躺在東便殿的安樂椅上；恭親王進來，便跪下向皇帝碰頭，說道：「方才太后的懿旨，皇上總該也聽得了？皇上天天出宮去遊玩，太后總說是我們做臣子的不好，不知道在皇上跟前勸諫；皇上快改過了罷，一來也免得叫皇太后在深宮掛念，二來也免得叫臣受著太后的訓責。皇上是萬乘之軀，應當格外保重，不可輕易出宮；從前白龍余且行刺先皇的事情，皇上也該有些知道。皇上私行出宮，又沒人在左右保護，一旦出了什麼亂子，不但叫兩宮太后擔著驚恐，且也使臣等負罪終身；便算是太平無事，這祖訓也須遵守。歷來皇上，從沒有私自出宮的。」

說起祖訓，同治帝不覺有些惱怒起來，便從安樂椅上坐起身來，說：「六爺是熟讀祖訓的，如今朕身上，可還有什麼事是違背祖訓的嗎？」

這時皇上身上穿著黑色繡白蝴蝶的袍褂；恭親王便指著皇上的身上道：「皇上穿這身衣服，也是違背了祖訓的遺制了。」

同治帝聽了，微笑著說道：「朕這件衣服，和載澂哥兒穿的是一樣格式的；那載澂哥兒是六爺的親生兒子，如今六爺怎麼不管教兒子去，反來勸諫朕躬。如今六爺且起去，朕還有後命。」恭親王見皇上臉上露著怒容，便又碰了幾個頭起來，退出宮去。

這恭親王才轉背，那同治帝便氣沖沖的走進書房去，寫了一道諭旨，用黃封套封住；又傳諭出去，喚大學士文祥進宮來。

那文祥和恭親王的交情是很好的，他進宮門的時候，正值恭親王出宮門；兩人見了面，便談起方才勸諫皇上的事情，恭親王還說：「皇上聽了不十分樂意，相國進去，見了皇上，也須幫著勸諫勸諫。」

文祥聽了，便點點頭進去了。

同治帝坐在書房裏傳見，文祥進去碰過了頭站起來，同治帝遞給他一個黃紙封兒；說道：「朕有一

道旨意在裏面，不許私自拆看，快拿到軍機處，給各大臣公看；看過了，快快照辦。」

文祥把聖旨接在手裏，偷眼看著皇上，滿面怒容；文祥心知有些不妙，忙跪下來求皇上明諭。

同治帝看文祥求得厲害，便說道：「對你說了也不妨，這裏面一道諭旨，是殺恭親王的。」

文祥聽了，碰頭越發碰得厲害，口口聲聲說：「看在六王爺是顧命大臣，又是皇叔父份上，饒他

一死罷！」

同治帝見文祥纏繞不休，便一甩手，站起身來，踱進寢宮去了。文祥無可奈何，祇得捧著諭旨去見慈禧太后，哭訴皇帝要殺恭親王的事情，求皇太后快救六王爺一條性命。文祥說著，連連碰著頭；太后便吩咐把諭旨留下，「咱自能向皇上說話的。」文祥退出宮去，把這件事告訴給同僚知道；大家聽了都替恭親王捏一把汗。

隔了幾天，果然不見這道諭旨下來。原來這時慈禧太后權柄很大，便是皇上見了，也有幾分忌憚；但從此心中便厭惡恭親王。恭親王卻不怕死，依舊是剛正立朝，見皇上有不守祖訓的地方，還是要苦心勸諫；誰知勸諫的由他勸諫，皇上遊玩的依舊要遊玩。

北京地方，有一家著名的飯莊，招牌名叫宣德樓。有一天，王景崎太史和戶部侍郎于德耀兩人，正

在樓上對酌；那兩人都是愛唱的，王太史擅唱二簧，于侍郎又擅唱崑曲，飯莊又有現成的琴索，他們酒吃到高興時候，便輪流著高唱起來；起初于侍郎拉著胡琴，王太史唱了一折京調；後來王太史吹著笛子，于侍郎唱了一闋崑曲。唱了一齣，又是一齣。

他兩人越唱越高興了，引得那班吃酒的人，都擠在門簾外靜聽；正聽到出神的時候，忽然見一個少年掀簾直入，也不打招呼，一坐便坐在王太史對面，呆呆的聽著。王太史也正唱得起勁，不曾去問得他的名姓；聽王太史唱完了一齣，那少年便向于侍郎兜頭一揖，說：「求大爺再賞一齣崑曲聽聽。」

于侍郎見這少年英姿颯爽，說話又十分客氣，便不好意思推卻，便為他再唱了一折「舟會」。正唱得動聽的時候，忽然樓下一陣車馬聲，十分熱鬧，一齊到宣德樓下停住；四五十個騎馬兵，擁著一輛紅色輪子的車子，車子裏面走出一個老人來，大家認得是恭親王。

那班吃酒的人見王爺來了，一齊避開；那恭親王走上了樓，一直走進王太史的房裏。見了那少年，便低低的在他耳邊說了許多話，起初少年搖著頭不依，後來恭親王再三說了，這少年祇得垂頭喪氣的下樓去；恭親王把那少年扶上車子，自己跨著轅兒，一簇雲似的擁著去了。

到這時，王太史才知道那少年是當今萬歲爺；那于侍郎是受過皇上一揖的，把個于侍郎嚇得祇是惺忪的，祇防有什麼禍水。他們也無心吃酒了。到了第二天，忽然朝旨下來，把王景崎、于德耀兩人都陞了官；于德耀心想：為唱曲子陞了官，說出去名氣不好聽，便告老回家去了。獨有這王景崎年紀還輕，當時他官直陞到吏部侍郎，在宏德殿行走，天天和皇帝見面。

這王景崎是北京地方有名的嫖客，凡是北京地面上的小班茶室下處以及私門子，他無不熟悉。皇帝得了他的教導，便越發在外面胡行亂走，他們又最愛闖私門子，祇因私門子地方幽秘，不容易為人發覺。王景崎認識的，有一個章三奶奶，年紀又輕，相貌又好；她住在西城的餑餑房，皇上和王景崎兩人常常光降。那章三奶奶是姑娘而兼炕主的，她手下有著許多姑娘，皇上輪流玩著，十分快樂。

但是皇上因太后在宮中常常要查問，不便在外面久留，匆匆上炕，總是唱一齣的多，看天明的少。可憐皇帝來往西城，既是十分辛苦，在路上冒著風寒雨露，身體不免受損；又因貪多縱慾，兼收並蓄，不免染了血毒。不多幾天，皇帝病了，病得十分厲害。慈禧太后看了，萬分焦急；一面傳御醫診脈下藥，一面傳慧妃在皇上身旁早夜伺候。

這時皇上滿身發燒，熱得人事不知，一任太后和慧妃兩人擺佈去；後來看看病勢日漸輕減，身上的

熱也慢慢的退了。誰知皇帝又渾身發出一身痘來；祇因同治帝在外面眠花宿柳，不免染有血毒，那痘的來勢甚猛，滿身都是，皇帝又昏沉過去。

皇帝床前，祇有慧妃一個人看守著；孝哲后已許久不和皇帝見面了，如今皇帝害病，宮裏的宮女、太監們，都是慈禧太后和慧妃的心腹，把這消息瞞得鐵桶相似，慈安太后和孝哲皇后卻一無所聞。慈禧太后看看皇帝的病狀不妙，便日夜和恭親王一班大臣，商量立嗣的事情。

第七十八回 兩宮太后

同治帝病到危急的時候，慈禧太后便和幾個自己親信的大臣，商量立嗣的事情；連日在太后宮中開秘密會議，一切都已議妥，祇候皇上大事出來，便可依計行事。誰知三五天後，皇帝的病，危險的時期已過，那痘瘡也慢慢的結起痂來；熱也退了，人也清醒了，祇向著人索飲食。

皇上一切飲食，都是慧妃一個人調整著；皇帝是不喜歡慧妃的，雖在神氣清醒的時候，也不和慧妃說笑一句。趁著慧妃不在跟前的時候，同治帝便招著手，把小太監喚到跟前來；解下自己小衣上的金印來，叫他悄悄的拿去，把皇后請來。

這時候正是清早，慧妃趁空回宮梳洗去了；孝哲皇后得趁沒人的時候，悄悄的走來看望皇帝。他兩人也許久不見，孝哲皇后看看皇帝枯瘦如柴，皇帝看皇后也消瘦得多了，兩人不覺拉著手哭泣起來了。

哭了半天，孝哲皇后先住了哭，又勸皇帝也住了哭；兩人說起兩地相思的苦，皇帝又說起那慧妃如何可

厭。因說起慧妃，便說起從前選后的故事來。

原來當時慈禧太后頗想選慧妃做皇后，慈安太后卻已看中了孝哲皇后；兩宮太后爭執不休，便請同治帝自己決定。那同治帝在兩太后跟前，又不敢說誰好，誰不好。這時有一個宮女，正送上茶來，同治帝忽得了一個主意，便把茶潑在地上，叫孝哲后和慧妃兩人在濕地上走去。那慧妃怕茶水弄髒了衣角，忙把袍幅兒提起來走去；獨有孝哲后，卻大大方方的走去。同治帝說孝哲后能不失體統，便決定立孝哲做了皇后。

因皇帝提起從前選后事情，那孝哲后有意逗著皇帝，叫他開心，便說道：「臣妾常在東太后那裏，聽得陛下幼時的聰明，那時陛下年紀祇八歲，天天在南書房念書；陛下常不愛念書，師傅便跪下勸諫，陛下祇是不聽。師傅沒有法了，祇得對著陛下掉眼淚；陛下看師傅哭了，便拿論語上『君子不器』句，把手按住那『器』字下面的兩個口，去問著師傅。師傅讀成『君子不哭』，那師傅也忍不住笑起來了。」

孝哲后說到這裏，同治帝嘆了一口氣說道：「這都是小時的淘氣事情，說他怎的！如今再沒有那種聰明了！」說著，伸出手來撫著皇后的臂膀，說道：「妳在宮裏冷清麼？西太后待妳怎麼樣？」

孝哲后一聽得提起西太后，那兩掛珠淚便忍不住「撲簌簌」的落下來，落在皇帝的手背上；那皇帝看了十分不忍，便伸手把皇后摟在懷裏。

皇后霍地立起身來，說：「臣妾要回去了。」皇帝不捨得她去，祇是喚皇后坐下。

皇后搖著頭，說道：「祇怕阿媽知道了，要責罰我呢。」

皇帝說道：「阿媽還未起身，不妨事的。」

誰知慧妃回宮去梳洗完事，正走向皇帝宮中來；聽得屋子裏有人唧唧噥噥說話的聲音，問太監時，說正宮在裏面。慧妃也不敢進去，急回身走到慈禧太后宮裏，說：「皇上大病才有轉機，見了皇后，怕又要糟蹋了身子，再發起病來，可不是玩的。」

慈禧太后聽了慧妃的話，不覺大怒，說：「這妖狐，教是要迷死皇帝嗎？」說著，氣憤憤的趕到乾清宮去；一腳踏進寢宮，那孝哲后正伏在床沿上，低低的說著話。

慈禧太后看了，一縷無名火直衝頂門；她也顧不得什麼皇后不皇后，臉面不臉面，便上去一把揪住皇后的頭髮，在皇后的兩面粉腮兒上，一連打了十幾下嘴巴。口口聲聲的罵著：「騷狐！」又說：「妳敢是打聽得皇上的病有些轉機，又來迷死他嗎？」

第七十八回　兩宮太后

四九

打得那皇后雲鬢蓬鬆，嬌啼宛轉；慈禧太后還氣憤憤的喝令宮女拿大棍來，急得同治帝祇在枕上磕頭求饒。那滿屋子的宮女、太監，也一齊跪下地來磕著頭，齊聲喊著：「老佛爺！」

那孝哲皇后也跪下地來，一面碰著頭，一面說道：「老佛爺！姑念我是大清門進來的，賞我一點面子罷。」

一句話觸動了太后的心事，她明知道，皇后在那裏譏笑她自己不是從大清門進來的；又因清宮的祖制，皇后從大清門進來的，祇能廢黜，不能辱打。這一氣，把個太后氣得一言不發，一轉身便回宮去了。

這裏同治帝看這樣子，知道大事不好，忙傳旨召召軍機大臣侍郎李鴻藻進宮。那李鴻藻正在軍機處，還不曾退值，聽得皇上宣召，忙跟著太監進宮去；走到寢宮門外，便站住不敢進去。小太監替他進去通報了，同治皇帝吩咐掛簾，把李鴻藻喚進屋子去。李鴻藻一踏進房門，見皇后站在皇帝床前，好似在那裏抹眼淚；見李鴻藻進來，急欲避去。

皇帝拉住皇后的袖子，說道：「妳也不用躲避；李師傅是先帝老臣，妳是門生媳婦，朕如今有緊要話須和師傅說，妳也可以聽得。如今妳先上去見過師傅罷，將來全仗師傅照應呢！」說著，不覺也掉下

眼淚來。

這裏，孝哲皇后正要過來拜見李鴻藻，慌得李鴻藻忙脫下帽子，趴在地下磕頭；同治帝說道：「師傅快起，現在不是講禮節的時候呢。」說著，叫小太監上去把李鴻藻扶起，又在皇帝榻前安設一張椅子，喚李鴻藻坐下。

皇帝伸出手來，捏住李鴻藻的手，祗說得一句：「朕的病怕不能好了！」皇帝、皇后和李鴻藻三個人，六掛眼淚，一齊淌下來；尤其是皇后，哭得嗚咽難勝。

皇上接下去說道：「朕既沒有生得太子，那西太后又和皇后不對勁兒；朕死後，別的沒有什麼不放心，獨怕她要吃虧呢。」說著，把一手指著孝哲皇后。

這時皇后正哭得和淚人兒一般，聽了皇帝的話，越發忍不住悲悲切切的哭起來。

皇帝一手搭在皇后的肩上，說道：「現在不是哭泣的時候，我們商量大事要緊；朕倘有不測，第一要緊的，便是立嗣皇帝。妳心裏愛立誰做嗣皇帝？快對師傅說定了，朕可以和師傅商量寫遺詔的事情。」

孝哲皇后聽皇帝說到這裏，忙抹乾了眼淚，跪奏道：「國賴長君，臣妾不願居太后的虛名，誤國家

的大事。」

同治帝聽了，微笑點著頭，說道：「皇后很懂得道理，朕無憂了。」便和李鴻藻低低的商量了半天，決定立貝勒載澍爲嗣皇帝。

同治帝嘴裏說著，李鴻藻趴在榻前寫著遺詔；那遺詔很長，上面說的都是預防西太后的話，說得十分嚴厲。寫完了，皇帝拿去細細看過，說道：「很好。」便在遺詔上用著印，交給李鴻藻藏好；李鴻藻一時無處可藏，孝哲皇后便親自替他拆開袍袖來，藏在袍袖的夾層裏，又替他密密縫好。

同治帝說道：「師傅且回家去休息，明天或還要命師傅見一面兒呢。」李鴻藻碰著頭，退出乾清宮來。

正要走過穹門去，忽聽得身後有人低低喚師傅的名字；李鴻藻是心虛的，聽了不覺嚇了一大跳。急回頭看時，原來不是別人，正是惇親王奕誴。李鴻藻一見，心知大事不好了，忙上前去請安問好。

惇親王冷冷的說道：「師傅在皇上宮中耽擱多時，敢是做顧命大臣來？師傅辛苦了，我和師傅到太后宮中去休息休息，談談心。」說著，也不由分說，上去一把拉住李鴻藻的袖子便走。

李鴻藻心中嚇得亂跳，那兩條腿不得不跟著；走到皇太后宮裏一看，那恭親王奕訢、醇親王奕譞、

孚郡王奕譓、惠郡王奕詳一班王爺，都在那裏。嚇得李鴻藻乖覺，當時他見了恭親王，便上去請安，說道：「原來六爺也在宮中，我方才得了皇上的密詔，正沒得主意，打算出宮找六爺商量去。」

恭親王聽了便道：「什麼密詔？」

李鴻藻不慌不忙，便拆開袍袖，把那同治帝的遺詔拿了出來；滿屋子王爺們看時，嚇得大家臉上都變了顏色。

這時，慈禧太后正從裏屋子走出來，恭親王不敢隱瞞，便把那詔書呈上去；慈禧太后一邊看時，一邊氣得兩隻手索索的發抖。看完了，氣憤極了，把那詔書扯得粉碎丟在地下，怒目看著李鴻藻；嚇得李鴻藻忙忙跪下地去，連連碰著頭，碰得頭上都淌出血來。又不住的說：「臣該死！求老佛爺賜臣一死。」

那兩旁的大臣，也一齊跪下，替他求著。

隔了半晌，才聽得皇太后罵一聲：「起去！」李鴻藻又碰了幾個響頭，謝過恩退去；又私地裏連夜送了五萬銀子來給崔總管和李太監，求他們兩人在太后跟前，替自己說著好話。

這裏皇太后俟李鴻藻出去以後，便和諸位王爺開了一個御前會議，索性把慈安太后也請了來；慈禧太后第一個開口，一邊淌著眼淚，說道：「皇帝的病，看來是救不轉的了！但是嗣皇帝不曾立定，是我

一樁大心事：大家幫著我想，到底立誰做嗣皇帝好？」

慈安太后聽了，接著說道：「國賴長君，溥倫和載澍年紀都長成了，可以立做嗣皇帝。」

慈禧太后聽了，不覺陡的變了顏色，厲聲說道：「妳也說立長君，他也說立長君；立了長君，我們兩個老婆子，還有日子過嗎？」幾句話，把個慈安太后嚇得忙閉著嘴，從此不敢開口。

過了一會，慈禧太后說道：「我家溥字輩，沒有可以作嗣君的。依我的意思，醇王爺的大兒子載湉，今年四歲了，和皇帝的血統很近；我的意思，想立他做嗣皇帝。載湉的母親，原是我的妹妹，如今我們立她的兒子做了嗣皇帝，大家也得個照應。」當時醇親王站在一旁聽了，也不敢說什麼。

慈禧太后又回過頭去，對慈安太后說道：「姊姊的意思怎麼樣？」慈安太后祇得連聲說好。

慈禧太后便接著對大家說道：「你們聽得了麼？東太后的懿旨，要立醇親王奕譞的兒子載湉做嗣皇帝；六爺快擬詔書！」

當時恭親王便寫下兩宮太后的懿詔，立載湉為嗣皇帝。詔書中大略說道：「皇上龍馭上賓，未有儲貳；不得已以醇親王奕譞之子載湉，承繼文宗，入承大統，俟生有皇子，即承繼大行皇帝為嗣。」

當時各王爺都在詔書上簽了字，才散出宮來。這裏，慈禧太后待眾人去了以後，便又悄悄的去把慧

妃喚進宮來，吩咐一番；可憐這裏正在召將飛符，那邊同治帝還一點也不知道。

誰知那慈禧太后早已傳下諭旨，吩咐斷了皇帝的醫藥飲食；那同治帝躺在床上，一天工夫也不見送湯藥、送茶粥來，肚子裏又渴又飢，忙喚小太監要去。那小太監去了半天，空著手回來，說：「太后吩咐，叫不給咱宮中醫藥飲食。」

同治帝聽了，不覺嚇了一大跳；再叫小太監去打聽時，才知道那遺詔的事情發作了。如今權柄都在慧妃手裏，皇上為要得飲食，須見慧妃去。這時皇帝的身體已健朗了許多，也行動得了；聽了小太監的話，忙叫去請皇后到來。

待到孝哲皇后到時，同治帝求她用印，傳下懿旨去。孝哲皇后聽說皇帝要到慧妃宮中去，她如何肯依；祇是勸皇帝安心靜養，不可勞動。無奈同治帝祇是求著，甚至向皇后長跪不起。孝哲皇后看皇帝求得可憐，祇得答應了，蓋了皇后的鈐記；皇帝拿了，到慧妃宮中去住了一夜，五更時候回乾清宮來。

不到半個時辰，宮中太監就嚷著說：「皇上賓天了！」慈禧太后第一個進宮來，吩咐太監們替皇帝沐浴穿戴，把屍身陳設在寢宮裏；諸事停妥，才悄悄的把恭親王去喚來。恭親王進宮去，天色還是白茫

茫的：一個太監在前面領著路，推開一重一重的宮門進去，那太監隨手把宮門關上。走過幾十重門，才到同治帝的寢宮裏。

祇見那皇帝的屍身，直挺挺的擱在御床上；慈禧太后手中拿著一個燭臺，站在一旁。恭親王上去請過安，慈禧太后對恭王說道：「大事已到如此地步，六爺怎麼辦？」

恭親王便碰著頭，說道：「臣無有不奉詔的。」

慈禧太后聽了，點點頭說道：「六爺肯奉詔，大事便有辦法了。」當下便立刻把惇親王、孚郡王、惠郡王和幾位親信的大臣，召進宮來，議定後事。

這時慈安太后雖也在座，祇因自己手下連一個親信的人也沒有了，祇得聽慈禧太后做主去。慈安太后走到同治帝的屍身邊，見他骨瘦如柴，頭頂上的辮髮也脫盡了，不覺流下淚來：一眼見死人枕下露出一本書角兒來，慈安太后伸手去拿來一看，早不覺把個太后羞得滿面通紅，忙把這書本兒丟在地下。

慈禧太后見了，連問：「什麼東西？」

小太監前去拾起來，送給慈禧太后一看，原來是一本春畫兒。畫面上還注著一行小楷字：「臣弘德殿行走翰林院侍講王慶祺進呈御覽。」

慈禧太后看了，便罵了一句：「好個王八蛋！」便把那本春畫兒收去了。

這時恭親王早到了醇王府去，把個嗣皇帝抱進宮來。慈禧太后上去抱來一看，那嗣皇帝早已睡熟在懷裏。到天色大明，才發出上諭去，宣告帝崩；又發下懿旨去，立醇親王奕譞的兒子載湉為皇帝，改年稱光緒。

那醇親王見把自己的親生兒子抱進宮去，心中萬分難捨，抑鬱不樂，便害起病來；上了一本奏疏，辭去職分。那奏疏說道：

臣侍從大行皇帝十有三年，時值天下多故；嘗以整軍經武，期睹中興盛事；雖肝腦塗地亦所甘心。何圖昊天不弔，龍馭上賓；臣前日瞻仰遺容，五內崩裂，已覺氣體難支，猶思力濟艱難，盡事聽命。忽蒙懿旨，擇定嗣皇帝；倉猝昏迷，罔知所措。迨翌回家，身戰心搖，如癡如夢；致觸犯舊有肝疾等病，委頓成廢。惟有哀懇皇太后恩施格外，許乞骸骨；使臣受怵懷於此日，正邱首於他年。則生生世世，感戴高厚鴻施於無既！

兩宮皇太后看醇親王的奏本，知道他因兒子做了嗣皇帝，例應規避；說准他開去各差，以親王世襲罔替。

這裏光緒帝年紀太小，進宮來祇有保母伺候著；所有國家大事，一概由兩宮太后垂簾聽斷，此番同治帝死後，慈禧皇太后不給他立子，卻立了一個同治帝的弟弟。雖說詔書上有嗣皇帝生有皇子，即承繼大行皇帝為嗣的話，但外面卻沸沸揚揚，傳出許多謠言來。

有人說，這光緒皇帝原是慈禧太后的私生子，寄養在醇親王家裏的；祇因為慈禧太后最愛吃湯臥果，每天清早起來，便由內務府備銀二十四兩，買四個湯臥果吃著。這湯臥果，是前門外金華飯店承辦了；這金華飯店有一個夥計姓史的，年紀很輕，最愛遊玩。他聽得太監李蓮英說起宮中如何好玩，便常常對李蓮英說，要跟他到宮裏遊玩去；李蓮英見他做人玲瓏知趣，也便常常帶他到宮中遊玩去。

有一天，正在景和門前，隨著李蓮英走著；忽然迎面西太后走來，一見了那姓史的，便問：「這是什麼人？」嚇得他兩人忙趴下地去磕頭，奏明自己的來歷；那西太后見那姓史的長得白淨可愛，便吩咐留他在宮中，伺候太后。

這時候，咸豐帝已死了，忽然皇太后懷孕，生下孩兒來了……一面悄悄的把這孩子送去醇親王府中養

著，一面又把那姓史的殺死在宮中，免得他多嘴。但太后常常把這私生子掛在心頭，每想趁機會弄進宮來；恰巧同治帝死了，慈禧太后便極力主張把光緒立爲嗣皇帝。如今果然如了她的心願，把個幼帝留在自己身邊。

獨苦了這個孝哲皇后；如今慈禧太后的威權越發大了，慧妃也慢慢的掌起權來，卻不把這個孝哲皇后放在眼裏。這孝哲皇后自從同治帝死了，雖上尊號稱嘉順皇后，但她一人寂寞淒涼，住在深宮裏，也沒有一個人來看她；慈安太后雖偶而來看她一面，兩旁都有宮女監視著，也不能說一句話。宮中的人見慈禧太后不喜歡孝哲皇后，也大家打著落水狗，漸漸的有些飲食不周起來。

孝哲后看了這種情形，知道自己得罪了皇太后，將來總要吃苦；她屢次想服毒自盡，祇怕害了自己的父母。原來清宮的規矩，凡是后妃在宮中服毒死了，她母家的人都犯死罪；所以做后妃的，在宮中無論如何吃苦，總不敢自尋短見，去害她的娘家人。

孝哲皇后正在沒法的時候，她父親崇綺尚書忽然打發人，送了一盤饅頭進宮來，孝哲后便在盤子後面底裏寫了「這卻怎好」四個字，打發來人拿出宮去；崇綺見了，知道女兒的心事，便在紙條兒上寫了一句：「明哲莫如皇后」，叫人送進宮去。孝哲皇后看了，頓然明白起來；便從此立定主意，斷絕飲

食。到第八天時，可憐把一位年紀輕輕的皇后，活活的餓死了。

這消息報到慈禧太后宮中，慈禧太后祇說得一句「知道了」；倒是慈安大后得了這個消息，親自趕到皇后宮中來，撫屍痛哭一場。自己去見慈禧太后，商量好好的發送皇后；慈禧太后礙於東太后的面子，便下了一道懿旨，著內務府料理皇后的喪事。欽天監揀定了日期，隨同同治帝的靈櫬，送往陵寢去安葬。

這裏李鴻藻想起帝后生前託付密詔的情形，便趴在帝后的靈櫬前，痛哭了一場。

第七十九回　安南戰雲

當初同治帝才死的時候，兩宮太后召集王大臣商議立嗣的事情，孝哲皇后也在座；她見慈禧太后不肯立載湉爲嗣皇帝，急得她坐立不安。一眼看見李鴻藻正從外面走來，孝哲后滿臉淌著眼淚，對李鴻藻說道：「今天這件事情，別人可以勿問；李大臣是先帝的師傅，應當幫我一個忙。我如今爲了這件大事，給師傅磕頭罷！」說著，真個磕了頭去；嚇得李鴻藻急急退避，宮女忙上前去把皇后扶起。

在皇后心想，李師傅受了先帝的密詔，總該說一句公道話；誰知李鴻藻早已爲那密詔的事情敗露了，被慈禧太后的威嚴壓住，到底也不敢說一句話。如今李鴻藻拜著帝后的陵寢，想起從前的情形來，忍不住放聲痛哭；這一哭，便有人去報與慈禧太后知道。

第二天懿旨下來，開去李鴻藻弘德殿行走的差使；那徐桐、翁同龢、廣壽一班大臣，平日都是和李鴻藻十分知己的，到這時也便自己知趣，上摺乞休。懿旨下來，許他們各開去差使。

御史陳彝假別的事情，上書參劾翰林院侍講王慶祺和總管太監張得喜；說他們心術卑鄙，朋比為奸。慈禧太后看了奏摺，想起那同治帝枕下的春書，便立刻下諭，把王慶祺革職，又把張得喜充軍到黑龍江。這時還有兩個忠臣，為同治帝嗣後的事情，和皇太后爭執的，因從前太后懿旨上，有「俟嗣皇帝生有皇子，即承繼大行皇帝為嗣。」一句話；祇怕太后失信，便又上奏摺。

那內閣侍讀學士廣安，要求太后把立嗣的話，頒立鐵券；他奏摺上說道：

大行皇帝沖齡御極，蒙兩宮太后垂簾勵治，十有三載；天下底定，海內臣民，方將享太平之福。詎意大行皇帝皇嗣未舉，一旦龍馭上賓；凡食毛踐土者，莫不籲天呼地。幸賴兩宮皇太后坤維正位，擇繼咸宜；以我皇上承繼文宗顯皇帝為子，並欽奉懿旨，俟嗣皇帝生有皇子，即承繼大行皇帝為嗣。仰見兩宮皇太后宸衷經營，承家原為承國；聖算悠遠，立子即是立孫。不惟大行皇帝得有皇子，即大行皇帝統緒，亦得相承勿替；計之萬全，無過於此。請飭下王公大學士六部九卿會議，頒立鐵券，用作奕世良謀。

慈禧太后看了這個奏章，知道那廣安不相信自己，便不覺大怒，非但不肯依他的話頒立鐵券，還把他傳旨申飭了一番。接著一個吏部主事吳可讀，他見皇太后不准廣安的奏摺，深怕那同治帝斷了後代；也想接著上一個奏摺，祇怕人微言輕，皇太后不見得肯依他的意思。便立意拚了一死，用屍諫的法子，請皇太后立刻下詔，為同治帝立後。

這時候帝后的靈櫬，正送到惠陵去安葬；吳可讀便向吏部長官討得一個襄禮的差使，隨至陵寢。待陵工已畢，他回京來的時候，路過薊州城，住在馬伸橋三義廟裏，便寫下遺疏，服毒自盡。這時正是閏三月初五的半夜時候，第二天，吏部長官得了這個消息，便派人去收拾他的屍首；一面又把他的遺疏代奏上去。

他奏摺裏自稱罪臣，說得懇切動人；皇太后看了他的奏摺，便發交王大臣、大學士、六部九卿、翰詹科道會同議奏。他們會議的結果，說他未能深知朝廷家法，毋庸置議。吳可讀白白的送去了一條性命，他所得的，祇有照五品官議卹的一道諭旨；從此，也沒有人敢再提起為同治帝立嗣的事情了。

那慈禧太后自從立了光緒帝以後，明欺著皇帝年幼、東太后懦弱，便把大權獨攬；好在滿朝大臣都

是慈禧太后的私黨，每日垂簾坐朝，祇有慈禧太后的說話，卻不容慈安太后說一句話的。便是慈安太后說話，也沒有人去聽她的；慈安太后一時氣憤，從此常常推著身體不快，不坐朝了，祇讓慈禧太后一人坐朝。

那班大臣們要討皇太后的好，在朝堂上公然送起孝敬來；有孝敬珠寶的，有孝敬古董的，也有孝敬脂粉的，慈禧太后都一一笑受。有幾個乖巧的，便打通了崔、李兩個總管，直接送銀錢到宮裏去；太后得了，更是歡喜。這時，李蓮英越發得了西太后的信用，便陞他做了總管。

李蓮英知道太后是愛聽戲的，便和同伴的太監們學了幾齣戲，在宮裏瞞著東太后，扮唱給西太后看；西太后看了，果然十分歡喜。但那班太監所學的戲不多，且太監的嗓子終是不十分圓潤，唱了幾天，看看西太后有些厭倦起來了；於是李蓮英想出主意來，奏明西太后，去把京城裏一班有名的戲子召進宮來，一一演唱。

慈禧太后說道：「宮中唱戲，不是祖宗的家法，怕給東太后知道了，多說閒話，怎麼是好？」

李蓮英聽了，把肩膀聳一聳，說道：「這怕什麼！老佛爺便是祖宗，祖宗的家法，別人改不得，獨有老佛爺改得；咱們大清朝的天下，全靠老佛爺一人撐住。列祖列宗在天上，也感激老佛爺的。如今老

佛爺要聽幾齣戲，還怕有誰說閒話？」

西太后聽了他的話，不覺笑起來，說道：「小猴崽子！好一張利嘴。你既這樣說，咱們便去喚幾個進來，不用大鑼大鼓的，悄悄的唱幾齣聽聽，解解悶兒也好。」

李蓮英又奏道：「奴才的意思，咱們也不用瞞人，索性去把東太皇、后上，和諸位皇爺請來，大鑼大鼓的唱一天。」

慈禧太后起初還怕不好意思，經不得李蓮英在一旁一再慫恿，慈禧太后便答應了；當下分派各太監，一面去請東太后和各王爺，一面到京城各梨園裏，挑選幾個有名的戲子，進內廷供奉去。

那慈安太后聽說慈禧太后要傳戲子進宮來唱戲，不覺嘆了一口氣；又聽說自己一塊兒聽戲去，她便一口謝絕，卻怕招怪，只得推說身體不爽。那邊惇親王、恭親王、醇親王、孚郡王、惠郡王等一班親貴大臣，聽說皇太后傳喚，也不敢不去；到了宮裏，直挺挺的站著，陪著西太后看戲。

這一天，什麼程長庚、趙三兒、楊月樓、俞菊，一班在京城裏鼎鼎有名的戲子都到了，都拿出他們的拿手好戲來，竭力搬演著；正演得十分熱鬧，臺下的人都屏息靜氣的聽著。這時，臺上正演著「翠屏山」海屠黎和尚私通潘氏的故事；忽然見醇親王高擎著兩臂，大聲喝起好來，把臺下聽戲的人，都

嚇了一跳。慈禧太后雖不好說什麼，但也向五王爺臉上看著；醇親王好似全不覺得一般，依舊喝他的好。

恭親王在一旁忍不住了，忙上去悄悄的拉著他的袖子，在他耳旁低低的說道：「這裏是內廷，不可如此放肆。」

醇親王聽了，故意大聲說道：「這裏真是宮裏嗎？我還認做是戲園裏呢！我先皇的家法，宮中不許唱戲；況且像『翠屏山』這種戲，更不是在宮裏可以唱的。我看了，以為自己是在前門外戲園子裏聽戲，所以一時忘了形。」說著，忙到慈禧太后跟前去磕頭謝罪。

慈禧太后心知醇親王明明在那裏諷諫自己，祇得傳命把「翠屏山」這齣戲停演；從此以後，做成習慣，皇太后每到空閒下來，便傳戲子進宮去唱戲。那班戲子裏面，慈禧太后最賞識的，是唱鬚生的程長庚和那小花臉趕三；且太后每聽戲，必要召諸位王爺陪聽。其中，醇親王是一個極方正的人，他雖常常陪著西太后聽戲，但心中卻十分不願意。

這一天，卻巧趕三唱思志誠一齣戲，趕三是扮著窰子裏的鴇母的，有嫖客來了，他便提高了嗓子喊道：「老五，老六，老七，出來見客呀！」北京地方二等窰子妓女，都拿排行代名字喊著。

這時適值醇親王、恭親王、惇親王三人，在臺下陪著看戲，醇親王排行第五，恭親王第六，惇親王第七；趕三故意喊著這三人的名字，鬥著玩兒的。那恭親王、惇親王卻不敢說什麼，獨有醇親王怒不可忍，喝一聲：「狂奴！敢如此無禮！」便喚侍衛們，去把趕三從臺上揪下來，當著皇太后的面，重重的打了四十板。

從此以後，醇親王常常推說身體不好，不肯陪太后看戲了；那太后也不去宣召他們作陪，樂得自由自在，一個人看著戲。後來慢慢的，揀那中意的戲子喚下臺來，親自問話；自己飲酒的時候，又賞戲子在一旁陪飲，說說笑笑，十分脫略。日子久了，兩面慢慢的親近起來；太后索性把自己喜歡的幾個戲子留在宮裏，不放出去。這件事情，宮裏的太監們都知道，祇瞞著東太后一個人。

過了幾天，慈禧太后忽然害起病來了，每天連坐朝也沒有精神；打發太監來通報慈安太后，請東太后垂簾聽政。東太后原不願意聽政的，但看看西太后又病了，朝廷的事情實是沒有人管；慈安太后祇得暫時坐幾天朝。東太后是一位忠厚人，她雖坐著朝，諸事卻聽恭親王等議決；看看慈禧太后的病，過了一個多月還不曾好，天天傳御醫診脈下藥，又說不出個什麼病症來。

這時，朝堂上很出了幾件大事：第一件，便是法國人謀吞越南的事情。那時雲貴總督劉長佑上了一

本奏章，大略是說：

「越南為滇蜀之脣齒，國外之藩籬；法國垂涎越南已久，開市西貢，據其要害。同治十一年，復通賊將黃崇英，規取越南東京，思渡洪江以侵諒山；又欲割越南、廣西邊界地六百里，為駐兵之所。臣前任廣西巡撫，招用劉永福，以折法將沙酉之鋒；故法人寢謀，不敢據吞越南者，將逾一紀。然法人終在必得越南，入秋以來，增加越南水師；越南四境均有法人之跡。柬埔人感法恩德，願以六百萬口獻地歸附，越南危如累卵，勢必不支。同治十三年，法軍僅鳴砲示威，西三省已入於法；今復奪其東京，即不圖滅富春，已無能自立。法人志吞全越，既得之後，必請立領事於蒙自等處，以攘礦山金錫之利；係法覆越南，回眾必導之南寇，遄其反噬之志。」

這一番說話，慈安太后看了心中甚是焦急：一時也沒有可以商量的人，便下諭北洋大臣李鴻章籌商辦法，又命沿海沿江沿邊各督撫密為防備。但看看那慈禧太后的病依舊是不好，慈安太后便使用皇帝的名

義下詔至各省，宣召名醫進京去。

這時祇有無錫一個名醫，名叫薛福辰的，暗暗打聽出西太后的病情來，便進宮去請脈；祇下了一劑藥，便痊癒了。據他出來說，皇太后犯的不是什麼病，竟是血崩失調的病；聽了他說話的，卻十分詫異。

後來，慈安太后打聽得慈禧太后大安了，有一天在午睡起來以後，也不帶一個宮女，悄悄的走到慈禧太后宮裏，意思想去探望探望西太后，順便和她商量商量國事的。直走到寢宮廊下，也不見一個人；待到走進外套間，祇有一個宮女盤腿兒坐在門簾底下。那宮女見了慈安太后，臉上不覺露出驚慌的神色來；正要聲張時，慈安太后搖著手，叫她莫作聲，自己掀開門簾進去。

見室中的繡幃一齊放下，幃子裏面露出低低的笑聲來；慈安太后輕輕咳嗽了一聲，祇聽得西太后在裏面喘著聲兒問：「是誰？」

慈安太后應道：「是我。」接著上去揭起繡幃來一看，祇見慈禧太后正從被裏坐起來，兩面腮兒紅紅的。

慈安太后忙走上去按住她，說：「妹妹臉兒燒得紅紅的，快莫起來。」說著，祇見床後面一個影子

一晃，露出一條辮子來；慈安太后看了，也禁不住臉上羞得通紅，低下頭去，半晌說不出話來。

過了一會，慈安太后改了滿面怒容，喝一聲：「滾出來！」床背後那個男子藏身不住了，祇得出來，趴在地下，不住的向慈安太后磕頭。

慈安太后問他：「是什麼人？」那男子自己供說姓金，一向在京城裏唱戲的；自從六日前，蒙西太后宣召進宮來供奉著，便不叫放出去。

那姓金的說到這裏，慈安太后便喝聲：「住嘴！」不許他說下去了；一面傳侍衛官進宮來，把這姓金的拉出去，砍下頭來。

這時慈禧太后見事已敗露，心中又是忿恨，又是羞慚；眼見那姓金的，生生被侍衛官拉出去取了首級，又是說不出的傷心。祇因礙著慈安太后在面前，一肚子的氣惱無可發洩得，祇是坐在一旁落淚。

慈安太后知道慈禧太后一時下不得臺，便自己先下臺，上去裝著笑容，拉住慈禧太后的手，說道：

「妹妹不用把這事放在心上，我決不把這事聲張出去；妹子年紀輕，原也難怪妳守不住這個寂寞。祇是這班唱戲的，是下流小人；現在得寵的時候，仗著太后的勢力，在外面妄作妄為，稍不如意便要心懷怨

恨，在背地裏造作謠言，破壞妳我的名氣。妳我如今做了太后，如何禁得起他們的糟蹋；因此我勸妹妹，這班無知小人，還是少招惹些。」說著，便命宮女端上酒菜來，兩人對酌；慈安太后又親替慈禧太后把盞。

慈禧太后不料慈安太后如此溫存體貼，心下也不好意思再擺臉嘴了，便也回敬了慈安太后一杯酒。兩人說說笑笑的，慈安太后又說起：「先帝在日，待妹妹何等恩愛，便是和我也相敬如賓的；我如今年紀老了，在世的日子也不多，妹妹年事正盛，也須好好保養。免得乾淨身體將來魂歸天上，仍得侍奉先帝；便是我和妹妹相處了二十多年，幸得同心協力，外理朝政，內主宮廷，從來也不曾有一句半句話衝突過。便是先帝臨死的時候，曾留下詔，吩咐我、恭親王，防備妹妹專政弄權，敗壞國事；我如今看妹妹也很好，處理國事，聰明勝過我十倍。從此妹妹小心謹慎，將來我死去見了先王，也可以交代得過了。」說著，不覺掉下眼淚來。

慈禧太后被慈安太后一句冷、一句熱的說著，心中萬分難受，那臉上不住起了一陣一陣紅暈；到末了，不由得向慈安太后下了一個跪，口稱：「姊姊的教訓，真是肺腑之言，做妹子的感激萬分，以後便當格外謹慎是了。」

慈安太后忙把慈禧太后扶起，嘴裏但說得：「吾妹如此，真是大清之幸！」說著，也告別回宮去了。

在慈安的意思，以為慈禧經過這一番勸戒以後，總可以革面洗心，同心一德了；她卻不知道，慈禧因為慈安敗露了她的陰私，越發把個慈安恨入骨髓。待慈安轉身以後，她一肚子氣無可發洩，便把那管門宮女打得半死半活；又把寢宮裏的古董磁器打得粉碎。虧得李蓮英上來勸解，一陣子說笑，才解了西太后的怒氣。從此以後，慈禧太后便天天和李蓮英商量擺佈東太后的法子，那東太后卻矇在鼓裏。

恰巧光緒六年、七年兩年之間，有兩件事情大觸西太后的怒；因此東太后的勢力愈孤，危險也愈甚。第一件，是光緒六年東陵致祭的事情。慈安太后自從勸戒慈禧太后以後，便和恭親王商量，想趁此殺殺慈禧的威風，從此也可以收服慈禧的野心。這一年春天，兩宮同赴東陵主祭，待到跪拜的時候，慈禧的拜墊要和慈安並設著；慈安卻不肯，命人把慈禧的拜墊稍移下一步，慈禧也不肯，一定要和慈安並肩拜著。兩位太后各不相讓，當著許多大臣跟前爭論起來。

慈安太后自從那天把慈禧的私事敗露以後，從此便瞧不起慈禧；當時便大聲對恭親王說道：「西

太后在咸豐帝上的時候，祇封了一個懿妃；她得陞太后，還是在先帝賓天以後。今日祭先帝，在先帝跟前，祇知有一太后，卻不知有兩太后；既要一后一妃，在祭祀的時候，照例妃子的位置，應當在旁邊稍稍下去一步。中央卻擺著兩座拜墊，右面一座拜墊是自己的，左面一座拜墊，還須留下給已死的中宮娘娘；那已死的中宮娘娘雖比先帝先死，但她終是先帝的正后，我們到如今也不能抹殺她的。」

慈禧太后聽了慈安的一番話，十分羞慚，又十分生氣；她拿定主意，不肯退讓。她說：「我和東太后並坐垂簾、母儀天下，也不是今朝第一天；從來也不見東太后有個爭執，如今為祭祀先帝陵寢，重又叫我做起妃嬪來，東宮太后說的話，實在不在情理之中。如東太后一定要爭這個過節兒，那我便情願今天死在先帝陵前，到地下當著先帝跟前，和東太后對質去。」說罷，慈禧太后便嚎啕大哭起來。

這原是慈禧太后的潑辣話，慈安太后到底是一個老實人；見了慈禧太后這副形狀，早弄得沒有主意了。

第七十九回　安南戰雲

第八十回　慈禧攬權

慈安太后要照妃子的禮節，叫慈禧太后跪在後面拜見先帝陵寢，慈禧太后執意不肯，反而啼啼哭哭吵鬧起來；口口聲聲說東太后欺凌她，說：「明知道我兒子死了，沒有出頭日子了，當著眾大臣的跟前，要硬按下我的頭來。」

慈安太后並肩兒跪拜著。從此以後，慈禧心中越發把個慈安怨恨得厲害；說她不該在祖宗陵寢的地方，當著眾大臣的面前削她的面，既不雅觀，又褻瀆了太后的尊嚴。西太后知道恭親王也預聞這件事情的，便時刻想革親王的職；常常把惇親王喚進宮去和他商量，又和李蓮英商量。

這時候，李蓮英早已陞做總管，那崔總管早已退位，回家去了；李蓮英常常拿銀錢去周濟他，崔總管說，小李總還有良心。李蓮英在宮中權柄很大；不但是一班宮女太監見了他害怕，便是那班王公大

慈安太后看她哭吵得厲害，反沒了主意；後來經各位親王大臣調停，仍舊依了慈禧太后的意思，和

臣，見他得了慈禧太后的寵愛，誰又敢不超奉他。

李蓮英這人，面目雖不十分俊美，但他天成一副媚骨；笑一笑，說一句話兒，總是十分和軟。他又打扮得十分瀟灑，走起路來翩翩顧影；太后看了，十分愛他。他又生成一張利嘴，終日在太后跟前，或是唱著小調兒，或是說幾句笑話，總引得太后笑逐顏開。他便見了大臣們，也是詼諧百出；那班大臣見了他都和他好。便是那方正不過的恭親王，見了他那種嬉皮笑臉的樣子，也是沒奈何他。

西太后最愛畫像，或是照相；她把那京城裏照相的喚進宮去，太后在北海船頭上扮一個觀音大士，命李蓮英扮一個韋馱菩薩，站在一旁，拍一張照。有時，太后改了男裝，扮成一個太原公子，李蓮英便扮一個李衛公拍一張照。太后和李蓮英扮著一齣一齣的戲文，拍的照相很多；有許多太監，便把這種相片偷出去賣錢。

這相片給東太后看見了，卻大不以為然；也曾勸過西太后。說做太后的，十分尊嚴了，不該有這樣兒戲的照片。無奈西太后非但不聽話，反格外和李蓮英親熱；太后自己躺在榻上，卻喚李蓮英睡在榻下，留他談些家常事情。李蓮英又最會在女人身上用工夫，他體貼女人的心性，說出話來，句句叫婦女

們聽了歡喜。

慈禧太后又告訴他，自己從前在娘家的情形；說：「母親是不喜歡我的，父親死後，十分窮苦，虧得自己打定主意，趁挑秀女時候，選進宮來；得先帝的寵幸，生了一個皇子，我的地位越發堅牢了。但是以後又交了壞運，咸豐末年的時候，文宗皇帝害病很厲害，外國兵又打進城來了，燒了圓明園，我跟隨先帝逃到熱河避難去；這時候我年紀還輕，文宗的病勢又十分不好，皇子年紀還小，那東宮的姪子是一個壞人，謀奪大位，勢甚危急。

是我抱了皇子，到先帝的床前，問：『大事怎麼辦理？』先帝病勢十分昏沉，一時答不出話來；我又對先帝說：『兒子在此。』先帝才睜大眼睛，看了一眼，說道：『自然是他接位。』這句話說了，便賓天去了。我見大事已定，便也放了心。

那時見死了先帝，心裏雖十分悲傷；但以為還有這兒子可以依靠。誰知道穆宗到了十九歲，便也賓天去了；從此以後，我的境遇一天壞似一天，滿肚子的想望都斷了。那東太后又是和我不對的，皇帝年紀又小，身體也單薄；看來他也祇知道親熱東太后，不知道親熱我，真正叫人灰心！」

西太后說到這裏，不覺連連的嘆氣；李蓮英竭力的勸戒，又接著說了一個笑話。西太后不覺轉憂為

喜，又說起她小時的話來。還說起：「自己做妃子的時候，因想念母親想得厲害；承蒙文宗的特恩，賜我回家省親一次。先幾日，派安總管到家中去傳話，說貴妃某日回家省親，某時進門，某時見駕，某時省親，某時更衣，某時開宴，某時休息，某時回宮，都有一定時候，寫在黃榜上，發在家中大堂上張貼。我母親得了這個消息，便一面預備接駕的戲酒，一面去邀請親戚到家裏來陪宴。

到了日子，我坐了一頂黃轎，四十名小太監簇擁著，另有宮女太監們，拿著傘扇巾盆許多東西，二千名御林軍保護著，排著隊到了家裏。遠望家門口滿掛燈綵，上面罩著五色漫天帳，地下舖著黃毯，直通內宅。所有家裏的男丁都在大門外跪接；所有的女眷都在內宅門外跪接。

到了內廳下轎陞座，除我母親和長輩的女客以外，都一班一班的來跪見；便是我母親和長輩的女客，也都穿著朝衣上來請安站班，接著便有那班男客都遞進手本來請安。我換去了大衣，再進母親房去行省親的禮。我母親原是不喜歡我的，如今多年不見面，我母女兩人見了面，也忍不住掉下眼淚來。

我看著家裏房子也蓋造的很高大，妹子和兄弟都富貴了，也便放了心。過了一會，戲酒開場，一班女眷簇擁著我到內廳上去坐席吃酒，我這桌席上，祇有母親陪坐在下面；我原是愛看戲的，那時隔

著一重簾子，簾子外面坐著男客，是我嫌它氣悶，吩咐把簾子捲起，這才由我爽爽快快的看了一天戲。

待到回宮來，已是上燈時候了。先帝聽得我回來了，便特地走進我房裏來問我：『今天妳母女見面，心中可快樂嗎？』我回奏說：『臣妾家中，受皇上雨露深恩；今日骨肉團圓，非常快樂！』先帝聽了我的話，隔了幾天，先帝傳諭宣我母親進宮來，又使我母女見面。先帝錯會了我的意，以為我在宮中記念母親，所以常常賜我母女見面；先帝怎麼知道我在家裏，和我母親是不對的。

那時，我母親祇喜歡我妹妹，常常罵我是賠錢貨；我的省親，原是要在我母親跟前誇耀誇耀，並沒有一點骨肉之情的。如今皇帝把我母親傳進宮來，又給我母女見面了，我便也要趁此在母親跟前擺擺架子。

照規矩，后妃的母親進宮來，見了她女兒，是要行大禮的；做女兒的也不敢受，見她母親拜時，做后妃的便要側身避開。我那天要借此殺殺她從前的銳氣，便直挺挺的坐著受我母親的拜，也不叫起來；後來還是宮女去把我母親扶起來，看我母親臉上，已有氣憤憤的樣子。我假做沒看見，和她有一搭沒一搭的說著。

我母親原想與我商量，把兄弟的官兒往上陞；每見母親開口，我便說：「如今家裏也夠好了，比到我未進宮來以前，苦得衣食不全，卻好得萬倍了。我看我弟兄福分也淺，做了這個官，也可以心滿意足了；再陞他的官兒，怕他也受不住。」母親聽了這個話，已氣得受不住了，便要站起來告辭；是我留著吩咐宮女賞飯，我母女兩人一塊兒吃著。

吃完了飯，宮女拿一隻大漆盤上來，盤中滿盛著插鬢的花朵；我原是最愛花的，又愛那大紅的洋牡丹，當下便揀了一朵碗口似大的大紅洋牡丹，宮女替我戴著。我又揀了一朵萬壽菊兒，親自替我母親插在鬢邊；我知道母親是不愛花的，自從我父親死過以後，花朵兒絕不上頭了。那天我們母女見面高興，便替她多戴些；把盤裏的花兒統統給母親戴上，蓬蓬鬆鬆的一頭，我看了笑得前仰後合。

誰知我母親卻十分惱怒，當時推說丈夫已死，自己是個側身，不便再插戴花朵兒；把那頭上的花朵統統拔了下來，急急告辭出宮去。從此以後，憑我再三宣召，她總推託著不肯進宮來；直到死時，我母女也不曾見得一面兒。」

當時慈安太后聽了慈禧的話，心中雖大不以為然，但也不好說得，怕再傷了兩人的和氣；從此

以後，這兩位太后總算勉強和好。誰知一到了這年祭東陵的時候，兩位太后又大傷了和氣，為的是兩人拜陵的時候爭名位起見。慈安太后看看慈禧的權力一天大似一天，她的舉動也一天驕縱似一天，便要借這名位的事情壓倒了慈禧，免得將來再在宮中弄權；因此在祭陵的前幾天，便和恭親王秘密說妥。

到了祭陵的時候，慈安太后便傳諭王大臣會議兩太后行禮的先後；恭親王早受了東太后的懿旨，便奏稱：請慈安太后先行禮，隨後再是慈禧太后行禮。慈禧太后聽了不服，便說同是一樣太后，又同理著朝政，為什麼於謁陵獨有先後之分？極力主張兩太后不分先後，並肩兒行著禮。

慈安太后聽了又大不以為然，便對著大臣們侃侃的說道：「在現在論起來，我和西宮同是太后，原不分什麼大小；但如今在先帝陵前，卻必得分個大小，若不分大小，是欺先帝了。西宮在咸豐帝生前，不過一妃嬪之位；待到升作太后，已是在咸豐帝賓天之後。對咸豐帝卻依舊是一位妃嬪，位次應該設在右面旁邊，比我的地位略低一級；便是我自己，也祇能在右面的邊位，那左面的正位，還須留給已死的中宮。中宮雖比先帝早薨，但總是先帝的正后，我們也越不過這個禮兒去的。」

這幾句話說得光明正大，誰也不能批駁；但叫慈禧太后當著這大眾面前，如何坍得下這個臺；何況

西宮自從在先帝跟前做妃子直到現在，向來都是尊貴驕縱慣慣的，如何肯嚥得下這口氣去。但是要批駁東宮的說話，卻又說不出什麼道理來；祇說：「自己母儀天下已久，不能再以妃嬪之位來羞辱我。」說著，便對了東陵，掩面大哭起來。

慈安太后雖說是辦事嚴正，但又是心軟不過的；她見慈禧太后哭，早弄得沒有主意了，又經著許多大臣勸諫，說兩宮同肩國家大任，必須要和衷共濟，才得保國家太平。到後來，到底依了慈禧太后的主意，兩太后並肩行著禮。慈禧太后因慈安太后當著大眾削她的臉，從此以後，又把這東宮恨入切骨；李蓮英又打探得那天的事情，是慈安太后和恭親王事前商量好的，從此西太后心中，時時想弄去恭親王，除了她眼中之釘。

李蓮英能替西太后探聽事兒，西太后越發寵愛李蓮英起來。這時宮裏有一個太監，綽號叫陰劉的；見李蓮英的權勢漸漸的爬到自己上面去，便十分不服氣。這陰劉原是姓劉，祇因他的生性陰沉深刻，舉動遲緩，人人便取他的綽號稱他陰劉。

這陰劉在李蓮英未進宮以前，原是很有勢力的，當一名總管；宮裏的宮女太監都見了他害怕，他也很得西太后的寵用。後來李蓮英進宮來，祇因他生得年輕會打扮，說話又伶俐；西太后便把寵任陰劉的

心，慢慢的移到李蓮英身上去了。

這李蓮英是何等乖巧的人，他見自己得了勢，便竭力擠軋那陰劉，言裏語裏，常常在西太后跟前說陰劉的壞話。但是講到資格，總是陰劉的資格深；宮裏有許多規矩故事，李蓮英不知道，不得不去問陰劉。因此陰劉有時也蒙西太后傳去問話，陰劉在奏對的時候，也說著李蓮英的壞話，因此他兩人的冤仇越結越深。

他們瞞著太后，在背地裏也曾打過架來；李蓮英年輕力大，陰劉被他打敗了，受傷很重，因此不得太后，祇得請假回去養傷。在這個當兒，李蓮英在太后跟前，又竭力說陰劉的壞話；太后這時正寵用李蓮英，便也聽信了他的話，心中漸漸的厭惡陰劉了。

待陰劉銷假進宮來，也知道自己的勢力，漸漸的敵不住李蓮英了，有人便替他們兩人打圓場講和。李蓮英也怕陰劉在太后跟前說出打架的事情來，便也假意和陰劉言歸於好；但在背地裏，說陰劉的壞話越發說得厲害，把個西太后也說動了氣，立刻把陰劉傳來當面訓斥了一番。

陰劉知道是李蓮英鬧的鬼，心中萬分氣憤，一時也不及細想，竟直奏說李蓮英招權納賄、聲名狼藉，還有許多齷齪的話，竟把太后的名氣也拖累進去。太后聽了，止不住勃然大怒起來，說他有意誹謗

宮廷，便要立刻發交侍衛去正法。

嚇得陰劉連連碰頭，求著說道：「奴才罪該萬死，祇求佛爺可憐奴才伺候了三十年；當初也承蒙佛爺稱奴才是個忠順的孩子，這裏面不無犬馬之勞。還求佛爺開恩，賜奴才一個全屍，奴才便死也甘心的！」接著兩旁的宮女、太監，也都替他跪求著。

太后的怒氣雖稍稍平了下去，但心中忽然轉了一個念頭，喝令：「拉下去小屋子裏，去鎖起來。」

兩旁的太監得了懿旨，便上來把陰劉拉了下去，關在宮門外的小屋子裏。

太后退進寢宮去，倚在榻上，李蓮英在一旁跪著替太后搥著腿兒；太后笑著對李蓮英說道：「這老劉兒這樣可惡，我便給他一個奇怪死法。」

李蓮英便請問，是如何奇怪死法？西太后便吩咐宮女去拿出一串鑰匙來，太后便在裏面找出一個鑰匙來，交給李蓮英拿去；吩咐到景仁宮東偏殿裏，開了第四座大櫥，拿出一瓶藥粉來。

眾宮女看時，見那藥粉是粉紅色的；太后又吩咐把藥粉倒出少許，和開水沖在杯子裏，滿沖一杯，太后便吩咐把這杯水，拿去賞給陰劉服下。陰劉知道太后賜他死了，便一面淌著眼淚，一面把水吃下；叩頭謝過恩，別的太監扶他睡在榻上，依舊把門鎖上，到太后跟前覆旨去。

這裏妃嬪宮女們服待太后吃過飯，照例太后要去打中覺的；太后進臥房的時候，吩咐眾妃嬪卻莫走開，說：「待我起來，便帶妳們去看一樣怪東西。」

眾妃嬪聽了都莫名其妙，但太后吩咐的，又不得不候著，大家靜悄悄的在外屋子裏坐著守著；隔了一個多時辰，聽得裏面喊道：「老佛爺起身了！」外面廊下站著的太監，也接著喊道：「老佛爺起身了！」李蓮英帶著兩名小太監急忙進去。

西太后生性是愛好美麗的，便是午睡醒來，也要重与脂粉，更換衣服；李蓮英直伺候著西太后出房來，眾妃嬪上前去迎接著。西太后笑對眾人說道：「我們看怪東西去。」前面許多太監，後面許多宮女，簇擁著到那下屋兒裏，李蓮英上去開了門進去，太后在椅上坐下，指著榻上，叫眾人看。

祇見榻上一個小孩子縮做一堆，面向裏睡著；太后吩咐去把榻上的人轉過身來，原來那人已死了。

再看死人臉上時，滿面皺紋，皮肉已縮成乾兒了。太后指著說道：「這便是老劉兒，他吃了景仁宮裏的毒藥死後，縮成這小孩兒樣子。」

眾妃嬪看了這奇怪的樣子，聽了太后的話，早嚇得魂膽飄搖；又聽大后接著說道：「景仁宮裏，歷祖傳下來許多猛烈的毒藥，有吃下去屍身化做灰的，有吃下去屍身化做血水的，也有吃下去化做一股氣

兒的；凡有犯罪的宮女太監們，皇上、皇太后都得拿這毒藥賞他吃下。如今老劉兒求著要給他全屍，我便賞他吃這毒藥，名叫『返老還童』。」西太后說著，也不禁忍不住哈哈的笑了。

又吩咐李蓮英把老劉兒的屍身送回他家去；李蓮英上去把陰劉的屍身一提，好似提小孩兒似的拿出宮去，裝在盒子裏，指著屍身說道：「老劉老劉！你也有今天嗎？」說著，吩咐小太監搬去。

這裏，李蓮英自從西太后毒死了陰劉以後，越發得了意兒；西太后也越發拿他寵用起來，祗叫是李總管說的話，皇太后無有不依，一班宮女太監們無有不怕。因此李蓮英眼中，也再沒有忌憚的人了。

有一天，正值西太后午睡，李蓮英偷空兒出來，在殿廊下和小太監踢著球兒玩耍；正踢得高興的時候，一球飛去，在廊下柱子上一碰，那球兒直滾過東走廊去。一眼瞥見那慈安太后帶著兩個宮女、一個太監，從東走廊上走來，那球兒恰恰滾在慈安太后腳下；李蓮英站在正面廊下雖也看見，他知道慈安太后是到慈禧太后宮裏去的，繞過第二個穹門出去，是不走殿廊下過的，李蓮英便假裝做沒看見，盡站在殿廊下，和小太監說笑著。

慈安太后是素性嚴正的人，她見有人在殿廊下踢球，已經是心裏不自在了；又瞥眼見那李蓮英

站在殿廊上，也不上來磕頭，祇是旁若無人的說笑著。慈安太后近日也聞得李蓮英專權恃寵的事情，平日暗地裏留心他那種諂媚西太后的樣子，心中原是厭惡他的；祇因礙著慈禧太后的面子，不好說得。

如今見他竟在殿廊下踢球，已是犯了大不敬的罪，又見了自己不知道上來磕頭，卻假裝做不曾看見，站在廊下嬉笑自若，不覺勃然大怒，立刻命太監去把李蓮英傳來。那李蓮英也不害怕，祇是慢吞吞的走上前去，直挺挺的站著。

慈安太后看了愈加生氣，喝令跪下；一個太監去搬了一把椅子來，請東太后坐下。東太后手指著李蓮英，痛痛的訓斥了一番；說：「你這王八羔子，仗著誰的勢力，這樣放肆？這殿上是你踢球玩耍的地方嗎？再者，你見我走來，膽敢大模大樣的裝做不看見，宮廷裏面也沒有一個禮兒了。自從先帝升天以後，主子年紀小，我也看在西太后面上，不來查考你們，儘放著你們這班王八羔子在宮裏造反了。打量我們背著我做的事情，我不知道嗎？你們可是活得不耐煩了，越發弄得無法無天了。打量我管不到你們，所以不把我放在你們眼裏麼？打量兒說一句話，我是受過先帝遺詔的，這宮裏不論誰，我都有權處治他。」

慈安太后愈說愈氣，說到十分憤怒的時候，便喝令：「快傳侍衛，把這王八羔子拉去砍了。」

第八十一回　榮祿崛起

慈安太后訓斥李蓮英的時候，已有許多太監遠遠的在廊下站著；一聽說太后傳侍衛要砍李蓮英的腦袋，慌得許多太監都上去趴在地下碰頭，替李蓮英求饒。那李蓮英也不住的碰著頭，一面求著道：

「佛爺看西宮太后的面上，饒了奴才一條狗命罷！」

慈安太后原是生性仁慈的，一見大家求著，她的心便軟了下去；又聽李蓮英說著西宮太后的面上，便也想到，我如今倘然真的殺了李蓮英，在慈禧太后面上定是不好看。想到這裏，便不覺把一股氣慢慢的按捺下去了。

但那侍衛已傳了進來，向太后磕過頭，站在一邊。那太監們見侍衛進來了，越發替李蓮英求得厲害；隔了半晌，慈安太后便下諭，把李蓮英拉出去，打二百板子。那李蓮英聽了，忙向太后磕頭謝著恩；侍衛上來，把李蓮英拉著出去了。

第八十一回　榮祿崛起

八九

這裏慈安太后餘怒未息，回過頭去對眾太監說道：「二百年的祖宗規矩，壞在這王八羔子手裏！我若再不管，便對不住歷祖歷宗。」說著，便氣憤憤的帶了宮女們，趕到慈禧太后宮裏。那慈禧正午睡起來，勻著脂粉，卻不見李蓮英來服侍，心中十分詫異；正要傳喚去，忽聽宮女傳說東宮太后來了，慈禧太后忙站起來迎接。

那慈安太后已進房來了，看她氣憤憤的在椅子上一坐，一開口便說道：「李蓮英不過是一個太監罷了，便算他有才情，能服侍主子，也須顧全祖宗的規矩，萬不能任他胡鬧去；再者，他雖說是妹子的奴才，和我的奴才有什麼分別？如今這奴才眼睛裏祇知有妹妹，不知有我。他見了我尚且不知道規矩，那名位比我低的皇后妃嬪們，他見了越發要肆無忌憚了。他在宮裏放肆慣了，出去對著大臣們更是驕橫，成什麼體統？我也嘗聽得外邊人稱李蓮英稱九千歲的；妹妹妳想，一個太監聲勢大到這個樣子，將來鬧出和魏忠賢一樣的事情來，咱們還有什麼臉面去見歷祖歷宗？」

慈安太后愈說愈氣；慈禧太后聽她說話，好似句句在那裏譏笑自己，不覺也生起氣來。便冷冷的說道：「李蓮英也不過一個奴才罷了；姊姊倘然看他不入眼，要撐他便撐他，要殺他便殺他，我也決不包庇他。聽姊姊的口氣，好似怨我拿他寵用壞了，這是姊姊錯會了意了；至於外面的謠言，那是聽不得

的。」

慈安太后聽了，又說道：「奴才是妹妹的奴才，旁人也管不得這許多；妹妹既喜歡他，也何必我多嘴。但是妹妹的名氣被一個奴才糟蹋了，也是可惜的。」

慈禧太后聽東太后的話，越說越厲害了，便也忍不住氣，把衣袖兒一拂，轉過臉兒去，不說話了；慈安太后也便氣憤憤的站起身來便走，也不向西太后告辭。從此以後，東太后和西太后意見愈鬧愈深，兩位太后有許多日子不曾見面了；西太后便常常宣詔內務府大臣榮祿進宮去，和他商量抵制東太后的計策。

榮祿拍著胸脯說道：「太后便請放心，奴才已在外面聯絡了許多大臣，都願效忠太后；若東太后有懿旨下來，我們都不奉詔。」西太后聽了，心中甚是歡喜，連稱好忠臣。

從此以後，榮祿更是無事也常常進宮來，和太后閒談；榮祿十分乖巧，凡是太后跟前的宮女太監們，他都暗暗的送金銀，要他們在太后跟前稱讚自己。其中有一個李蓮英，和榮祿更是相投；兩人換帖，結拜了弟兄。李蓮英對榮祿說：「宮裏有一位懿妃，她是同治皇上的妃子，長得好鋒利的嘴兒，終日伺候著太后，極得太后的歡心；你不可不用一番手段，去聯絡她。」

第八十一回　榮祿崛起

榮祿說：「我召對的時候，每見有一位妃子似的，打扮得十分俏麗；穿著高高的鞋跟兒，聽太后常常問她話。我因在太后跟前，不敢細看，不知是不是她？」

李蓮英點頭說：「正是她，正是她；長得好一副臉蛋子，今年才得十八歲呢。你好好用一番工夫下去，能得了她的歡心；替你在太后跟前說著話，比我說的話強多呢。」

榮祿聽在心裏，第二天，榮祿便跑到琉璃廠，去買了許多西洋來的鏡箱兒、粉盒兒和手帕汗巾；都是十分精緻，十分靈巧的，拿進宮去孝敬太后。

太后雖是一個中年婦人，見了這些東西卻十分喜歡。從此以後，榮祿每進宮去，都帶有孝敬的東西；也有是繡貨，也有是玩物兒。其中有一隻洋鐵皮的西洋小輪船，把火油倒在裏面燒著，那輪船便啪啪的自己行動起來；宮裏的人看了，人人都喜歡。懿妃還是小孩子的心性，看了更是喜歡。

有一天，榮祿在太后跟前奏對了出來，才走到穹門口，祇聽得身後有嬌聲喚六爺的；榮祿急回轉臉去看時，見不是別人，正是那懿妃。榮祿滿臉堆笑著，走上前去；忙趴下磕頭，口稱：「貴妃呼喚奴才，有什麼吩咐？」

慌得懿妃躲避不迭，把帕兒掩著朱唇，笑說道：「六爺快起來，要折煞我了；老佛爺有什麼話忘

了，請六爺進去呢。」

榮祿聽了，急急又趕進太后房裏去；待奏對完畢出來，那懿妃還站在穹門邊望著。榮祿走上前去，低低的說道：「奴才有一份孝敬您的東西，給貴妃留著，祇苦於沒有奉獻的機會。」說時向四面看，恰巧有一個小太監從廊下走來；榮祿便叫他快去把總管找來。

那小太監走去，這裏榮祿便對懿妃說些外面的風景，街市的情形；懿妃自幼兒進宮來，幽居多年，怎麼知道外面這種奇奇怪怪的情形。榮祿又把那些市井瑣碎的事情告訴她，又說誰家賣的美味食物，誰家賣的新樣兒綢緞，誰家賣的貴重古董；把個懿妃聽得祇是嘻著嘴笑，說道：「六爺幾時也替我買一隻那小輪船兒玩玩？」

榮祿聽了，連聲說：「有有！」

接著那總管李蓮英來了，後面跟著四個小太監，手中各抱著大小包裹兒走到跟前；李蓮英向懿妃請了一個安，站起來指著那大小包裹，說道：「這裏面都是六爺孝敬娘娘的東西；六爺有這個心長久了，每次都把東西帶進宮來，祇苦於沒有機會見娘娘的面，和娘娘說一句話兒。因此把每次帶來的東西，存積在奴才屋子裏。如今難得見了娘娘的面，奴才把六爺孝敬娘娘的東西都帶來了，請娘娘過目。」懿妃

聽了這個話，兩眼看著六爺，露出一肚子歡喜，一肚子感激來。

榮祿接著說道：「請貴妃吩咐一句，把這東西送到什麼地方去。」

懿妃一想，倘然直送到自己屋子裏，給別的宮女太監們看見了，便要生出許多閒話來；不如叫他們暫時送到太后的書房裏去，待夜靜更深的時候，再叫自己的心腹宮女，悄悄的搬運到自己屋子裏去。當時主意已定，便向小太監招招手兒，那四個小太監手中抱著包裹兒，跟著懿妃進穹門去。

這裏榮祿和李蓮英一齊告辭出來，走出宮門，李蓮英伸手在榮祿肩上拍著；笑說道：「魚兒快上鈎了，六爺須好好的做去；不要弄毛了，再抱怨咱家？」榮祿聽了，一笑去了。

第二天，榮祿故意早一點進宮去，到寢宮外一打聽，果然太后還未起身；便有一個宮女走出來，悄悄的對榮祿說道：「請六爺到那裏屋子裏坐。」說著，自己在前面領路，榮祿在後面跟著。

走到一座屋子門口，那宮女從身邊掏出鑰匙來，上去開了門；榮祿踏進屋子去一看，祇見圖書插架琳瑯滿目，那什錦架上，蘭草瓊芝，發出靜靜的香味來。他自己孝敬的那隻小輪船，也擱在什錦架子上；地上鋪著厚厚的地毯，人走在上面，一點兒也聽不出聲息來。靠窗安放著一張大書桌，上面擺設著文房四寶，都是珠玉鑲成的；那大大小小的自鳴鐘，觸目都是，靜悄悄的坐著，滿耳祇聽得鏗鏗

之聲。

榮祿正回頭看壁上的字畫時，忽聽身後有衣裳窸窣之聲；一看，那懿妃玉立亭亭的，已站在跟前了。看她滿臉堆著笑，低低的說道：「六爺怎麼給這許多東西，叫我受了心上實在意不過去；不受呢，又怕六爺生氣。沒有法子，祇得謝謝六爺罷。」說著掩唇一笑，在一張長榻上坐了下來。

榮祿趁勢也並肩兒坐下，接著又講了許多外面的新聞故事；懿妃最愛聽這些閒話，聽了祇是笑。榮祿看她笑得有趣，便越發說的起勁了。他兩人忘其所以，那身體越發挨近了；正在這時候，忽然宮女來報說：「老佛爺醒了。」懿妃忙丟下榮祿，急急進去伺候。

過了一會，裏面又傳榮祿；榮祿進去奏對過出來，依舊是懿妃送到穹門邊。趁著左右沒有人，懿妃拿出一個繡花荷包兒來，向榮祿袖子裏一塞；說道：「這是我自己繡的，六爺收著玩兒罷。」從此以後，他兩人假這太后的書房，做為一個聚會之所；交情十分濃厚。

日子久了，那班小宮女、小太監，總不免有三言四語；不知怎麼的，傳在一個七格格耳朵裏。講到這七格格，原是慈安太后的內姪女兒；出落得玉貌花容。當時宮裏有兩個美人兒，一個是懿妃，一個便是七格格；這兩個美人，都在慈禧太后跟前的。

慈禧太后最愛女孩兒，凡是宗室格格和大臣家裏的女公子，有聰明伶俐的，給太后知道了，便召進宮去，當著女官，終日陪著太后說笑遊玩；這七格格雖是慈安太后這邊的人，但因她常常到慈禧太后宮裏去，慈禧太后看她活潑有趣，便常常留她在宮中賞飯、賞衣服。

七格格是何等聰明的女孩子，她表面上雖親近著慈禧太后，但慈禧要留她在身邊，她總是婉言辭謝，去跟著慈安太后住宿；有時，慈禧太后向她打聽慈安太后那邊的事情，她總推說不知道。慈禧太后也明知道她們姑母姪女總互相迴護的，但捨不下她的美貌，依舊常常去宣召來，帶在身邊說笑玩耍。

天下的美人，生性最妒；七格格仗著自己美貌，又聽宮中的人拿她去比懿妃，說她們是一對美人兒，因此七格格有些氣不過，常常在背地裏說懿妃的壞話。說懿妃如何不避嫌疑，榮祿進宮出宮，總是懿妃接送著；兩人常在太后書房裏調笑無忌，便是當著太后說話之間，也是嬉笑無忌的。

這樣子看在太后眼裏，明知道他們不妥；但這兩人都是自己的心腹，也不好說什麼。倒是七格格在暗地裏，卻刻刻留心看他們的舉動，要抓點錯處出來，丟丟懿妃的臉。

這一天合該有事。七格格奉了慈安太后之命，跑到慈禧太后宮中去，向慈禧要兩廣總督的奏摺看；

待到了那邊，為時尚早，慈禧還不曾起房呢。無奈這奏摺是慈安太后立等著要看的，七格格不便空手回宮去，便打算找懿妃閒談去；看看走到懿妃的房門口，忽見一個小太監坐在房門外，見了七格格，忙向她搖手兒，叫她莫進去。七格格看了詫異，她也不理會，儘自闖進房去。

小太監急在七格格身後大聲喊道：「七格格來了！」懿妃原在裏面套房裏的，聽得了，忙迎出房來；七格格在房門外，彷彿聽得有男人說話的聲音。看懿妃臉上時，紅潮雙暈，雲鬢微鬆；對七格格說話的時候，也氣喘吁吁的。

七格格越發動了疑，劈頭第一句便問道：「妳在屋子裏和誰說話？」

懿妃已被她一句話揭穿了，知道無可抵賴，便說：「六爺在我屋子裏坐呢。」說著，回頭過去，向屋子裏喊道：「六爺快快出來，七格格在這裏看你呢。」

裏面榮祿聽了，趁此「喔」的答應一聲，趕出屋子來，向七格格請了一個安，滿臉堆著笑；一面端椅子請她坐，一面問道：「七格格到這屋子裏來，有什麼事？」

七格格聽了，把頸脖子一歪，說道：「什麼話！這地方祇許你來，卻不許我來的嗎？到這裏來，一定要有事兒才來得嗎？那麼我請問六爺，六爺是有什麼事兒來的呢？」

問得榮祿一句口也開不得，祇說：「好格格，我不會說話，饒了我罷。」說著，做出許多醜相來；又問七格格：「這幾天可到什麼地方去逛來？老佛爺可有什麼話來？」又說：「十剎海這幾天正熱鬧呢，格格可曾去逛過麼？改幾天有空兒，我陪著格格逛去，可好麼？」東拉西扯的說了許多話，七格格眯也不去眯他，祇和懿妃說著話兒。

過了一會，小太監來通報說：「老佛爺傳七格格呢。」七格格聽了，忙丟下他兩人，轉身跟著小太監走進慈禧宮中去。見了太后，便說慈安太后打發她來，向老佛爺要兩廣總督的奏摺去看；慈禧太后聽了，忙傳李蓮英，叫他到書房去，把那奏摺揀出來送去，又留住七格格在宮中陪著吃飯。吃飯的時候，有許多妃嬪宮女在兩旁站著伺候著，獨有那班格格們，可以陪伴太后吃飯。

這時懿妃也站在一旁，待慈禧太后吃完了飯，進房去；那班妃嬪們才就太后吃剩的飯菜，胡亂吃了一回。那時慈禧太后和七格格在屋子裏閒磕牙，說話之間，七格格便把榮祿在懿妃房中逗留調笑的情形，約略的說了幾句。

榮祿和懿妃的事情，在西太后心中也早也料到；如今聽七格格說出這話來，心想七格格是慈安太后的內姪女兒，那榮祿又是自己的內姪，倘然這風聲傳到東太后耳中去，少不得自己也要擔著處分。因

此，忙拉著七格格說道：「好孩子！妳既撞見了，咱們娘兒都是一家人，妳便包庇他們些，他們總忘不了妳的好處。」

說著，把自己頭上插著的一支玉搔頭拔下來，替七格格插在鬢兒邊，七格格忙跪下去謝恩。正起來，那懿妃也吃完了飯，走進屋子來；慈禧太后吩咐懿妃，叫她向七格格請安。懿妃一時摸不著頭腦，但太后的吩咐又不能違背，便向七格格蹲身請下安去。七格格推說是東太后那邊有差遣，便辭出宮去。

這裏慈禧太后立刻把臉色沉下，問著懿妃道：「我吩咐妳向七格格請安，妳知道我的用意麼？」嚇得懿妃不敢開口，忙趴在地下磕頭。慈禧太后又吩咐把榮祿喚進來；榮祿那邊，早有太監去報信給他，說老佛爺正生氣呢。一聽得宣召，捏著一把汗，躡著腳走進太后房中去；見懿妃跪下，他也趴下地去，恰和懿妃跪了一個並肩兒。

祇聽慈禧太后很嚴厲的聲音說道：「我祇因看你們兩個孩子，長得比別人聰明些，凡事也不免信託你們些，寬縱你們些；你們索性在背地裏，做出那種無法無天的事情來。今天給七格格撞破了，她回去告訴東太后知道，明天不免要見奏章；那時我自己也洗不清，管不得你們的事了，你們準備著腦袋砍下

來便了！」

　　一句話，說得榮祿和懿妃兩人連連磕頭求饒；榮祿又說：「奴才在貴妃房中，不敢爲非作歹；祇因奴才進宮來時，打聽得老佛爺還望安臥不曾起身。奴才要打聽老佛爺昨夜身體可大安，一時又無從打聽；知道懿貴妃是老佛爺寵愛的人，早晚伺候著老佛爺的，便到貴妃屋子裏去。一來是打探老佛爺的消息，二來是去請貴妃的安；原是奴才不知嫌疑，罪該萬死！但說奴才有什麼曖昧事情，這是青天在上，奴才萬萬不敢的；奴才一死原不足惜，祇是拖累了貴妃的名氣，叫奴才如何對得起人，這事情祇求老佛爺替奴才做主。」說著，又不住的磕下頭去。

　　慈禧太后聽了榮祿的話，冷笑著說道：「你兩人也不用在我眼前裝神弄鬼，我也沒有這個勁兒來管你們的閒事；祇看你兩人的造化。明天東太后倘沒有什麼話落在我耳朵裏，臣工們倘沒有奏章照在我眼睛裏，就也饒恕了你們；不然的話，倘有三言二語落在我耳根裏，如今東太后正天天要抓我的錯兒，那皇上也不親近我，我自身也難保，祇得把你兩人和盤托出去。殺也罷，剮也罷，可不干我事。」

　　懿貴妃聽了這個話，嚇得那眼淚直滾出來；西太后喝一聲「起去」，他兩人又給西太后碰頭退出房

來。在背地裏，懿貴妃又拉著榮祿痛哭；榮祿拿好言安慰她，又說：「我和李總管商量去，絕不叫貴妃吃虧的。」

當夜，榮祿果然去找李蓮英，告訴他的來意；李蓮英也常常吃東太后的訓斥，唧恨在心，聽了榮祿的話，便拍著胸脯說道：「六爺放心，這件事情不鬧出來便罷；倘然鬧出來，我們索性一不做二不休，施一條毒計，把我們的仇人一網打盡，大家痛痛快快的做一下。」

榮祿聽了，暫時告別出宮門。榮祿耽了一夜的心事；第二天一早，又急急趕到宮裏去候信。那西太后早朝回宮，便傳榮祿進去；榮祿知道大事不好，祇得硬著頭皮走進西太后房裏便跪下。祇見西太后滿面怒容，擲下一個摺子來，叫他自己看去；榮祿見那摺子是翁同龢上的。摺子上不但說榮祿和懿妃的事情污亂宮庭，請兩宮太后立交內務府明正典刑；並說慈禧太后侈靡驕縱，祖護私親。

榮祿一面看著摺子，一邊聽西太后喝道：「你們這班孽畜！自己做出不要臉的事情來，拖累我也受著翁師傅的嘲笑，你們還不給我去快快的死嗎！」一句話不曾說完，宮女報說：「慈禧大后來了！」慈

第八十一回　榮祿崛起

禧太后忙起身迎接。

慈安太后也滿臉含著怒氣，走進房來；慈禧太后臉上不覺露出羞慚之色。慈安太后一坐定，便問

道：「今天翁師傅的奏章，妹妹看見了沒有？」

慈禧太后還不曾答話，忽然宮女又進來報說：「懿貴妃在宮中自縊身亡。」榮祿聽了，真好似萬箭攢心。

第八十二回 慈安暴卒

懿妃第一天受了西太后的一番訓斥以後，心中已十分害怕，時時防著有大禍臨身，一夜不曾合得眼；到了第二天一早起來，梳粧已罷，看看沒有什麼消息，便趕到仁壽宮去伺候著慈禧太后起身。太后見了她，卻不說話，懿妃心中稍稍放下；候著太后坐早朝去，便偷空回到自己屋子裏去休息，留下一個宮女，在太后宮裏打聽消息。

待到太后回宮，看了翁同龢的摺子，把榮祿傳進宮去，大加訓斥；懿妃的宮女在廊下，聽得十分清楚，急急趕去告訴懿妃知道。懿妃一想，這個罪名，看來是不能夠免的了；將來拋頭露面到宗人府去受著審問，叫我如何丟得下這個臉？我還不如趁早尋個自盡罷。她打定了這個主意，把跟前的宮女一齊調出房去；她自己闔上房門，跪下地來，向空磕了幾個頭。拿了一條鸞帶，在當門口吊死了。

待到那宮女去做了事，回進房來，房門反關著，在門外叫喚，也不聽得房裏有什麼聲響；宮女們知

第八十二回　慈安暴卒

一〇三

道事情不妙，便去通報總管。那總管看了情形，知道出了事情，便傳齊許多小太監，從窗戶裏打進屋子去，一看見懿妃的身體高高的掛在當門，上去摸一摸，早已斷了氣。小太監嚇得跳出房來，把情形報與總管知道；總管也不敢做主，忙去報與李總管。李總管便去報與太后身邊的宮女；宮女不敢延緩，立刻去報與太后。

慈禧太后受了慈安太后的埋怨，一肚子沒好氣；見宮女報說懿貴妃自縊身死，便說道：「他們自己作的孽，我也管不得這許多。」一面指著榮祿說道：「他雖說是我的親姪兒，但他如今被翁師傅參奏下來，我也不能夠包庇；求姊姊帶去，嚴嚴的審問他，該殺該剮，我絕沒有半句閒話。我做了太后，為了這畜生，給臣子們說我祖護私親，我的臉也丟盡了！」西太后說到這裏，也忍不住掉下眼淚來。

慈安太后便傳總管來，把翁師傅的原摺連同榮祿，送去刑部大堂審問明白；那刑部大臣知道榮祿是慈禧太后的內親，也不敢擬什麼重罪，祇擬了「永不敘用」四個字，把奏摺送上兩宮太后。西太后避著嫌疑，由東太后批了「依議」兩個字；從此榮祿革去了一切職銜，閒住在家裏，不能再進宮去見太后了。

西太后跟前少了這兩個人陪伴，頓時覺得十分寂寞，肚子裏一堆的心腹話，也沒有地方可以說得，

因此越發把個慈安太后恨入骨髓；時時刻刻和李蓮英商量，要想報她胸中的仇恨。慈禧太后說：「近來東太后處處抓我的錯處，我倘不想法子報仇，致她的死命，將來還有我自由的地步嗎？」知道西太后去了懿妃和榮祿兩人，跟前十分寂寞，便每日到西太后宮裏來找她說些閒話。西太后在面子上雖敷衍著，心中卻時刻留意，看可有下手報仇的機會沒有。

這東太后生平最愛吃小食兒，她不論到什麼地方，總有一個宮女捧著點心盒子跟在身後；盒子裏面，各色糖果、糕餅餑餑都有，東太后說著話，便隨手拿著糖果點心吃著。西太后看了這情形，心中忽然有了主意。

隔了幾天，正是召見軍機大臣之期；慈安太后絕早起來，慈禧太后起身略遲，慈安太后便到慈禧宮中去候著。慈禧一面梳粧著，一面和慈安說著話；忽然想起東太后未曾用得早餐，忙吩咐宮女去把那精細餑餑拿出來，獻與東太后吃。東太后看那餑餑，真做得精細可愛，有做成八仙的，有做成鶴鹿的，裏面拿雞絲火腿做成餡子，吃著味兒很美；東太后一面稱讚著，一連又吃了幾個。

西太后說：「這是宮中新進來的膳伕，製了一百個餑餑進呈，先嘗嘗味兒的…姊姊既愛吃，索性叫

宮女多拿幾個回宮去吃著玩兒。」說著，便有宮女捧著一大盒餑餑來，交給那捧點心盒子的宮女，先給東太后送回宮去。

這時西太后梳洗完畢，與東太后一同出去坐朝；當時召見的大臣，是恭親王奕訢、大學士左宗棠、尚書王文韶與協辦大學士李鴻藻一班人。

這一天，正是光緒辛亥年三月初十日，照宮廷的規矩，太后坐朝，大臣們原跪在簾子外奏對的；祇因西太后嫌隔著簾子說話，十分氣悶，便吩咐把當殿的簾子捲起。從此臣僚上朝，都得望見兩太后的顏色。這一天，諸大臣奏對的時候，獨有恭親王的眼力最銳；望見慈安太后的御容甚是和悅，說話也獨多，祇是兩腮紅暈，好似酒醉一般。

這一天開御前會議，議的是法國進寇越南的事情；到午膳時候，諸大臣稍退，兩宮太后在偏殿傳膳。膳罷，略事休息，又復召集臣工，繼續會議；直議到下午四點鐘，才議出一個頭緒來。由兩宮下諭北洋大臣李鴻章籌商辦法，並命沿邊沿江海各督撫密為籌備。這個旨意擬成，慈安太后便覺得頭目昏花，有些支撐不住了；急急回宮去，在御榻上睡下。

外面大臣們退朝，在朝房裏又商議了一會，各自退出午門，正打算回家；忽然內廷飛報出來，說：

「慈安太后駕崩了，傳軍機大臣們莫散去，速速進宮商議大事。」那班大臣們聽了，個個面面相覷，目瞪口呆；其中只有恭親王最是關心，聽了便忍不住嚎啕大哭起來。

諸大臣勸住了恭親王的哭，趕進東太后寢宮去，見慈禧太后坐在矮椅上，宮女們正在替東太后小殮。大臣們看了這個情形，忍不住個個掉下眼淚來；祗聽得西太后自言自語的說道：「東太后一向是一個好身體，近來也不見害病，怎麼忽然丟下我去了呢。」

慈禧太后一邊數說著，一邊伏在屍身旁嗚嗚咽咽的痛哭起來。諸位大臣見西太后哭得傷心，便也一齊跪下地來勸解著，說：「皇太后請勉抑悲懷，料理後事要緊。」

照宮廷的舊例，凡是帝后上賓，所有藥方醫案，都要交軍機大臣看；如今東太后死得這樣快，所以不及延醫服藥，也不曾留得方案。后妃死後，照例又須召椒房戚族，進宮去看著小殮；如今西太后的主意，不叫去通報東太后的母家，鈕鈷祿氏的族人。大臣們也沒有人敢出這個主意，一任那班宮女在那裏，替東太后草草成殮。

慈禧太后一面把一班軍機大臣召喚到自己書房裏去，商量擬遺詔的事情；由西太后出主意，命李鴻藻當面擬就，立刻把遺詔發下去，以掩人耳目。那遺詔上說道：

第八十二回　慈安暴卒

一〇七

「予以薄德，祗承文宗顯皇帝冊命，備位宮壼；迨穆宗毅皇帝紹丕基，孝思眈篤，承歡奉養，必敬必誠。今皇帝入纘大統，親膳問安，秉性誠孝；且自御極以來，典學維勤，克懋致德，予心彌深欣慰！雖當時事多艱，昕宵勤政，然幸體氣素稱強健，或冀克享遐齡，得資頤養。本月初九，偶染微症，皇帝侍藥問安，祈予速痊；不意初十日病勢倍重，延至戌時，神忽漸散，遂至彌留。年四十有五，母儀尊養，垂二十年；屢逢慶典，迭晉徽稱，夫復何憾？第念皇帝遭茲大故，自極哀傷，惟人主一身關係天下，務當勉節哀思，一以國事為重，以仰慰慈禧端佑康頤昭豫莊誠皇太后教育之心。中外文武，恪供厥職，共襄郅治；予靈爽實與嘉之。其喪服酌遵舊典，皇帝持服二十七日而除；大祀固不可疏，群祀亦不可輟。再予以儉約樸素，為宮闈先，一切事關典禮，固不容矯縱抑損；至於飾終遺物，有可從儉約者，務惜物力，即所以副予之素願也。故茲昭諭，其各遵行。」

一道遺詔，便輕輕把一椿絕大的疑案掩飾過；那孝貞皇太后的家族也不敢問信。從此慈禧太后在宮

中，更可以獨斷獨行。

慈安太后既死了，她的第二步手腕，便是要除去恭親王奕訢。恭親王在大臣中，資格最老，又是先朝顧命之臣；他常常和慈安太后呼成一氣，和自己反對。此人在朝，終不能暢所欲為；便常常和李蓮英商量著，要革去恭親王的職。但恭親王入軍機已久，諸大臣都和他通同一氣；他辦事又公正，從沒有失職的事情，便是要去掉他，也無可藉口。

恰巧第二年，中法戰事起了，說他議和失策，把這罪名全個兒擱在恭親王身上；趁此機會，又下一道上諭，把從前慈安太后的同黨一齊革職，為一網打盡之計。那諭旨上說道：

「現值國家元氣未充，時艱尤鉅，政多叢脞，民未救安；內外事務，必須得人而理。而軍機處，實為內外用人行政之樞紐。恭親王奕訢等，始尚小心匡弼，繼則委蛇保榮；近年爵祿日崇，因循日甚，每於朝廷振作求治之意，謬執成見，不肯實力奉行；屢經言者論列，或目為壅蔽，或劾其委靡，或謂簠簋不飭，或謂昧於知人。本朝家法綦嚴，若謂其如前代之竊權亂政，不惟居心所不敢，實亦法律所不容。只以上數端，貽誤已非淺鮮。若仍不改圖，專務姑息，何

第八十二回　慈安暴卒

一〇九

以仰副列聖之偉業?貽謀將來皇帝親政,又安能臻諸上理?若竟照彈章一一宣示,即不能復議

親貴,亦不能曲全耆舊,是豈朝廷寬大之政所忍為哉?言念及此,良用惻然!

恭親王奕訢、大學士寶鋆,入直雖久,責備宜嚴;姑念一係多病,一係年老,茲特錄其前

勞,全其末路。奕訢著加恩仍留世襲罔替親王,賞食親王全俸,開去一切差使,並撤去恩加雙

俸家居養疾;寶鋆著原品休致。協辦大學士吏部尚書李鴻藻內廷當差有年,祇為囿於才識,遂

致辦事竭蹶;兵部尚書景濂,祇能循分供職,經濟非其所長,均著開去一切差使,降二級調

用。工部尚書翁同龢,甫直樞廷,適當多事;惟既別無建白,亦有應得之咎。著加恩革職留

任,仍在毓慶宮行走,以示區別。

朝廷於該王大臣之居心,默察已久;知其絕難振作,誠恐貽誤愈重,是以曲示矜全,從輕

予譴,初不因尋常一眚之微,小臣一疏之劾,遽將親藩大臣投閒降級也。嗣後內外臣工,務當

痛戒因循,各擴忠悃,建言者秉公獻替,務期遠大。朝廷但察其心,不責其跡;苟於國事有

禆,無不虛衷容納。倘有門戶之弊,標榜之風,假公濟私,傾軋攻訐;甚至品行卑鄙,為人驅

使,就中受賄,當必立抉其隱,按法懲治不貸。將此通諭知之。」

這一道上諭，說得吞吞吐吐，文不對題；那班被革職的大臣們，知道慈禧太后有意排除異己，祇因

天語煌煌，也祇得忍氣吞聲的退出了軍機處。那惇親王奕誴原是太后的一黨；慈禧便暗暗的指使孫毓汶奏請，把惇王調入軍機，做太后的耳目。

醇親王是帝父，照祖宗成法，是不能入軍機處的；如今慈禧太后另有用意，把醇王調入了軍機處，一面

下上諭，說軍機處遇有緊要事件，著會同惇親王奕誴商辦，俟皇帝親政後，再降懿旨。

翁同龢看了這道上諭，大不以為然；便指使左庶子盛昱上奏力爭。接著那左庶子錫鈞、御史趙爾

巽，都上書勸諫；說醇親王不宜參預軍機事務。慈禧太后如何肯聽，上諭下來，祇有「應毋庸議」四個

字；那班臣子看了也無可如何。

光緒皇帝和惇親王是不對頭的，皇帝真正的父親，卻是奕譞，那慈禧太后又和奕譞不對的。光緒皇

帝進宮的時候，奕譞的福晉原不十分願意；她們是妯娌輩，又是姊妹，知道慈禧的脾氣十分奸刁，自己

的兒子要在她手裏長大，一定是要吃苦的。當光緒進宮的時候，奕譞的福晉也曾痛痛的哭了幾場，說：

「活活的把我一個兒子葬送了！」這話傳到慈禧耳朵裏去，說奕譞福晉不識抬舉；從此因恨奕譞夫妻兩

人，也便不歡喜光緒皇帝了。

實在此番慈禧太后的立光緒帝，在慈禧心中，還算是報奕譞的恩的；奕譞有什麼恩？原來當初文宗在日，和奕譞十分友愛，弟兄兩人常常在宮中見面；文宗所有心腹話，都向奕譞說出來。這時文宗看出慈禧太后是一個不安分的女人，便想廢去她妃子的名位，免得她將來倚勢弄權；便常常把這個意思，和奕譞商量著。是奕譞再三勸住，才保全了慈禧的名位。

慈禧心中感激他夫婦兩人，所以把他的兒子立做皇帝；卻不料奕譞夫妻兩人，是不中抬舉的，背地裏常常說慈禧的壞話。再加光緒帝處處和皇太后反抗，自幼兒性情便不能相投；慈禧太后疑心是奕譞在暗地裏教唆成這個樣兒的，也便處處防備。傳諭宮門，非有特詔，不得令皇帝和奕譞夫妻見面；因此奕譞福晉越發恨著太后，常常因想念兒子，在府中哭泣。

這時光緒帝已定了親，選定的皇后是桂祥的女兒；性情和太后差不多，光緒帝心中十分不願。皇帝所喜歡的，是一個瑾妃；瑾妃的面貌又美麗，性情又和順，光緒帝很想立她做皇后，無奈皇太后不答應，因此皇帝和皇太后的意見又深了一層。

那班趨奉皇太后的宮監臣子們，見皇太后不喜歡皇帝和奕譞夫妻們，便造出許多謠言來：說京師西

直門外白雲觀裏，有一個道士名叫嶠元。他能夠望氣；每到夜深，嶠元便在庭心裏遠望，見奕譞府中屋頂上面罩著一重雲氣，那雲氣裏隱約見一條黃龍。在半天裏騰拏飛舞。奕譞怕要做本朝的真命天子，不可不防。

皇太后聽了這個話，十分相信；吩咐李總管把這嶠元道士傳進宮來，親自詢問。那嶠元道士說：「屋上有雲氣，確是出真命天子之兆；今蒙皇太后垂問，容小道再到王府門口去細細察看，再來覆旨。」太后准了他的奏，便派幾個小太監，打扮得如平常人模樣，到奕譞府門口，細細的觀望一回。

嶠元道士點點頭，心中明白，急回宮去奏明皇太后。說：「王府中有一株古柏樹，那雲氣便從柏樹頂上出來；祇須想法把那柏樹截斷，便破了風水，可以無礙了。」太后聽了，便賞了道士些銀錢去訖。

這裏親自擺駕，輕車簡從的出宮，悄悄的趕到奕譞府中去，把奕譞夫妻兩人，嚇得屁滾尿流，急急出來把聖駕接進屋子去。

慈禧太后笑著，拉住奕譞福晉的手，說道：「咱們自己姊妹，不必客氣；我在宮中悶得慌，想起妹妹府中的花園十分幽雅，特來遊玩一回。」

奕譞聽了太后的話，便把酒席擺在花廳裏，請皇太后吃酒賞花。那株古柏適當庭心，看它老幹擎

天，濃蔭匝地；太后不住的讚嘆說：「好高大的柏樹！我如今建造頤和園，正缺少這樣的大木料。」

奕譞站在一旁，聽了太后的話，便信以為真；忙奏稱說：「臣願把這株木料獻與老佛爺。」

皇太后聽了，正合她的來意；待用膳已畢，便吩咐傳集府中的工匠，一齊動手，把這株五六百年的老柏樹齊根砍了下來。

這時皇太后正坐在廊下看著，祇聽得一聲響亮，大樹倒地；樹心裏忽然飛出十數條大蛇來，金鱗火眼，向四處亂撲。有一條大蛇，直向皇太后臉上撲來。

第八十三回　峒元道士

那條大蛇直向慈禧太后臉上撲來的時候，奕譞和李蓮英兩人正站在慈禧太后的身後；祇聽得太后大叫一聲，暈倒在椅子上。李蓮英這時也顧不得什麼了，忙搶去把太后抱住；奕譞也不要性命了，向那大蛇迎上去，數著拳頭在蛇頭上奮力一擊。大蛇暈倒在地，奕譞便提起靴腳，把蛇頭踏住。

那蛇受了痛，掉轉尾兒來，把奕譞攔腰盤住；蛇身愈盤愈緊，奕譞幾乎喘不過氣來。虧得那班工匠在一旁見了，大家上去拿斧子把蛇身支解開來；奕譞腳心裏已受了毒氣，站立不住了，但慈禧太后還坐在花廳裏，家人扶著他走進屋子去，忽忙趴在地下磕著頭，說：「奴才該死！老佛爺受驚了！」

這時慈禧太后神志已清，一班太監們忙著拍胸搥腿，送參湯裝煙，忙了大半天，太后才開口，吩咐回宮去。這裏奕譞跪著送出大門去，回進上房，忙傳府中的外科醫生，在腿上打針，服下解毒的藥去；隔了一宵，那毒氣卻漸漸的退了，祇是頭暈心跳，精神疲倦。醫生正要下第二劑藥，忽然慈禧太后派了

蕭御醫，到府中來診奕譞的病。

奕譞當即叩頭謝恩，御醫診過了脈，並不開方，便在隨帶的藥箱裏掇些藥，看著奕譞服下便去了。

從此御醫便每天來替醇親王診一次病；每一次必看著奕譞服下藥才走。但奕譞自從改服了御醫的藥以後，那病勢反覺得一天一天的厲害起來；府中雖養著幾位內外科醫生，但因御醫來下過藥，都不敢再下藥。

這一天，直隸總督李少荃親自進府去探望。奕譞見了李總督，祇是淌著眼淚說：「我的病，看來不能好了！我祇有一塊肉留在宮裏，他如今是咱們的皇上了；我死以後，別的沒有什麼捨不下，祇求總督多多看顧我們這位皇上罷！」說著，便在床上向李總督拱手。

李少荃忙回著禮，說：「王爺放心，做臣子的豈有不忠心於皇上之理？便是王爺的病，也不見得便有什麼凶險。」

奕譞這時兩眼矇矓，低低的說道：「我很想見他一見。」

李少荃聽了，知道王爺想見他的兒子；第二天李總督便入奏，說：「奕譞病勢危篤，頗欲與今上見一面；即皇上天性純孝，生父病狀，亦時在念中，可否仰求皇太后垂念父子天性，賜予一面？」

慈禧太后見了這奏摺，便立刻親自帶了光緒皇帝，到王府裏去探望奕譞的病；那奕譞正病得神志昏

沈的時候，見了光緒皇帝，頓覺清醒起來，忙趴在枕上磕頭接駕。光緒雖說年紀尚輕，但父子究關天性，見奕譞病得十分瘦弱，也不覺掉下眼淚來了。回宮去，又打發內監賞人葠十斤，黃金千兩。

這時總督衙門裏，有一位書啓師爺，很懂得醫理；李總督一家人有病，都是這位師爺看好的。當時，李總督便把這位師爺推薦到王爺府裏去；無奈宮中的規矩，有御醫診著病，別的醫生任你有如何廣大的神通，也要避著嫌疑，不能再給病人診病了。

這位書啓師爺在王府裏住了幾天，無事可做；到後來，眼看著一個年紀輕輕、身體強健的奕譞，活活的被御醫治死了。光緒皇帝在宮中得到生父死去的消息，便忍不住嚎啕大哭；慈禧太后便派李蓮英傳諭，勸皇上節哀保重，又吩咐隆裕皇后隨時勸慰。一面下諭從優撫卹；發內帑萬兩給王爺治喪。

自從奕譞死了以後，慈禧太后才放了心；一面卻把那嶗元道士十分信任起來。皇太后親自下諭，封嶗元道士爲總道教司，與江西龍虎山的正乙真人並行；又發銀一萬兩，替他重蓋白雲觀。

這白雲觀在北京西直門外，原是一座荒涼古刹，門前匾額剝落，門內佛座歪斜；自從皇太后敕建白雲觀，那嶗元道士便竭力經營。他仗著皇太后捐帑的名兒，到各王爺、各大臣家裏去募捐；上自督撫大員，下至府尹小吏，都捧著銀錢去孝敬他，要他在太后跟前說一句好話兒。

這一次，嶠元道士足足募捐了六七十萬銀兩，便在西直門外舊址大興土木。白雲觀的原基，祇有四五分地皮；如今嶠元道士有錢了，便把附近四五百畝地，連房屋統統買下來。他出的地價，祇有二三十塊錢一畝，鄰舍人家都懼懼他的勢力，不敢不賣給他；嶠元道士買得了地皮，便把房屋統統拆去，重新蓋造。外面殿閣崇宏，裏面亭臺曲折；夾著許多花木池沼。外面望去，好一座闊大的庭園。

到落成的這一天，嶠元道士便進宮去恭請皇太后降臨，替菩薩開光；慈禧太后原是信佛的，當下聽了也高興，便下諭揀定正月十五日，聖駕親臨白雲觀拈香。這個諭旨一下，卻把那文武大臣忙得走投無路；你道為什麼這樣忙？原來皇太后諭中，有著王大臣眷屬隨同拈香的話。那班官家眷屬平時深居簡出的，如今得了這道懿旨，是奉旨燒香；做她丈夫的，如何敢違拗她？

女太太一出門，第一要緊的事情，便是「穿戴」兩字；那些年老的福晉夫人們還容易對付，祇有那班年輕的官太太或是格格小姐們，最是不容易打發。她們都在妙齡盛年，花貌瓊姿，個個有逞奇好勝的心思，如何不趁此在皇太后跟前顯煥顯煥？那班太太小姐們，都向她的丈夫、父親百般需索；有的要兌首飾，有的要做衣服。到了正月十五一清早，各自打扮著，坐著自己府中的車輛，趕到西直門外白雲觀裏接駕去；那文武官員親王大臣，卻在城門口接駕。

停了一刻，遠遠見旌旗蔽日，鑪煙簇雲；又有一大隊兵馬，擁護著皇太后的聖駕來了。到得跟前，那班大臣們忙趴下地去跪接；待聖駕過去，那大臣們各自上馬，上車的上車，從小路裏抄上前去，又在白雲觀門外跪接。皇太后、皇上和皇后的御車，直進中庭角道上下車。這時甬道兩旁跪的盡是官家眷屬，一時釵光鬢影，滿庭春色；皇太后向兩面看著，臉上不覺露出笑容來。

皇太后進殿，峒元道士早在殿階上俯伏著，高呼著：「皇太后、皇上，萬歲萬萬歲！」皇太后走到佛座前，見正中塑著一座丈二金身，認識是玉皇大帝。李蓮英遞過御香，皇太后和皇帝、皇后，一齊跪在繡墩上參拜。後面二三百位官眷，殿廊下二三百位大臣，都一齊跟著跪在蒲團上。滿院子鴉雀無聲的，祇聽得鐘鼓之聲東西相應；女眷們的環珮鏗鏘聲，大臣們的朝珠叮噹聲，微微的內外相應。

拈香已畢，大臣們退出；皇太后把峒元道士宣召進來，吩咐他領導隨喜。那峒元道士全身披掛，精神抖擻，在前面斜著肩兒，彎著腰兒走著。皇太后走過幾重佛殿，見塑的盡是天神天將；繞過後面月洞門，便露出一座花園來，蓋造得精緻曲折。花園裏，隨處養著鶴鹿孔雀、錦雞白兔之類，也有在草地上跪著的，也有在假山洞裏躲著的；皇太后看了十分歡喜。

走過幾處迴廊曲院，才見正屋；蓋的是九間正廳，五明四暗。廳上已排列著茶桌，廳對面建著一座

金碧輝煌的戲臺；這時滿屋結著燈綵，戲臺上預備下場面。兩邊暗房是皇太后、皇后的更衣室；峒元道士早已把內廷供奉的幾個戲子邀往觀裏，聽候太后點戲。

皇太后、皇后入更衣室，略略休息一會。外面茶果擺齊，戲臺上鑼鼓一響，戲文開場；峒元道士早已把內廷供奉的幾個戲子邀往觀裏，聽候太后點戲。

皇太后出來用茶果，果然點了一齣「混元盒」、一齣「趕三關」，皇上點了一齣「迴龍閣」；皇后知道皇太后是愛小旦戲的，便點了一齣「鴻鸞禧」，太后十分歡喜。一屋子宮眷們都陪坐著聽戲，臺上笙歌嘹亮，臺下珠圍翠繞；文武官員一律迴避著，獨有這峒元道士在脂粉堆裏，如穿花蝴蝶似的跑來跑去，承迎著皇太后的色笑。

這一場戲直看到日落西山，皇太后才擺駕回宮；那班女眷們正看得出神，聽說皇太后要回宮去了，大家祇得依依不捨的各自出門上車，跟著太后進城去。這裏留下那班大臣們，峒元道士便把那王爺大臣們邀進正廳去坐；那班大臣們都和峒元道士好，大家稱兄道弟的喝酒聽戲。

有許多戲子原認識那班王爺大臣們的，唱完了戲，各自打扮著下臺來，坐在大人們身後；那班大人見了戲子，越發樂得忘形，個個摟著小戲子狂呼痛飲起來。這一場酒直喝到黃昏人靜，才各自打著燈籠坐車進城去。

隔了幾天，峒元道士進宮去謝恩，皇太后留著他在宮中一連住了幾宵；峒元道士講些練氣打坐的工夫，又教著皇太后練八段錦功夫，說每日在起床之前練習一套，可以延年益壽。皇太后聽信他的話，從此便認真練習起來；後來便習慣了，隨便在什麼地方，總須練過一套八段錦才肯起身。這功夫直到老也不間斷的；因此慈禧太后的身體日見豐美，到老也不衰敗。這都是後話。

如今這峒元道士既得了皇太后的歡心，他在太后跟前，真是言聽計從；太后常常宣他進宮賜坐，奏對道術，從早談到晚，太后聽了也不厭倦。有許多王公大臣見他得了勢，便輪流著請他進府去置酒高會；喝酒喝到高興裏頭，便把自己的夫人福晉、格格小姐們喚出來，拜峒元道士做師父。這個風氣一開，京城裏許多官家眷屬，都搶著拜在峒元道士門下，做一個女弟子，算是十分榮耀的事。

那做女弟子的，都有贄見；多則上萬，少也數千。銀錢以外，還送著各種繡貨，有繡一件道袍的，有繡一件鶴氅的，也有繡佛前幢旛的。那官階小些或贄見禮少些的，硬把自己妻女湊去拜他，還不在他眼睛裏呢。

有許多王爺求著要和他換帖，峒元道士還推三阻四的不肯；他祇和李蓮英拜把稱弟兄，為的是結下這個交情，彼此在太后跟前，可以互相說著好話。又因這一年正月十五日，太后親到白雲觀中拈香過，

從此每到正月十五這一天，便有京城裏文武官員到觀中來拈香，皇太后、皇上也必要下諭，派一位王爺代行拈香。

這一天，峒元道士備下戲酒，邀著王爺大臣們在觀裏補熱鬧一天；從十五這一天起，便把廟門開放，任人進廟燒香，直開放到二十五。在這十天裏面，紅男綠女進廟來燒香的，擠得水洩不通；京城裏人稱做「會神仙」。

來會神仙的，不獨是平民百姓，那京城裏王爺的福晉、大臣的命婦以及貴家的格格小姐，都打扮得花朵兒似的到廟裏來會神仙。她們的會神仙，又與平常婦女不同；到了廟裏，決不肯當日回府，必得要在廟中睡下一宵，真的去會神仙，名叫「宿山」。

好在這班貴婦女子，大半是峒元道士的女弟子，年輕的格格小姐們，又寄名給峒元道士做乾女兒；因此那班貴婦小姐見了道士，大家搶著把師父、乾爹嚷成一片。峒元道士見女弟子來了，乾女兒來了，便格外巴結；在廟裏預備錦繡的床帳、精美的房間，一共有幾十間，留她們女眷住下，會會神仙去。其中有長得美貌的，越發留著多宿幾宵。

有許多官員想陞官的，便託他妻女在這會神仙的時候，求著師父乾爹，給她自己的丈夫、父親，在

太后跟前說幾句話。又拿整萬、幾十萬銀兩交給峒元道士，託他上下打點；祇須師父乾爹一答應，那官兒在十天裏面，便可以往上陞。那班官眷會得神仙的，便出來對同伴們誇耀著，祇因有幾個年紀略大些的官太太，或是銀錢不濟事的，竟有幾年會不到神仙的。

記得那年有一個杭州的吳侍郎，在京城裏做了多年的窮京官，實在窮得過不下日子去，要走走門路，手頭又苦於沒有銀錢；吳侍郎的妻子郁氏，是個頭等美人，京城裏一班官家眷屬，人人都知道的。

這一年也是正月十五這一天，郁氏到八王爺府中去拜歲；那王爺的福晉正打扮著，要到白雲觀去會神仙。郁氏一時興起，也跟著福晉同去。

峒元道士一見了郁氏，忙問這位是誰家的太太？福晉便對他說，是吳侍郎的夫人。郁氏的美名，峒元道士也是久慕的；如今見了她，如何肯放過？當時便要收郁氏做乾女。郁氏推說沒有帶贄儀；在峒元道士跟前做女弟子或是乾女兒，多少總要獻贄儀的，多則上萬，少也要幾千。況且這做乾女兒、做女弟子的事情，都要那班官家女眷再三求著，峒元道士才肯答應；如今這峒元道士自己求著郁氏，要收她做乾女兒，這是何等榮幸的事情？

當時那福晉便在一旁慫恿著，叫郁氏快答應，師父一定有好處給妳；後來聽郁氏說，不曾帶得贄

禮，福晉忙說著：「我有！我有！」說著，忙掏出一張二千兩銀元的莊票來，交給郁氏。郁氏轉交給峒元道士，峒元道士卻搖著手說不要；說貧道看吳太太臉上有仙根，咱們結一個仙緣，不用贊儀的。

當晚，郁氏便在白雲觀中會得了神仙，一連宿了三宵；跟著八王爺的福晉回家來，郁氏臨走的時候，峒元道士還給她一張一萬兩銀子的莊票，算是乾爹的見面禮兒。一過了二十五場廟會散場，峒元道士受郁氏之託，便進宮去奏明太后，說吳侍郎如何清苦，求老佛爺賞他一個差使。

這時太后正要下諭點放學差，在中國各省中，要算廣東學的缺分最美的了；如今因峒元道士的話，便放吳侍郎做了廣東學差。那吳侍郎接了這個上諭，親自跑到白雲觀去謝恩；回家來，又對他妻子郁氏磕頭謝恩，興高采烈的赴任去了。

當時，慈禧太后在宮中和峒元道士閒談，說白雲觀中花園造得很好，祇可惜少些字畫；峒元道士聽了，忙跪下地去磕著頭，說：「求老佛爺賞幾件字畫。」慈禧太后一時高興，便吩咐李蓮英磨墨，拿起大筆來，寫了一個極大的「福」字；又拿出平日畫成的一堂花卉畫屏來，一齊賞給了峒元道士。

峒元道士又磕頭謝恩，歡歡喜喜的捧著出宮去，交裱畫匠裝裱起來；待裝裱成了，峒元道士又揀了一個好日子，在白雲觀裏擺下戲酒，把慈禧太后的字畫張掛起來，邀著許多王爺大臣，在花園裏吃酒聽

戲。

吃酒中間，有一位王爺說起，老佛爺每年賞給大臣們的字畫很多，老佛爺雖能寫字作畫，但一個人如何忙得過來；如今裏面賞出來的，除福壽幾個擘窠大字以外，其餘的小楷字、花鳥畫兒，都是繆太太代寫代畫的。峒元道士忙問：「誰是繆太太？」

那王爺說道：「師父卻不知道？宮裏的規矩，內外臣工，除南上兩書房內廷供奉及內務府人員以外，不是官做到二品的，不能賞『福』字；無論什麼大官，年紀不到五十歲，不能賞『壽』字。自從到了咱老佛爺手裏，格外開恩，常常賞著字畫；老佛爺一高興，不論什麼人，都得賞賜親筆的『福』字『壽』字，有時賞賜花鳥畫兒、小楷字兒。

老佛爺從在桐蔭深處當妃子的時候，原學得一手好字畫；但如今要賞的人也太多了，一個人忙不過來，便降下密旨給各省的督撫，叫尋覓能書畫的命婦，選進宮去，替老佛爺寫字畫畫。那時，四川督撫便把這繆太太，悄悄的送進宮去。

這繆太太名素筠，原是雲南人；她丈夫在四川做官，便死在四川地方，家裏境況很是艱難。繆太太的兒子雖也是一個舉人，但一時也沒有出息；幸得繆太太能畫慴派花鳥，畫得很是工細；她又能彈琴，

又寫得一手靈飛經體的小楷。在四川地方，靠著官場中賣著她的字畫度日。如今四川督撫得了老佛爺的密旨，便兼程並進的，悄悄的把繆太太送進宮去；老佛爺一見，十分歡喜，便每月給她二百塊錢畫金，在宮中終日代老佛爺寫著字俸。」

講到繆素筠這個人，生得身體臃腫，面目闊大；慈禧太后常常拿她開玩笑，說繆太太的身體好似不倒人兒。但因繆太太的字畫高明，卻也很看重她；宮裏規矩，凡宮女、女官見了太后都要跪拜，獨有這繆太太，太后吩咐得免跪拜。宮裏上上下下的人，都稱她繆太太；慈禧太后也做人和氣，大家都和她好。

這一天，是太后的萬壽；那班妃嬪們要使太后歡喜，預先備了一頂大號的鳳冠。到了那日，宮裏眾妃嬪都按品大裝起來，便叫宮女也給繆太太大裝，繆太太果然把披風紅裙、鳳冠霞帔穿戴起來。繆太太身體生得矮胖，那衣冠又十分寬大，穿戴上了站在地下，越覺得臃腫了；宮女們都忍著笑，把繆太太扶去拜太后的萬壽。

這時太后正坐在內殿受禮，已有許多滿洲福晉格格們，一齊大裝了站在太后兩旁；忽然見繆太太打扮得繡球兒似的一個身體，滾著上來，大家已忍不住要笑了。祇因光緒皇帝站在殿上，大家不敢笑出聲

來；後來皇上出去了，繆太太便趴在當地行禮，望去好似一隻地鼈蟲。慈禧太后先忍不住，哈哈大笑起來；接著兩旁的貴婦人和妃嬪們，也忍不住笑起來了，滿殿祇聽得嬌脆的笑聲。

慈禧太后還問：「誰給她打扮成這個樣兒的？」說著，又忍不住笑了一陣；接著說道：「今天原是大家歡喜的日子，繆太太伴著咱們玩一天罷。」繆太太忙磕頭謝恩。

這一天，跟著太后逛三海；那三海地方又大，許多妃嬪、貴婦跟著太后跑來跑去。這一天，太后的遊興很濃，直逛到天色快晚才回宮；又賞了繆太太許多珍貴的東西。繆太太謝了賞，回到自己屋子裏，真是大腳，還可以支持得；獨這繆太太是小腳，頭上戴的鳳冠又重，走一步晃一步。這一天，那班滿洲婦女都是大腳，還可以支持得；獨這繆太太是小腳，頭上戴的鳳冠又重，走一步晃一步。這一天，那班滿洲婦女都很濃，直逛到天色快晚才回宮；又賞了繆太太許多珍貴的東西。繆太太謝了賞，回到自己屋子裏，真是一步也動不得了。

第八十四回　珍妃得寵

慈禧太后自從那天逛三海回宮來，便和李蓮英說起：「三海地方許久不曾修理了，坍敗的地方很多；在前幾年，我早想叫內務府修理了，祇因恭親王說沒有錢，東太后又說不必修理。直到如今，越發坍敗得厲害了；再不修理，還成個什麼花園呢？」

李蓮英聽了太后的話，忙去報告給軍機大臣知道；那班軍機大臣誰不要討太后的好兒，便大家商量著，叫內務大臣出面，大家籌了一筆款子，立刻動工去修理三海。又怕三海的地方太小，便連舊時從西城到後門的一條大路，也包圍了進去，造了兩座高大的白石橋，名叫「金鰲玉棟」；那三海修理完工，便請太后去遊玩。太后到了三海一看，果然氣局闊大，亭臺壯麗，便也讚不絕口。

許多親王福晉陪著遊玩，逛了一處又是一處；正逛得高興的時候，忽然慈禧太后又想起從前的圓明

二九

園來了，說道：「這三海地方雖好，如何趕得上圓明園的萬分之一；可惜先帝也亡故了，圓明園也毀了，再要和先帝在日一般熱鬧，怕也沒有這個日子了！」慈禧太后說著，止不住掉下眼淚來；妃嬪們趕忙勸戒，護衛著太后回宮來。

這裏，李蓮英見太后記念圓明園，心中又有了主意；第二天，悄悄的跑到軍機處去，和一班大臣商議，重興圓明園，叫老佛爺歡喜。其中有一個軍機大臣，說道：「要重興圓明園，非有四五千萬銀子不辦；且便算把圓明園修理好了，老佛爺進園去遊玩，如今先帝不在了，園中處處都留著傷心的地方，老佛爺一定又是不歡喜的。我們有這重興圓明園的錢，不如另蓋造一所園子，樣子和圓明園一般闊大；老佛爺在裏面遊玩著，既覺得新鮮別緻，又不致傷了老佛爺的心。」

當時一班王大臣聽了這一番議論，一齊連聲稱妙。惇親王奕諒說道：「咱們老佛爺六十歲萬壽快到了，這一座花園，須在萬壽以前趕造成功；到萬壽的這一天，我們請老佛爺進園去遊玩一天，也叫老佛爺開開心。」說著屈著兒一算，道：「現在是光緒十五年，老佛爺六十萬壽，是在光緒二十年；在這五年裏面，這花園的工程總可以完成了？」

眾大臣齊說：「可以成了。」

奕誴又說道：「偌大一座花園蓋造起來，最少也得一千多萬兩銀子；祇是這一筆錢，從什麼地方出，難不成叫老佛爺自己掏腰包嗎？」

奕誴說到這裏，眾大臣一齊低著頭思索起來；這時，李蓮英也坐在一旁，忽然拍一拍掌說道：「有了！有了！」眾大臣問他，有了什麼好法子？

李蓮英說道：「我們不是有每年提出的海軍經費二百萬嗎？如今積了五年，已有一千萬；咱家想來，我們中國全是陸地，用不著什麼海軍。便是外國，都是我們大清朝的臣子，且都是小國，決不敢來侵犯我們天朝的；這海軍簡直沒有什麼用處，我們不如把它挪過來，作為蓋造花園的經費，誰敢說一個不字？再有不夠的地方，我也有一個好法子在這裏，索性借著振興海軍的名目，開一個海軍報效捐；凡是報效海軍經費實銀七千兩的，作一萬兩算，請咱老爺賞他一個即選知縣做做。再有不夠的地方，說不得我們哥兒們挖挖腰包湊上了，豈不是成了？」

李蓮英的話，眾大臣拿他當老佛爺的話一般看待，便大家附和著說：「總管的話不錯。」當時便動起公事來，先把部裏存著的歷年積蓄下的海軍經費，一千萬兩銀子提出來應用；一面由皇太后、皇上下諭，開海軍報效捐官的例，一面指定在萬壽山一帶空曠地方建造花園。這花園為預備皇上恭祝皇太后萬

一三二

壽用的，便定名稱為「頤和園」，是取「頤養天和」的意思。

這時榮祿已經起用，在西安做將軍；他聽得京裏建造頤和園，便首先捐俸銀二十五萬兩，算是送太后的壽禮；慈禧太后原是喜歡榮祿的，便把他調進京來，也入了軍機處。接著便有許多王公大臣報效銀兩的，你也十萬，我也二十萬；又在報效海軍經費項下，收得了四五百萬兩銀子。

這一年年底，閻敬銘做戶部尚書；部中照例，到每年終，須把庫中的存款造一本冊子，報告進宮去，請兩宮查看。那冊子上列入的，照例都是正款；此外歷年查抄下來的款項，以及罰款、變價的款，都算是閒款，不入冊子的。一來怕遇到有正款虧空的時候，便拿這閒款去彌縫；二來從堂官到庫官，每年在這筆閒款上，多少也分得一些好處。

自從閻敬銘做了戶部尚書以後，他爲要討好皇太后；到年底造冊子的時候，便把許多閒款，一股腦兒的都報告進去。皇太后一看，忽然平空多出七百多萬閒款來，便吩咐李蓮英，去把這筆款子提進來，一併充作建造頤和園的經費。他們有了這許多錢，便把這座頤和園造得格外富麗堂皇；到光緒十九年時，便把這座園子蓋造得端端整整。那監工大臣便請諸位王大臣去踏勘。

這一天，醇親王一早便起來，帶了許多大官員們進園去；做書的也趁此機會，把這頤和園的大略情

形說一說。

這頤和園原是清漪園的舊址，在京城外西北面地方，離京城大約二十里路；背靠著萬壽山，把一座昆明湖圍在園裏。從東角進去，過仁壽門，殿屋十分高大，便是仁壽殿；進殿門，門裏面院子中央有一座月臺，第一層臺上平列著四座大鼎，第二層對安著盤二龍二鳳的銅缸兩座。殿裏面設著烏木寶座，殿門封鎖著。

向西面走，不多幾步路，上面有一個匾，寫著「水木自親」四個字，西面便是昆明池；池北面有一座樂壽堂，這一座堂，將來便是皇太后的寢宮。堂前也有一座月臺，一旁有一座亭子，蓋造得好似暖房一般，全是玻璃蓋成；亭子裏面藏著柏樹一株，樣子好似珊瑚一般。又曲曲折折向西面走去，經過幾十丈的迴廊；北面有一座山，山頂上有一座臺，名叫國華臺。

這座臺蓋得有幾十丈高，臺下有一殿，殿名排雲殿；殿屋九間，十分闊大，將來太后便在這座殿上坐朝。殿裏面有一副對聯，上聯寫著：「萬笏晴山朝北極」，下聯寫著「九華仙樂奏南薰」。殿的兩壁造著幾十座十錦櫥，高接棟宇；殿階十四層，月臺上平列著銅鼎銅缸各四座，銅龍銅鳳各兩座。

殿後面有一座佛香閣，幾十級階石上去，從偏門進去，門裏面一座石牌坊，上面寫著「暮靄朝嵐常

第八十四回　珍妃得寵

一三三

自寫」七個字；又從北面上去，是一座寶雲閣，蓋成八卦樣子，門欄棟檻都是生銅鑄成。閣裏面三座長

方桌，也是銅鑄成的。

從寶雲閣向東面下去，便是太湖假山；山有洞，迴環曲折，好似螞蟻窠。穿出洞門上去，便到了佛

香閣；閣裏面供著三座金佛，閣子後面又有一座亭子，稱做眾香界。這地方便是萬壽山的最高處。向南

出去有一座門，門上題著「導養正性」四個字；門前一帶短牆，抱住山頂。靠在牆上向南望去，它面上

亭臺樓閣，好似盤中盆景，十分清楚。

再從石洞向東穿出去，有一座殿，殿上寫著「轉輪藏」三個字；殿旁有幾座八角亭子。轉輪藏原是

兩座木製的寶塔，每一座塔有十幾層，每一層上面都刻著佛像；每一座藏有三丈高，日夜自己轉著不停

息的。後來庚子年，八國聯軍打進京城，佔據了頤和園；這兩座轉輪藏才停止不轉了。

院子裏又有幾座日晷，面上刻著時辰刻數；中央豎一支鋼針，太陽照著，針影指在什麼時刻上，便

知道是什麼時候了。從轉輪藏繞出去，便是德暉殿；殿上匾額寫著「敷光榮慶」四個字。這地方已在排

雲殿的東面了，西面又有一座殿，名聽鸝殿；殿對面一座戲臺，建造得金碧輝煌，便是將來慈禧太后聽

戲的地方。

東面沿著山腳曲折上去，有一座亭子，匾上寫著「畫中遊」三字；有許多對聯寫道：「境自遠塵皆

入詠，物含妙理總堪尋；幾許崇情記遠跡，無邊佳況愜香襟；閒雲歸岫連峰暗，飛瀑垂空漱石涼；幽籟

靜中觀水動．塵心息後覓涼來；川巖獨鍾秀，天地不言工；山色因心遠，泉聲入目涼。」亭旁有一個石

洞，迎面便矗著一座石牌坊；上面刻著「山川映發使人應接不暇」十個字。再上去有一座亭，亭上匾額

題著「湖山真意」四個字。

這地方是將來慈禧太后常常在這裏納涼的；這裏已是萬壽山最高的地方了，向北面山下一望，見園

牆外面十里多地方，便是京城裏的大街。亭上面又有一亭，上面題著「智慧海」三字；對面有三座園

門，門上寫著「祇樹林」三個字，樓後面稍低的地方，向東北面望去幾里遠地方，平地上繞著一帶短

垣，便是圓明園的廢址。

在山頂上東面走去，一帶都是拿水磨方磚鋪成的大路；那路有幾里長，山嶺雖有起伏，但這路卻鋪

得甚是平坦。路的盡頭有一座亭子，名叫「薈亭」；從薈亭下山到景福閣，是慈禧太后每天進小米粥的

地方。從景福閣出去，走過如意莊、平安室，直到「樂農軒」；軒的正中安著一張御座，御座後面列著

條几，左面一張西式搖椅，上面罩著黃幔。再從「樂農軒」向東南面下去，便是矚新樓、涵遠堂；堂前

有一口方池，池水通著山泉，終日水流著，淙淙有聲。

這地方很像是從前西太后做妃子的時候住的桐陰深處，曲欄畫楹，備極清幽；池旁有一座和春堂，堂畔有一座橋，名叫「知魚橋」。橋的四面都造著亭臺，過知魚橋又是一座院落。南方對列著四五間房屋；南面的屋子裏藏著一隻龍舟，北面的屋子裏藏著一部「圖書集成」。又向西面過去，便是「德和園」；園中央蓋著一座殿宇，名「頤樂殿」。殿前造著一座大戲臺，臺共高三層；從最高一層望去，便是「玉蘭堂」。

這地方便是將來光緒皇帝的寢宮。殿前兩邊各有廂房十一間，每間用木板隔開，便是賞王公大臣聽戲的地方。從南面走去，便是「昆明湖」；沿著東牆走去，大約有兩里路遠近，到了宮門口。門左面立著一座石牌，名叫「織女石」，便是「昆明湖」，有四五尺高，是甲申年立的。右面臥著一頭銅牛，約四五尺長，名「牽牛」。對宮門造著一座白石河埠，是遊昆明湖上船的地方。

沿昆明湖向西走去，有一座十七環洞的長橋；過橋向北行，便到了「龍王廟」。廟廊上有幾副對聯寫著道：「天外是銀河，煙波宛轉，雲開翠幄，香雨霏微；列岫展屏山，雲凝罨畫，平湖環鏡，檻波漾空氣。」廟門外東西南三面，都立著石牌坊，廟後便是「涵虛堂」，堂後面是昆明湖，對湖西面便是玉

泉山。

頤和園的風景，大概是這樣子的。園子裏面有電燈廠，有鐵路，有汽船，每一處都有總辦幫、辦委員幾十個人，一大半都是滿人。後來皇太后帶著光緒皇帝、皇后進園去住。祇是伙食開支，每天就要用到一萬二千塊錢。當時造這座花園，原打算待皇太后萬壽，請太后遊玩著歡喜歡喜的，所以在光緒十九年時便造成。第二年正是慈禧太后六十歲萬壽，便由榮祿、奕諠兒預先入奏，籌備慶賀的大典。

誰知到了光緒甲午年六月裏的時候，中國便和日本開戰；講到中國和日本開戰的大原因，還是因光緒皇帝和慈禧太后鬧意見鬧成功的。祇因中國的屬國朝鮮，自從國王李熙入承大統以後，那王父李是應還常常要干預朝政；父子之間便起了齟齬。李熙便把父皇封爲大院君，原要叫他不問國事的意思；誰知那大院君卻越發驕橫起來了，因此滿朝文武也分做兩黨，互相傾軋。朝鮮王沒奈何，便上表到中國來告急。

慈禧太后見了朝鮮國的表文，立刻派提督吳兆有率同同知袁世凱，帶兵直入朝鮮宮廷，代平內亂；又派吳大澂、裕續昌辦理善後事宜。一面下諭李鴻章調動兵輪，隨同水師提督丁汝昌到朝鮮去保護。中

國兵隊捉住了大院君，解回北京來；皇太后命把他幽居在保定地方。

但朝鮮國王不免有父子之情，一再上表，要求釋放他父親。誰知道大院君被釋放回國去，卻暗暗的私通了日本，日本便派了大臣伊藤博文到天津來，和李鴻章商量朝鮮事情；說吳兆澄、袁世凱這班人祖護朝鮮，拒絕日本，要求中國把這兩人調回懲辦。後來究竟是依了日本的主意，訂定兩國派兵保護朝鮮的條約；因此兩國在朝鮮的兵隊時時要起衝突。這時已伏下了中日開戰的禍根了。

後來慈禧太后在宮中處處和皇帝作對，最初光緒皇帝大婚的時候，在皇帝的意思，頗注意江西巡撫德馨的兩個女兒；慈禧太后卻欲選定她弟兄桂祥的女兒做皇后，在暗地裏，指使皇帝把如意遞給那桂祥的女兒。光緒皇帝心中不願意，便故意失手，把如意打得粉碎；但桂祥的女兒究竟做了皇后，祇把侍郎長敍的兩個女兒，分封做瑾貴妃、珍貴妃。

但光緒皇帝獨愛珍貴妃；皇后和皇太后是打通一氣的，所以皇帝便不愛她，因此皇太后和皇后，也把這珍妃恨入骨髓。但是光緒皇帝年紀已長成了，皇太后不得不歸還政權給皇帝；無奈光緒皇帝的時運真不濟，自從皇帝親政以後，國事日非，外交日緊。滿朝大臣都和李蓮英打通一氣，祇有那師傅翁同龢是忠心於皇帝的。

這時，日本在朝鮮地方著著進逼；那朝鮮國中的臣子原分做獨立、事大兩黨，後來又添出東學黨。那黨的勢力很大，從全羅、忠清兩道直打到漢城。左議政朴詠孝，原是獨立黨的首領；仗著日本庇護他，他蓄意要離開中國，祇因礙著中國通商委員袁世凱在附近監視著，一時不敢動手。後來聽得東學黨起事，朴詠孝便殺入王宮，燒死閔妃。

這閔妃是世界上第一個美人，被活活的燒死，天下人知道了，都十分痛惜；閔妃的哥哥詠俊，便趕到袁世凱衙門裏去哭訴，求中國發兵替她報仇。袁世凱便打了一個電報給李鴻章，一面照會日本，立刻調動海軍，向朝鮮仁川進發；一面派陸軍到朝鮮牙山駐紮，仗著水陸軍的威力，把朝鮮的內亂平定了。

日將大鳥圭介想趁此和中國尋事，便將清軍先到緣由報告日本政府；日本政府詰問朝鮮國王，是否為獨立國？朝鮮國王害怕日本國的威力，便不敢不承認，大鳥圭介便照會中國，請中國撤兵。袁世凱如何肯依，又電告李鴻章；李鴻章便根據天津條約，要求兩國同時撤兵。

誰知日本不答應，李鴻章便陸續增加軍隊，到朝鮮去防備著；又因日本人厭惡袁世凱，便把袁世凱調回奉天，調衛汝貴一支兵馬把守平壤，馬玉昆一支人馬把守義州。牙山守將葉志超首當其衝。日本並

第八十四回　珍妃得寵

一三九

不宣戰，便直攻牙山；葉志超一無防備，兵馬一齊潰散，水軍也在豐島地方打了敗戰。

這消息傳到宮裏，光緒皇帝第一個沒有主意；便去見皇太后。近來皇太后因皇帝寵愛瑾妃、珍妃，皇后常常到太后跟前去哭訴，太后心中越發不樂意；見皇帝來說牙山的軍情，便冷笑一聲說道：「我也管不了這些事；皇帝放著親信的人不去和他商量，卻來問咱們，懂得什麼啥？」

光緒皇帝碰了一鼻子灰，退出宮來，便在御書房裏，召見師傅翁同龢；把太后嘲笑的話和目前軍情緊急的話一一說了，翁師傅一聽，便有了主意。

第八十五回　甲午海戰

翁師傅聽皇上說了這一番話，知道皇上生性忠厚；上面被皇太后的威權壓住了，下面又受親王太監們的愚弄，覺得皇帝十分可憐。便奏稱：「如今時局艱難，宮廷多故；皇上須大振乾綱，宸衷獨斷，轟轟烈烈的做一番事業，把國家大政收回來，才能夠鎮服群小。此次日本稱兵，請皇上下令大張撻伐，把日本打敗了。那時陛下內外都立了威權，皇太后便不足慮了。」

光緒皇帝聽信了翁相國的話，傳諭李鴻章積極備戰。李鴻章因皇太后把海軍經費拿去蓋頤和園，心中老大的不願意；祇因皇上的旨意不好違背，得便又調了聶貴林及左寶貴的軍隊去救應。誰知聶軍戰敗，左軍戰死；陸路上既不得力，便得要借重水路上去了。

那時日本海軍已經攻入仁川，李鴻章便飛調海軍提督丁汝昌，帶了海軍前去救援；那時中國的兵船還有定遠、鎮遠、經遠、來遠、靖遠、致遠、揚威、超勇、平遠、廣甲、濟遠十二艘。此外還有水雷艇

八艘，還可以和日本較量。丁汝昌見日本海軍進了仁川口，便想去把仁川口封住，飛電去請李鴻章的示下；李鴻章不敢擅自作主，又去請命於總督衙門。那班王大臣商量了半天，便議出了「相機行事」四個大字；待到丁汝昌接到回電，正打算前去封港，那日本艦隊已闖進了鴨綠江。

丁汝昌下令開炮；這時中國兵船和日本兵船還隔著九里遠，那大炮轟了一陣，炮彈個個都落在海中，日本兵船不曾傷得分毫。看看兩面距離慢慢的近了，丁汝昌正要發令放第二次炮時，日本的游擊艦隊已經飛也似的，向中國艦隊後面包抄過來，前後夾攻；中國的艦隊被圍困在中央，乒乒乒乒一陣打，打得黑煙蔽日，白浪接天。中國艦隊頓時四分五裂，首尾不能相顧。

丁汝昌坐在艦上遙遙的望著，祇見那致遠兵艦和日本兵艦互相轟擊著；打到十分兇惡的時候，忽見致遠兵艦開足了機力，向敵船直撞過去。轟天也似的一聲響亮，海水如高山一般的直立起來。可憐！致遠艦上的管帶鄧世昌，連人帶船的直沉下海底裏去了；還有經遠兵艦的管帶林永升，在這驚濤駭浪裏面，轟破了一隻敵艦，他自己也不幸中了敵人的魚雷，把船身炸沉了。此外的艦隊，皆被日本的兵船包圍著擄了去；丁汝昌坐著旗艦，幸逃得性命，駛出了旅順口外，暫時在劉公島下椗，一面飛電李鴻章告急。

這時所有北洋的海陸軍隊，都已調遣在外；李鴻章接了這告急的電報，一時也無法可想，祇得轉電到江南各省去請救兵。日本明治天皇連連得了捷報，便親自帶了大隊人馬，駐紮在廣島地方；一面下令派陸軍大將山縣有明，分兵去攻打旅順、威海口岸，把中國殘餘的海軍圍困在港內。日本軍隊來勢十分勇猛，他的海軍陸戰隊上得岸來，從炮臺後面猛撲過來；不多一刻，那各港口的炮臺就都被日本軍隊佔據了去，便拿中國炮臺，攻打中國艦隊。霎時打得中國的兵船斷桅碎舷，飄零滿地。

那時鎮遠兵船上，有一個炮兵長，名叫黎元洪的，見了這情形，萬分悲憤；他便大叫一聲，縱跳下海去，祇圖個自盡。誰知被日本的飛鷹兵船上人看見了，急急派了小兵船，去把黎元洪救起來；日本兵也不去難爲他，把黎元洪送到劉公島丁汝昌的坐艦裏去。遠遠見那坐艦上，已高掛白旗；一打聽才知道，丁汝昌寫信給日本大將，求他保全全船的性命，自己卻服毒死了。

一面日本的陸軍，連日攻下九連城、鳳凰城、蓋州、大連、岫巖、海城、旅順一帶地方。這城池失守的消息，接二連三的報到京裏，光緒皇帝急急傳翁師傅進宮去問話。翁同龢也無計可施，滿朝文武都看得自己的身家性命重，一齊勸皇上講和。皇太后也埋怨著皇帝：「不該聽信翁師傅的話，輕易和日本開戰；如今弄得傷師辱國。還不快和日本去講和，直待到兵臨城下，再去割地求和，悔

光緒皇帝給皇太后終日在耳邊絮聒著，又看看自己的勢力孤單，沒奈何，祇得派李鴻章做議和全權大臣，和日本的大臣伊藤博文去議和。這一次的和議，我們中國放棄了高麗，割去了臺灣，賠去了軍費；險些要把個東三省完全送去。幸虧俄德法三國仗義執言，逼著日本把遼東半島退還了中國。

自從這個交涉失敗下來，光緒皇帝也心灰意懶；所以朝廷大事，自己也不願過問，依舊讓皇太后垂簾親政。自己樂得退在宮廷裏，終日和那瑾妃珍妃尋歡作樂！講到這兩位妃子，雖然一樣有沉魚落雁之容，閉月羞花之貌；但講到那聰明勁兒和那活潑的性情，自然珍妃越發叫人可愛些，那瑾貴妃卻一味的溫柔忠厚，但光緒皇帝也十分寵愛她！

這時候正是春秋之交，光緒皇帝終日坐在宮裏悶得慌·便傳旨下去，明日駕幸西苑。這西苑又名西海子，周圍數里方圓，上面架一座石橋，有五六百步長；雕欄曲檻，都是白石築成。橋的東西面，矗著兩座華表，東面的稱做玉蝀；西面的稱做金鰲。水中突出一塊陸地，名叫瓊華島，島上一樣的也建造著樓閣亭臺；另有一座石橋接通瓊華島，橋的南北兩面，也豎著兩座華表，上面刻著「積翠」「堆雲」兩

方匾額。

瀛臺在瓊島的南面，五龍亭又在北面蕉園，和紫光閣又隔水對峙，層甍接天，飛簷拂雲；夾岸榆柳古槐，都是幾百年前的遺物。池中萍荇菱蒲，青翠奪目，翠鳥文鴛，游泳於綠漪碧波之間，悠然自得；水上藕花攢聚，望去好似一片錦繡。後人有兩律西苑詩道：

紅嶼青林閣道重，凌晨霄氣散千峰；牙檣錦幄懸翔鳳，水殿金鋪隱濯龍。
仗外輕陰當檻靜，筵前積翠入杯濃；此身疑是來天上，瑤島風光彷彿逢。

高張廣樂播南薰，實幄樓船劍佩分；玉潤鳴泉雲際落，璚簫奏曲水中聞。
槐煙密幕依嚴障，藻影連牽寫波紋；共喜昇平邀帝澤，豈同漢武宴橫汾。

這日，光緒帝駕幸西苑，殿上安排酒席，瑾珍兩妃陪著輪流把盞，開懷暢飲。這光緒帝自從幼年抱進宮廷，二十年來起居遊息，總是跟隨著太后，處處受著束縛；難得今天自由自在的遊玩著。便是那班宮女太監們，見皇上在殿上飲酒，便也各自散去玩耍；或在假山邊、曲水畔、畫欄前、花徑裏，三個一

堆，五個一簇。也有看花的，也有釣魚的，也有坐在湖石上說笑的，也有倚在欄杆邊唱曲子的；宛如千

花競秀，萬卉爭妍。

光緒帝吃了幾杯酒，帶著兩位妃子走下殿來，後面跟著一隊宮女太監們，慢慢的度過幾重庭院，狂

花撲面，香草勾衣；見一帶疏籬花障，順著花障，彎彎曲曲走去，便到了紫光閣。一眼見那邊粉牆兒東

首，杏花樹下面，有十數個宮人在花蔭下面鋪著錦褥，盤膝兒團團坐著；一面吃著酒兒，一面唱著曲

兒，十分高興。

皇上後面的太監正要上去喝住，光緒帝急搖著手，叫不要聲張；自己卻帶著兩個妃子，繞過杏花樹

後面去偷聽著。祇見一個嬌小身材的宮女，拍著手掌兒，嬌聲喝道：

那又有什麼春風初試薄羅裳？棉襖棉裙棉褲子，膀脹。哪裏有什麼蘭陵美酒鬱金香？舉杯便吃燒刀子，難當！哪裏有什麼雲鬢巧

生蒜生韭菜，臘臟。哪裏有什麼夜深私語口脂香？生蔥

梳宮樣裝？頭上鬆髻高二尺，蠻娘。哪裏有鴛鴦夜宿鎖金帳？行雲行雨在何方，土炕。

光緒帝聽了，也不禁呵呵大笑！那班宮女們聽得樹蔭裏發出笑聲來，大家都不覺嚇了一跳；忙看時，祇見皇上左手拉住珍妃的手，右手拉住瑾妃的手，笑容可掬的從花叢裏踱了出來。宮女們忙上去跪接，光緒帝傳諭，叫她們不必拘束，揀那好的曲兒，再唱幾支聽聽；太監們聽皇上說要聽曲子了，便去端一張逍遙椅來，安放在草地上，請萬歲坐下。

珍妃傳諭宮女們，索性拿了三絃鼓板來唱，那宮女聽了口稱領旨；她們原預備下樂器的，便有小太監捧上來。正預備彈唱，忽見那總管太監李蓮英急匆匆的走來，見了光緒帝，忙跪下奏道：「萬歲爺快回宮去，老佛爺看了重要的奏本，正找萬歲爺回宮商量去呢。」光緒帝原是畏懼太后的，一聽說太后傳喚他，如何敢怠慢，急急擺駕回宮。

見了西太后，太后正和一班大臣在勤政殿，看黃紙匣裏的奏章；見光緒帝進去了，便把奏章遞給皇帝看。光緒帝看時，見是軍機大臣榮祿的奏本，上面說的是請皇太后移蹕頤和園，舉行慶祝萬壽的典禮。光緒帝每次陪著皇太后閱看奏章，看完了便依舊把奏本放入黃紙匣裏，不說一句話；惇親王在一旁卻耐不住了，便奏請皇上、皇太后，准榮祿的奏，在十月裏舉行萬壽大典。

西太后聽了，連連搖著頭說道：「不行不行！咱們堂堂大清國被小小日本打了敗仗，賠款割地；我

的臉也丟盡了，還有什麼心思逛花園去呢。」西太后氣憤憤的說著，那兩道眼光卻注定在光緒帝臉上。

光緒帝明知道太后在那裏譏諷他，便也低著脖子，不敢作聲兒；嚇得惇親王忙趴在地下碰頭。

後來眾大臣會議，擬了一道停止慶賀的諭旨，呈給兩宮看過了，發下去；那道上諭道：

本年十月，予六旬慶辰，率士臚歡，同深忻祝！屆時皇率中外臣工，詣萬壽山行慶賀禮，

自大內至頤和園，沿途蹕路所經，臣民報效點綴景物，建設經壇；予因康熙乾隆年間，歷屆盛

典崇隆，垂為成憲。又值民康物阜，海宇逸安，不能過為矯情，特允皇帝之請，在頤和園受

賀！詎意自六月後，倭人肇釁，侵予藩封；尋復毀我舟船，不得已，興師致討。刻下干戈未

戢，征調頻仍；兩國生靈均罹鋒鏑；每一念及，悼惻何窮！前因念士卒臨陣之苦，特頒發內帑

三百萬金，俾資飽騰。茲者，慶辰將屆，予亦何心肆耳目之觀；受臺萊之祝耶。所有慶辰典

禮，著仍在宮中舉行。其頤和園受賀事宜，即行停辦。欽此！朕仰承懿旨，孺懷實有未安；再

三籲請，未蒙慈允，敬維盛德所關，不敢不仰遵慈意，特諭爾中外臣工，一體知之。欽此！

光緒帝見西太后臉上不快活，想來因停止慶典，不能到頤和園去遊玩，所以心中鬱鬱不樂；便拿好話勸說，又說：「現在我們已和日本講了和，時局早已太平了。雖說下了上諭，停止慶典，但我也替老佛爺做做壽；到那天，依舊請老佛爺進頤和園遊玩去。」

醇王也在一邊附和著說道：「難得主子一片孝心，到老佛爺萬壽的那天，奴才們都要到園子裏去，給老佛爺磕頭；那天老佛爺也得開開恩，賞奴才們逛一天園子。」

西太后原是滿腔怒意的，經醇王求著，太后才漸漸的和緩下來，便微微的點著頭；接著小太監上來，請老佛爺進福壽膏，許多宮女把太后簇擁著進去。

什麼叫做「福壽膏」呢？便是那鴉片煙。這鴉片煙自從道光末年開了五口，和外國通商以後，英國人儘把鴉片煙運到中國來銷售；那時百姓們都吃了鴉片煙。其中有一個廣東人，名叫陸作圖的，他家裏煮成的煙十分香美，別人都不得他的法子，任你如何考究煮法，總不及陸家的芬芳有味。

第一，那陸家有一口井，井水十分清潔，拿這井水盛在碗裏，望去一片綠色，和翡翠一樣。拿這個井水煮煙，才能有那樣的香味；倘換了一種水，那香味便大減了。

第二，那陸作圖煮煙，另有一種秘法；他這法子，連自己的兒女也不傳授的，祇傳給他妻子郭氏。

當時廣東地方的富家大戶，都託那郭氏煎煙；每煎一次，要二兩銀子的工錢。郭氏也很賺了許多銀錢；便是那兩廣總督吃的煙，也是郭氏煎煮的。

總督吃得好，便煎了一大缸煙送進京去孝敬太后，太后吃了也十分讚美；賞它名稱叫「福壽膏」。

從此，凡是做兩廣總督的，都成了一個例規；每月總要煎一缸煙，送進京去孝敬皇太后。太后傳諭，每月賞郭氏工食銀二百兩；因此那郭氏的名氣通國皆知，各省的文武大員，凡是有煙癮的，都託郭氏來煎煙。

講到皇太后的吃煙；宮裏用的煙槍，都是出在廣州的，竹做成的，如小孩兒的臂兒一般粗，上面接一枝小管做嘴。煙槍有架子的，吃煙的時候，拿槍擱在架子上；這架子高低遠近，都可以隨意伸縮。小太監打煙的時候，便跪在地下，捧住煙斗燒著吃著。其中有一枝槍，是咸豐帝吃的，傳給太后；年深日久，那竹面紅潤光滑，好似紅玉一般。

這一天，太后退回宮去，正在吃煙的時候，忽然見那李大姑娘進來，趴在太后的耳邊，低低的說了幾句話；太后臉上立刻轉了怒容，把手裏的煙槍往地上一丟，祇聽得「刮」的一聲，那個煙斗也打破了，煙槍也碰壞了一塊。李蓮英站在一旁，忙上去把那摔壞的煙槍拿過來，吩咐小太監，叫他傳侍衛，

拿去前門外福記骨董鋪子裏去修理。

這裏皇太后把煙桿兒丟下了，便坐起身來，喝叫：「把這狐狸精揪來，待我親自問她的話。」

原來那李大姑娘，便是李蓮英的妹子；祇因李蓮英在宮裏得了皇太后的寵用，他妹妹也是一個伶俐乖巧的女孩兒，便對她哥哥說：要進宮去玩耍。李蓮英仗著自己在宮裏是有權勢的，也沒有人敢說他的閒話；他非但帶他妹子進宮去，且又帶著他的妹子去見太后。

太后生平最喜歡女孩兒，凡是在太后身邊伺候說笑的宮眷，大半是宗室的格格，不然也是在正黃、鑲黃、正白三旗裏，挑選出來的年輕姑娘；其中雖有少數幾個少婦，但都是十分伶俐，能說能笑的，或是能書能畫的，終日陪在皇太后左右，聽候差遣。那有夫之婦每隔二三個月，放她回家去一次。

這時太后見了李蓮英的妹子，模樣兒也俊美，說話也伶俐，便也留她在宮裏，當一名宮眷。這時，光緒皇后原是太后的內侄女兒，皇帝心中厭惡皇后，因此一切說話舉動，常常避著皇后的耳目，和瑾妃、珍妃說話去；又常常在珍妃宮中住宿，皇后心中不免起了妒念，常常來告訴太后。太后替她出主意，把李蓮英的妹子撥在皇帝宮裏，隨時偵探得消息，去告訴太后；太后宮中的人，都稱呼她李大姑

娘。

這李大姑娘天天在皇帝的身邊伺候著，卻改了名姓；皇帝和珍瑾二妃都不知道她是太后派來的，那李大姑娘正好於中行事。這一天，光緒帝帶著珍瑾二妃去遊西苑，李大姑娘早已打發人去報告太后、皇后知道；皇后又跑到太后宮中哭訴，說：「在這國家危迫的時候，皇上還是一味迷戀女色，不問朝政；倘然從此昏惰下去，豈不要把大清數百年江山，送在昏君手裏了嗎？臣妾要求老佛爺做主，救我這皇上。」

這皇后和光緒帝平日原是沒有恩情的，見光緒帝常常在瑾珍二貴妃宮中住宿，心中萬分妒忌，祇因怕人說她吃醋拈酸，所以一向隱忍著。如今見皇帝索性帶著妃子出宮遊玩去了，她如何忍得；便趁此機會，借著國家的大題目，到太后跟前來哭訴一番。

太后替皇帝做主，給他選了自己侄女做皇后，原是想皇帝受著皇后的牢籠，從此帖然就範，便可以為所欲為；今見皇上卻不受皇后的束縛，反去寵愛著瑾珍二妃，心中早已不樂。如今見皇后來哭訴，便對皇后說道：「我大清的家法何在？」一句話，提醒了皇后，忙給太后磕著頭，回宮去了。一面太后便借著看奏章為名，把皇上召回宮來。

平日大后看奏章，也不召喚皇帝同看，有時遇到皇上太后在一塊兒，太后把奏章看過了，便隨手交給皇帝看去；皇帝看完了奏章，便隨手放入那裝奏摺的黃紙匣子裏去，他一句話也不說，一憑皇太后如何做主，如何批諭。如今光緒帝聽說太后召他去看奏章，心中早已料到有些不妙；待見了太后，果然見太后滿面怒容，言語之間，隱隱說皇上不該獨自遊園尋快樂去。皇上碰了一鼻子灰，也不敢說話。

誰知道，這時珍瑾二妃被皇后召進坤寧宮裏去，竟依著太后的意旨，請出家法來，把這兩位妃子狠狠的打了一頓。說她二人不該迷惑主子。那珍妃模樣兒長得格外好看，皇后尤其是看她不得；吩咐宮女，把珍妃格外打得兇些。可憐！珍妃是個嬌弱的身軀，如何禁得起這般毒打；早不覺雨打梨花似的，血肉狼藉。

待到光緒帝趕進宮去看視，祇見那珍妃被打得玉容失色，氣息微弱；見了皇帝，祇有嬌聲嗚咽的分兒！皇帝見了，不覺勃然大怒，咬著牙說道：「好狠心的婆子！總有一天，也叫妳死在我的手裏。」一面撫著珍妃的傷處，說了許多安慰的話，又忙傳御醫下藥調治；一面又轉身出去，走到御書房裏，把總管喚來，叫他快去傳翁師傅。

第八十六回　光緒收權

光緒帝叫總管去傳翁師傅進來，不多一會，翁同龢隨著總管，匆匆的走到御書房；禮畢，賜了坐，光緒帝便憤憤的說道：「我空有了這身登九五、天下至尊的名目；連一個妃子也無法庇護，不是很慚愧麼？」說著，便把瑾珍二妃給皇后痛打的事一一說了。

翁同龢聽罷，便乘間奏道：「愚臣早曾言及，陛下政權旁落，須設法收回來；然後獨斷獨行，一件件的做去。將來威權在握，休說是皇后親王們，就是皇太后也得懼怕三分呢。」

光緒帝點頭說道：「師傅的話，的確是治本的方法；收回政權，這個意思，我也不知籌劃幾次了。祇是礙著太后和一班親王在那裏，叫我怎樣做起，一時卻想不出兩全的計策來。」

翁同龢沉吟了一會，奏道：「法子倒有一個在這裏，不知陛下有這膽量去做了麼？」

光緒帝道：「那只要有利於我的，都可以實行的；就是我真個去做了出來，太后和親王們，也不見

得拿我怎樣。」

翁同龢說道：「既然這樣，陛下可趁著太后終日在頤和園行樂的時候，揀可以獨裁的，便一一批答了；萬一關係緊要一些的，始同太后去商量。太后那時大有樂不思蜀的光景，見陛下如此，樂得安閒一點，決不會疑心的；因太后素知陛下忠厚真誠，諒無專政之意，所以想不到這一著。

以後照這般一天天的下去，即有緊急事，也不用同太后酌議了。這政權不是從不知不覺之中，還了過來麼？那時再把幾個舊時的親王臣子的權柄，一個個削去，將舊日的不良制度，大大改革一番；國事日興，天下大治，中外讚揚，都說陛下是個英明之主咧。到了這時，太后即使要來干政，也自知望塵莫及了，還怕甚麼呢？」

光緒帝聽了翁同龢一席話，不覺高興起來道：「師傅替我為謀，自然很不差的；不過滿朝之中，能忠心於我的，師傅之外，祇有李鴻章還耿直些，但怕他未肯冒這個險，餘如劉坤一等，又均為外臣，一時不便內調。但我的左右無人，算起來，沒有一個不是母黨；連內侍閹奴，也常常偵察我的行動。這般到處荊棘，非有三五個親信之臣，辦事一定很為掣肘呢。」

翁同龢忙忙奏道：「講到人材倒不愁沒有，本朝很有幾個傑出之士；可惜一班親王弄權，將他們埋沒了，說起來真也可嘆之至！」

光緒帝說道：「如今事急迫了，翁師傅但有能幹的人材，舉薦出來；我立刻把他陞遷重用就是了。」

翁同龢奏道：「愚臣那年做會試總裁的時候，在許多舉子當中，選著一個才具極優的人，給他中了第七名進士，現任著工部主事；因他職分甚少，不能上達天聽，所呈的幾種條陳，都被大臣扣留壓下了。此人姓康，名有為，號叫長素，是廣東南海縣人。他在南方有聖人之名，就是他自己，也很自命不凡；他還有一個弟子叫做梁啓超，學問也極淵博，而且所發的議論也深知世界大勢。陛下如欲整頓朝政，一意革新；非用此兩人不可。」

光緒帝聽罷，欣然說道：「師傅既有這等能人，何不早說；我若曉得，早就擢陞他了。」

翁同龢奏道：「皇上如欲一意革新事，還不遲，慢慢的入手做起來就是了；但切不可鋒芒太露，使太后疑心，那就累贅了。」

光緒帝聽了，不住的點著頭道：「師傅言之有理，我就隨時留心進行罷。」說著，便叫翁同龢退

去，自己也回到後宮去了。

不談光緒帝君臣在御書房計議，單講那天西太后下了停止慶祝的詔書以後，心中老大的不快，幸虧醇王在一旁乖覺，忙奏道：「到了萬壽的那天，老佛爺仍進頤和園去，奴才們也得替老佛爺叩頭，希望賞一杯壽酒哩。」這幾句話，才把西太后的怒氣，漸漸地平下去；祇略略點一點頭，當下由一班宮女們簇擁了太后，到後宮進福壽膏去。

西太后正在榻上吸著鴉片煙，忽然李大姑娘進來，在太后耳邊低低說了幾句；太后立時大怒，連叫：「把這兩個妖精抓來，待我親自問她。」李蓮英在一旁會意，趕緊出去，叫小太監去傳瑾珍二妃來見太后。

不一刻，瑾珍二妃隨著小太監進來，二人戰戰兢兢地行過了禮，站在一邊；西太后一見二人，早怒氣上升，便大聲喝道：「妳這兩個狐媚子，做得好事？可恨迷惑了皇上，還要干預政事，難道我朝沒了家法麼？妃子敢這樣放肆，還當了得！」說著，連聲命取家法過來。

這時，光緒帝聽得瑾珍二妃給太后召去，怕有不測的事，於是忙急匆匆趕來；太后正要喝打二妃。

可憐！珍妃被皇后責打的創痕還不曾平復，今天見又要受刑，不覺哭得如帶雨海棠似的；光緒帝見了這

滿清十三皇朝

般情形，連禮也不及行，忙跪下說道：「聖母責罰她兩個，究竟爲什麼事情呢？請明白示下了，再加刑不遲。」

西太后怒道：「她兩人這樣膽大，都是你寵壞了。你問她兩個，可曾私通外臣？文廷式是和她兩個什麼稱呼？就可明白了。」

珍妃見說，忙叩頭道：「文廷式雖係婢子的先生，但已多年不見了。」

西太后冷笑道：「多年不見，妳卻幫著他賣官鬻爵；天天見面，還不知要鬧到怎樣呢？」說罷，喝叫用刑。

光緒帝忙代求道：「聖母明鑒！她二人私通外臣，絕沒有這回事，還請饒恕她兩個罷。」

西太后怒道：「你還替她二人隱瞞麼？今日非打她兩個不行。」

光緒帝見說，祇得一味地哀求；李蓮英也在旁做好做歹的求著，西太后只把臉一沉道：「既然你們都這般求情，刑罰就免了，降級是萬不能免的。」便喝聲把她兩人降爲貴人，幽禁半年；誰敢替二人求告的，便家法從事。這諭旨一出，就有幾個太監過來，擁著瑾珍二妃去羈禁了。

光緒帝見事已弄糟，諒求也無益，只得揮著一把眼淚，退了出來；但是始終不明白，兩個妃子爲甚

麼犯幽禁的罪名。一回宮，心裏只是想著因瑾珍二妃被禁，益發覺得冷清之地十分無聊；就長吁短嘆的，垂起淚來。恰巧內監寇連材侍候著，他見皇上悶悶不樂，就過來慰勸；光緒一面嘆氣，一面將拘禁兩妃的事講了一遍，便恨恨的說道：「我不知她二人犯了何罪，卻受這般的糟蹋？」說著，連連頓足不已。

寇連材聽了，跪奏道：「這一定又是李蓮英的鬼把戲了。陛下還記得養心殿上，引見那個候補道徐誠的事麼？這徐誠是李蓮英的拜把兄弟，陛下弄得他當場出醜，李蓮英自然要記恨在心，乘機報復了。」

光緒帝一聽寇連材的話，便恍然大悟；從此皇上收回政權的那顆心，越發急的了。不過，皇上引見外任官吏，為什麼會涉及瑾珍二妃的呢？講起來，這事很有一段因果在裏面。

原來，文廷式本是一個翰林，清廷的朝臣，要算翰林院最是清苦了；倘沒有運動外放時，猶如寺觀中的老雄雞一樣，永遠沒有出山的日子。就是有錢運動了，也要手腕敏活；否則放外出去，仍是弄不到好缺，依然窮苦非凡，那麼，倒不如縮著尾巴，躲在翰林院中好了。

因為一經外放，就得負擔責任，一個不小心，腦袋便要搬場；若做翰林，祇要安分守己，多吃飯少

開口，是沒有什麼風險的。不過祇賺一點死俸祿，永不會發跡的，所以有「窮翰林」的綽號。但俗語說：「要發財，去做官。」做了官，仍然這般困苦，誰耐得住呢。

閒話少說，且言歸正傳。卻說這文廷式雖是個翰林，他和瑾珍二妃的確有師生之誼；因此他仗著女弟子做著貴妃，免不了借勢行事，幹此運動官爵的勾當。人家見他是貴妃的師傅，不得不讓他些了；光緒皇上雖也有些曉得，祇礙在兩位貴妃面上，也就睜眼閉眼，含糊過去了。這樣一來，那文廷式的膽量，自然一天大似一天了。

這次合該有事，陝中有個道台出缺，這缺又是非常的肥美，運動的人當然很多。那時有個姓李的道員，情願拿出六十萬塊錢來，託人向文廷式說項，要想做這個道台；文廷式答應了，便來吏部裏挖門路，誰知早已有人補上了。

文廷式這一氣，幾乎發昏，眼見得六十萬元，不能入自己的腰包了，心上如何不氣呢？又去細細的一打聽，知道補上的道台是捐班出身，和李蓮英是結拜弟兄，姓徐名誠；從前做過庫丁的，後來發了財，在前門外打磨廠，開設了一爿竹木行，生意十分發達，也給他多了三四百萬銀子。

這徐誠的多了錢，便想要做官了；因此叫了人，把一百萬孝敬了李蓮英，又把自己的兒子拜了李蓮

英做乾爹。李蓮英見他有的是錢，樂得和他結交；不多幾時，居然做了換帖弟兄了。李蓮英又替徐誠捐了一個道銜，應許他遇缺即補；這時陝中道出缺了，李蓮英忙叮囑吏部，把徐誠補上。哪知冤家逢著對頭，碰著文廷式，也替人謀這個缺子，現被李蓮英搶去，文廷式如何肯甘心呢？

他眉頭一縐，計上心來；暗想：「那李蓮英這廝，我勢力敵他不過，姓徐的王八，須還在我手裏，終要弄到他做不成道台，才出我胸中之氣。」主意已定，便又仔細去打聽，知道那個徐誠不但是市場出身，簡直連斗大的字也識不上兩三個；文廷式聽了便大喜道：「那就可以計較了。」於是，他將這一段情形，私下叫一個小監，密密地去告訴珍妃，叫她在皇帝面前幫助一下。

珍妃見是師傅的事，不好推卻，更想不到會弄出拘禁的事來；因此，她趁德宗臨幸的時候，就於有意無意中，談起了外政。

珍妃問道：「現在外面，可有疆吏出缺嗎？」

光緒帝答道：「不曾聽得說起。」

珍妃又道：「臣妾聞得，有個新任的陝中道台，是李蓮英的拜把弟兄；聽說他字也不識得一個，怎好去做道台呢？」

光緒帝生平最恨的就是李蓮英，一聽珍妃的話，也不追問她這消息從何處來的，便大怒道：「李蓮英的權柄，一天天的大起來，咱們的國政，也一天天的衰下去；不講別的，祇看那些御史侍郎，也都是不識字的了。那一次和日本打仗，御史鐵令上章，請用檀道濟去打日本；侍郎王永化，請旨復黃天霸的原官。我祇知檀道濟是宋代時人，黃天霸卻不知是誰？我就召他兩個一問，才知道他兩人在市上聽了說書的談起，檀道濟怎樣能兵，黃天霸在施公案小說上，怎樣的有武藝；他兩個一查，朝裏沒有檀黃的名字，疑是休職的官吏，所以上章保薦。妳道可笑不可笑呢？

尤其是我們滿族的大臣，常常鬧這種笑話；我總把這類奏章毀去，免得漢臣的見笑，且因此輕視我們滿族。但這許多荒謬不通的人，沒一個不是李蓮英薦來的，我將來整頓朝政，必把此輩完全除去才行哩。今據妳說來，那新任的道台，又是鐵令、王永化一類人物；疆吏似這般混充，豈不誤事，不是去害百姓嗎？但不知他姓甚名誰？」

珍妃在旁應道：「聞得那道員叫徐誠罷。」

光緒帝點一點頭道：「知道了，他逃不過我的掌握；等他引見的時候，我再慢慢和他算這盤帳。」

說著就和珍瑾二妃閒話了一會，一天無話。

第八十六回　光緒收權

到了次日，吏部既補了徐誠的道台，自然照例要引見皇上的；當下，徐誠便朝珠補褂的，在偏殿裏侍候著，李蓮英還親自出來，教了徐誠引見皇上的禮節和應對的言語，徐誠一一記在心上。不一刻，內監傳聖諭出來：「著陝中道徐誠，養心殿上見駕。」徐誠領了旨意，便搖搖擺擺的，走上養心殿來。

一見殿上嶄齊的列著內監，珠簾高捲，隱隱見上面穿著黃衣裳的，但實在離得太遠了些，一時瞧不清楚，大約是皇上了。這時徐誠心早慌了，兩腳不住地發抖；沒奈何，祇得硬著頭皮上去叩見，勉強把三跪九叩禮行畢，俯伏在地上聽皇上勉勵幾句，就好謝恩下來了。這是歷代的舊制，也是李蓮英預先對徐誠說過的，所以他很是安定，準備出去受同僚的賀喜。

他正這般想得得意，忽聽上面問道：「你是徐誠麼？」徐誠見問，不覺吃了一驚！暗想李蓮英不曾教過自己別的閒話，萬一要問起別樣來，不是糟了嗎？他一面著急，一面祇得答應一個「是」。

卻聽得上面又問道：「徐誠，你從前是做什麼生業的？」

徐誠益發慌了，更應不出來；囁囁了半晌，才頓首奏道：「奴才是做木行生意的。」

光緒帝喝道：「你既是個木商，爲甚不去做你的掌櫃，卻來謀官做呢？」

徐誠心裏慌極了，祇得奏道：「不瞞陛下說，做生意的出息，哪裏及得上做官的好？所以奴才要謀官做。」

光緒帝怒道：「你知道做官有多少出息呢？」

徐誠伏在地上，叩了一個頭奏道：「奴才不想多少，祇要到老有三十萬塊錢的積蓄，奴才心也足了。」

光緒帝叱道：「你可曉得做一任道台，有若干俸銀呢？」

徐誠戰戰兢兢的奏道：「奴才聽人講過，做官靠俸銀，是要餓死的；到了那時，自有百姓們奉敬上來的。」

說到這裏，只見內監擲下一張紙和一支筆來，道：「皇上叫你把履歷寫上來。」

徐誠聽了，早魂魄飛散，又不好說不能寫；一頭抖著，一頭伏在地上，握著一枝枯竹管，好像千金重擔一般，再也提不起來。內監又一疊連聲的催促著，可憐！徐誠急得頭上的汗珠似黃豆般的，粒粒直滾下來；掙了半天，還祇有寫好半個徐字，歪歪斜斜的不知像些什麼。

內監將這半個徐字呈了上去，便聽得光緒帝冷笑道：「連自己的履歷都寫不明白，倒想去做官發財

了；即使上得任去，還不是個害民的污吏嗎？快給我驅逐出去！」

這諭旨一下，內監便把徐誠的頂子摘去；便喝道：「趕快滾罷！」

徐誠聽了如釋重負，立起身來，退了幾步。抱頭鼠竄著出來；外面那些和李蓮英一黨中的太監都來問訊，徐誠垂頭喪氣的說道：「我上了李總管的當了，這腦袋兒留著，還是僥倖哩。」眾太監忙問緣故，徐誠把引見的經過一一說了，跟跟蹌蹌的回去。

這裏將徐誠的事，都當作官迷者的笑史！但消息傳到李蓮英耳朵裏，心裏很為詫異；想平日皇上引見外吏，老於做官的，便問些風俗人情，至於新上任的官員，除了訓勉的話，更沒別的枝節。現在徐誠觀見，卻要考起才學來了，這一定有內線在那裏作梗，是不必說了。於是他連夜到吏部衙門去一打聽，知道徐誠已然除名；補上的是姓李的，運動人是文廷式。

李蓮英一聽，心裏已明白了八九分；咬著牙道：「這文廷式那廝，不是瑾珍兩個妃子的師傅？他仗著女弟子充著貴妃，便去走門路，把我到口的饅頭奪去倒也罷了；不該唆使皇上，在養心殿上和徐誠為難，當場叫他出醜。無異是丟了我的臉一般，這口冤氣，不可不報！」

於是李蓮英就去同他的妹子計議，叫她捏一個謊，去報給西太后；說瑾珍兩妃干涉外政，因她二人

的師傅文廷式，竭力主張和日本開仗，叫二妃從中說項。二人便在皇上面前，日夜的攛掇，把皇上的心說得活動起來，才叫李鴻章去備戰；終至喪師辱國。那不是瑾珍兩妃的不好嗎？

李大姑娘得了乃兄的指使，第二天時，就來見西太后；正值太后在榻，吸著鴉片煙。李大姑娘俯在太后的耳畔，把這事細細說了一遍，太后如何不生氣呢？所以立時跳起身來，把煙槍一擲，連煙斗都打破了；口裏只叫抓那兩個狐媚子。可憐瑾珍兩妃受這場大冤枉，連做夢也想不到的啊；雖然當時有皇上求情，終至於被幽禁起來。李蓮英的手段也算得厲害的了。

但皇上自從瑾珍兩妃被幽禁後，便覺冷靜寂寞，百無聊賴；每到無可消遣時，便頓足把李蓮英恨著。一天，德宗方和寇連材談起瑾珍兩妃的事，忽見一個小太監連跌帶爬的跑進來，要想說出時，卻回不過氣，一句話也說不出；德宗見了這種形狀，知道定有非常的事故發生，不覺大驚。

第八十七回　中俄密約

那小太監七磕八碰的走進來，喘著氣，連一句話也說不出；德宗忙問他甚麼事？那小太監指手畫腳的，祇掙出「太后」兩個字來。德宗知道太后有什麼變故，也不再去問那小太監了，便起身到後宮去見太后。

到了那裏，祇見李蓮英和李大姑娘、繆素筠、壽昌公主等等一班人，都排列在榻前；太后卻斜倚在榻旁，面色同黃蠟似的，祇是一語不發。德宗便上前請了個安，太后將頭點點，揮手叫皇上退去；德宗很莫名其妙，惟有退了出來。

細問那值日的內監，方知太后在昨日夜裏，忽然腹痛起來，直到天明不曾止住。李蓮英忙叫御醫來診治，太后決意不許；後來忍不住疼痛，才去召御醫進宮，診了診太后的脈搏，纔著眉頭道：「這症候很覺奇特，下臣不敢直陳，因為以太后的年齡，決不會患這種病症的了。」

李蓮英在旁，怕御醫說出不知忌諱的話來，忙喝道：「不必多言，太后這病，誰不知道是事繁心勞，所以患的血衰之症；你身為御醫，難道不曉得的嗎？」

那御醫連連說了幾聲是，便根據了李蓮英的話，擬了一張補血方子，就辭出來走了。以後不知怎樣，那太監恰有事走開，因此並不得知；等到來值班時，太后腹痛已經好了，方命小太監去召皇上。

但來了又沒有話說，弄得個光緒皇帝真有些摸不著頭腦；然聽了內監的一席話語，心上早有九分明白，曉得太后患的是說不出的暗病。祇有微微地嘆了幾口氣，回到自己宮裏，對寇連材講了一番，也就罷了。

光陰迅速，轉眼到了十月裏，西太后的萬壽之期，已就在眼前了；雖則有停止慶祝的詔書頒發過，但這種都是遮掩外人的耳目罷了。這般掩耳盜鈴的事，本是官場的慣伎，聲明不做壽，分明是把壽期告訴別人，到了那時，依然是燈燭輝煌的祝起壽來了。

何況那腐敗不堪的清政府，還會在這些上頭計較信用嗎？於是到了萬壽的前三天，把頤和園的前前後後，紮得一片如錦。總之，自離園周圍二十里起，並萬壽山、昆明湖，都紮著綵，遍地鋪著紅緞，上頭蓋著漫天帳；真是如火如荼，異常的華麗。

到了萬壽的一天，老佛爺也極早起身，著了錦繡的龍鳳壽服；李蓮英、繆素筠和諸親王的福晉陪侍著，擺起全副鑾駕，直往那頤和園裏來。一到了園門口，早有醇王、恭王、慶工一班親王，率領著滿漢大臣，在那裏跪接車駕；進了園，諸親王又齊齊的隨了進來。這時排雲殿上已設著寶座，準備太后升座受賀；因頤和園裏面，要算排雲殿最是廣大了。

殿上有聯道：

萬笏晴山望北極，九華仙樂奏南薰。

祇看聯上的語氣，已可見一斑了。不一會，光緒皇上同著皇后，也擺著鑾駕前來拜壽；次後便是瑾珍兩妃。原來二妃被禁的日期還不曾滿，光緒帝趁太后萬壽，替二妃乞哀，終算蒙太后特赦，所以也來給太后叩頭；最後是些福晉、格格們，都一一叩賀已畢。太后傳諭，任親王大臣、福晉格格們遊園一天，並賞賜壽宴；宴罷了，在大院前瞧戲。

這一天熱鬧，可算得未曾有的了；後人因這頤和園的華麗，作了幾首詞選道：

碧窗簾影冷如冰，簾外月華明；春明依舊在，昔日池塘何處尋？孤鵲聲聲，猶然逐雲之行。鴛鴦何懶？蚨蜨偏輕；二十四橋未聞笛，兒女傷愴，怎醒也未醒，多少滄桑恨？往事悲何限，前朝繁華不重見，聞雲散漫無邊，看綠楊天遠。梨花深深庭院，桃花門巷；猶得荷花池館，一聲羌笛悲咽，昔日風流說起，不由人腸斷！

那頤和園大院中的戲台，高低共分五層；二層係演神怪戲之用，所以佈置的一切和神祠差不多。但第一層卻同普通台一樣，不過略為精緻一點罷了；三層上面，是專製佈景所用的；四層是些橙椅之類，備伶人的喬裝；五層上卻供些神佛。戲台的旁邊，是一帶平房，以便王公大臣恩賞聽戲時所坐。台的對面，有三間一丈多高的房屋，為孝欽后自己聽戲的時候坐臥之處；旁有兩間休息室，放置長匠一具，太后每到聽戲或坐或臥，非常舒適。

這天，凡是京津著名的伶人，如譚叫天、汪桂芬等都被邀入大內。到了晚上，頤和園內燈火照耀，猶同白晝一般；太后和德宗並坐在大院前聽戲，兩邊列著親王、福晉、格格、親信的內監等等。不一

滿清

十三皇朝

一七二

會，太監呈上手本，請皇太后、皇上點戲；西太后隨手點了一齣小叫天的「天雷報」，德宗點了一齣

「逍遙津」，太監便領旨退去，叫伶人們扮演起來。

那小叫天的「天雷報」，是他拿手的傑作，果然一曲高歌，淋漓盡致！到了雷擊的時候，太后瞧著

德宗微笑！光緒帝知道是太后譏諷自己，便低頭默然；李蓮英立在太后背後，也看著德宗一笑。光緒帝

心中本已十分憤怒了，及至「逍遙津」出場，菊仙的漢獻帝，描摹懦弱孤君受凌逼的狀態，真是聲淚俱

落！恭親王在座上，忍不住高聲喝采起來。

慶王笑著道：「禁宮裏喝采，不怕老佛爺見怪嗎？」

恭親王正色道：「咱們先王的舊制，宮中不准演戲的啦。」說著目視太后，太后卻裝作沒有聽見

一般，回頭對李蓮英說著話。

這時惟有德宗不覺眉飛色舞，連叫內監去犒賞那班演戲的伶人；西太后明知皇上親點那齣「逍遙

津」，是有意和自己做對，因此很是不高興。但礙著恭親王在座，不好發作，否則早已著伶人停演了。

原來恭親王奕訢生性素來嚴厲不阿；他在軍機處時，西太后本來懼怕恭親王的。當孝貞后在日，

常同西太后及皇上、恭親王等往遊三海；西太后瞧見三海的亭閣有頹圯的地方，便用手指著說道：「咱

們須得好好地把它修葺一下哩！」

恭親王聽了，便很莊重的答應一個「是」字；孝貞后接著說道：「修是應該的，但咱們此刻不曾有這閒錢，來幹此種沒要緊事罷了。」西太后見說，就默然不語，這是閒話。

且說這天演戲，還不曾完；德宗因心裏不快，便請了太后的晚安，先和瑾珍二妃回宮。太后也為皇上故意叫演「逍遙津」譏諷自己，才滿心不樂，巴不得德宗及早離開；等到德宗走後，西太后吩咐親王等退去，令格格們在大院前聽戲侍候著，自己卻同了李蓮英去遊智慧海去了。

這智慧海，是頤和園中的第一個水景；大略的情景和瀛臺相似，不過構造上，比瀛臺要考究得多。海的四邊，嵌著珠玉寶石，掛著西洋的五彩燈景；海中放著一雙龍船，船身長一丈八尺，高一丈，製紮的紬綾，五色斑斕。龍舟的裏面，是用大紅緞子鋪著地，一樣有幾案檯椅、匟榻之類，不論坐臥都極安適。船頭上擺著旌旗節鉞，船尾裏另有一間小室，兩個小太監，常常侍候在那裏，以便隨時進御點。

龍舟的對面，陸地上還紮著一座月宮，宮中簫鼓之聲，終夜不絕。一到中秋，月宮裏陳列著甘鮮果品，雪藕冰桃；西太后同著皇上親祭太陰，並恩賞親王大臣，准乘了龍舟，往來遊戲，大有城開不夜之

概！到了半夜又命賜宴，歡呼暢飲，直至天明，君臣始各盡歡而散。但這是後話了。

當下，西太后同著李蓮英，在智慧海遊玩了一遍，又轉到寶蓮航來；講起這個寶蓮航，原是一個船塢，卻用玉石琢成，異常的精緻，所以一名又叫做「石航」。裏面製有汽船兩艘，這時的汽船和現在完全不同，祇能行動罷了；然當時已視爲精巧絕倫，奪天地造化之功了。而汽船之中，也有電燈通著園外，汽舟一行，萬盞齊明；西太后常燭自駕舟出遊，因這船塢離寶仁壽殿不多路，恰和萬壽山相對，風景最是佳麗，是以西太后不時臨幸。

這天晚上，西太后和李蓮英玩了一會，覺得遊興未闌，便又到桐蔭深處而來；這桐蔭深處，是頤和園裏頭一個秘密所在，裏面建築著三間小室，室的四周，都植著極大的梧桐樹，旁邊是一口清泉，每到夜深人靜時，泉流琤淙之聲，如鳴著瑤琴，很覺清婉可聽。沿清泉一帶，雕欄琢玉，清潔如畫圖一般。

那三間小室裏面，也是畫棟雕樑，十分精緻；內設床帳一具，諸如盥漱妝具，沒一樣不備。

因爲西太后的性情素喜修飾，每至一處必重敷鉛華，再整雲鬢，數十年如一日；雖已年逾花甲，而猶不離脂粉。人家看去，不過是三十多歲的半老徐娘；哪裏曉得她已五六十歲了呢？所以，美國的立特博士，稱西太后做「世界第一美人」，真是非過譽之談啊。這且不在話下。

第八十七回　中俄密約

一七五

再說，西太后和李蓮英自這天起，終日在桐蔭深處祕密遊覽，頤和園中的宮監，也常常聽得桐蔭深處，有男女嬉笑之聲，正是李蓮英和西太后在遊樂的時候；內監等非經傳呼，不敢近前，祇遠遠地侍候著。從此以後，西太后起居在頤和園裏，對於一切的朝政，也不來干預了，悉聽德宗去裁判；正應了翁同龢所說的樂不思蜀了。這不是德宗親政的好機會嗎？

德宗自那日瞧了戲回去，心裏很覺惱怒，一路和瑾珍兩妃講著當時的情形；德宗越說越氣，雖有兩妃慰勸著，但德宗祇是悶悶不樂，差不多一夜不曾闔眼。到了翌日清晨退朝後，便在御書房裏，召翁同龢商議改革朝政的計畫。

翁同龢奏道：「照現在的情形看去，先皇的舊制已不能適用的了。愚臣老邁無能，恐籌不出良法，反而弄巧成拙，所以，祇有讓給一班後進的能人，去建立功業罷。」

光緒帝慨然說道：「師傅既不肯擔這個職責，我現今決意重用康有為等一班新人了。師傅可代我傳諭出去，令康有為明日在便殿召見就是。」翁同龢領旨退出，自去知照康有為不提。

單表光緒帝因甲午一役，被日本殺得大敗虧輸後，以備戰的諭旨，完全是自己所主張，很受太后的埋怨；又割台灣、遼東給日本之外，還賠償了兵費兩百萬兆。假使當時日本人不遣刺客行刺李鴻章，列

國不出來干涉，恐怕割地和賠償，決不至這點點哩。

後來，遼東雖經俄國人的抗議和德法兩國的幫忙，將遼東索回來；但各國的幫忙，豈真是好意？也無非為著各人的自利罷了。猶如俄國人的抗議，何嘗是一心為中國設謀呢？多半是日本若取了遼東，於俄人大大的不利，因此不得不出頭來助中國一臂。至於德法兩國，表面上是援助中國，實際上也是為著私利而已。

但看等到事情一了，俄國和李鴻章私下訂了密約，租借了旅順大連，德國也來佔了膠州灣，法國也租了廣州灣；同時英國要求租借九龍、威海衛，各國紛紛蠶食起來，把中國當做一塊肥肉，大家盡量的宰割著。這光緒帝究非昏庸之主，目睹這種現象，心上如何不惱，愈是惱怒，變政的心也益急；那天和翁師傅議定之後，準備在便殿召見康有為，諮詢一切。

原來這康有為素有大志，他在甲午之前，也曾上書條陳政見，什麼停科舉、興學堂之類；那些滿洲大臣，祇當他是狂言囈語，將他的條陳壓住，不許上呈。但翁同龢做主試官時，讀了康有為的文章，驚為奇才！便給他中了進士。這樣一來，翁康已有了師生之誼，所以翁同龢在德宗面前，竭力的保薦。光緒帝有心要召見康有為面詢一番，終以恪於規例；不便越禮從事，祇下諭著康有為暫在總理衙門學習行

　走。

　過不上幾時，擺康有為做了翰林院侍講；這時又下諭召見。到了那天，康有為便翎頂輝煌的，到便殿見駕；光緒皇上等他禮畢，就問他自強之策。康有為便陳述三大策，一是大集群才，以謀變政；二為採取西法，以定國是；三是聽憑疆吏各自變法，改良政治。此外如請訂定憲法，廢去科舉；謀興學校，開制度局；命親王遊歷各國，以偵察西國之良政；譯西書以灌輸知識；發行紙幣，設立銀行，為經濟流通之計。天下各省，各府辦文藝及武備學堂，練民兵以修武事；種種陳述，滔滔不絕，真是口若懸河，頭頭是道。

　光緒帝聽罷，不覺大喜！又讚嘆了一會，諭康有為退去；並令保薦新政人材，以便實行變法。這時李鴻章與俄國訂約後，往各國遊歷初歸；光緒帝惡他甲午之戰不肯盡力，著令退出軍機閒居，後因兩廣總督出缺，便命李鴻章外調，出督兩廣去了。恭親王奕訢雖然剛直，但自甲午後起復原官以來，對於政事，不似從前的嚴厲了；不料老成凋謝，恭親王忽然一病不起。耗音傳來，太后和皇上都十分震悼；立命內務府賜給治喪費一萬元，諡號忠王；這且不提。

　再說光緒帝自召見康有為之後，一心要行新政，恰巧侍郎徐致靖、侍讀學士徐仁鏡、徐仁鑄、御史

楊深秀等，上書請定國是。光緒皇上至此，變政的主意越發堅定了；便於四月二十七日，下了一道詔書道：

頻年以來，戰事紛興，外患堪虞，朕甚憂之。於是內外臣工多主變法自強，乃決意先行裁汰冗員，立大小學堂，改武科制度等；已審定試辦施行。無如舊日臣工，堅以墨守舊制，擯除新法為目標，眾口呶呶，莫衷一是；遂有新舊制度之紛爭！然時在今日，內而政治不修，外則虎視鷹瞵；倘隙輒進，苟不謀自強，將何以立國？而自強之道，首以強民富國為前提。但士無良師，奚能實學；惰兵不練，何以禦侮？長是以往，國何能強，民何能富；徒見大好山河，供強鄰蠶食而已。經審之再三，以國是不定，則號令不行，他日之流弊，必至互起紛爭，於國政尤無所補。查中國歷朝，各行其法，各事其所是；戰國之世，其國雖統于周，而列國之制度，各行其善，無有相同者。矧新陳代謝，自古已然；既援新制，則舊制自不能存在，擇善而從，國之大道也。嗣後內外大小臣工，王公以及士庶，務宜奮力向上，發憤圖強；習聖賢禮義之學，採西學之適於制度者；藉補不足。維求精進，以期有用；京師為全國首區，學堂自宜創

第八十七回　中俄密約

一七九

辦！所有內外臣工，王公以下，至于各部司員子，八旗世職；及文武後裔；其願入學堂者，准其入學肄業，俾養成人材，為國家出力，共維時艱，凡爾臣工等，不得徇私援引，因循敷衍；致上負朝廷諄諄誥誡之意；下亦自誤誤人。後患莫大焉。特諭內外臣工，一體知之，欽此！

自這上諭一下，光緒皇上銳意變法的話，自然喧騰人口了。那康有為也不時召見諮詢；一時聖遇之隆，滿朝文武大吏無與倫比。康有為保薦了幾個新人物，幫同辦理新政；他所保薦的有那幾個人呢？就是徐致靜父子，仁鑄仁鏡三人，他的兄弟康廣仁，弟子梁啟超。

梁啟超本來是黃東新會縣的舉子，這時，得他老師康有為的保薦，賞六品銜，發在譯書局裏辦理譯書的事務。湖南巡撫陳寶箴也保薦了劉光弟、楊銳；侍郎徐致靜保薦了譚嗣同、林旭；戶部侍郎張蔭桓，保薦了王錫蕃；御史楊深秀，保薦了丁維魯，以上幾個人，都是飽學之士，可算得是人材濟濟了。

還有張之洞一班人，也幫著辦理改變科舉的章程，王鳳文請設立賑施，蕭文吉請整頓絲茶；以興實業。御史曾宗彥奏請開辦農務；王錫蕃請辦商會；李端棻請整則例；袁永昶奏請籌辦八旗生計；滿人御

史瑞洵，連字也不識半個的，卻居然也上奏章，請辦報館，以靈通消息。

光緒帝見奏牘紛紜，大都是有益於新政的，便也一概容納，把獻策的人嘉獎一番；因此那些無聊的滿人，也挖空心思，競陳政見了。也有似通非通的，光怪陸離，笑話百出；竟有請皇上入耶穌教，重習西書的奏本出現．；光緒皇上看了，也祇付之一笑而已。但皇上對於諸臣關於新政的條陳，因為來者不拒，都給他們一個接納，所以畢竟弄出一場禍來了。是甚麼禍呢？

第八十八回　戊戌變法

光緒帝寵用著康有為等一班人實行新政，那些舊臣如許應騤、徐會澧、懷塔布，剛毅等等，都非常的氣憤，天天在那裏尋新人物的嫌隙，好去西太后那兒攛掇。因為這時的西太后，自進頤和園後，把朝中的政事全部丟在腦後，非有萬分緊急的事，一概不見；有時，皇上遇政事前去請命，也祇叫李蓮英傳語而已。皇帝母子之間都還見不著面，何況是臣子了。

可是這時，在孝貞后在日時被革職的榮祿，已做了步軍統領了，正值直隸總督出缺，榮祿便向太后要求，西太后於皇上朝望去問安的時候，算親自召見，把榮祿補直督的話，再三的囑咐著；但西太后獨於這點小事，怎這般的鄭重呢？一則榮祿是她的內姪，二則，榮祿是個統領職銜，平空擢了總督，可算得是橫跳；照先皇的舊規講起來，斷斷乎做不到的。所以，西太后不得不鄭重一下了。閒話不提。

再說那許應騤、懷塔布等一班人，時時在那裏搜尋破綻；不期事有湊巧，一天，禮部主事王熙上的

一個奏本，給懷塔布在軍機處瞧見了，便塞在袖子管內，以便進呈太后。這個消息被御史楊深秀得知，立時奏聞皇上；光緒聽了大怒，便命追究王熙的奏摺。懷塔布不得已，只好將奏摺呈出，光緒帝即將懷塔布解職，擬了個「永不敍用」的罪名。

但王熙的本中，奏的是甚麼呢？卻是勸皇上剪髮易服。光緒帝看了，微笑點頭，賞了王熙三品頂戴。那一班內外滿漢臣工，聽得皇上於本朝最犯忌諱的剪髮辮之議也嘉納起來，因此，大家似發狂一樣，怪戾乖謬的議論，也都自喻新奇，相與上本啓奏；這樣一來，舊黨免不了竊竊私議，一傳十，十傳百，漸漸傳入西太后的耳朵裏去了。

西太后一聽「剪髮易服」四個字，不由得觸目驚心，勃然大怒道：「孺子這樣的胡鬧，祖宗的基業，不是斷送了嗎？」西太后這句話一出口，便有許多守舊派的，如許應騤、剛毅等輩，紛紛入奏；說皇上的悖謬，是因聽信了康有為的狂言，把很好的先皇制度，改變得不成一個話說了。

西太后聽罷益發大怒，即傳懿旨召見皇上，光緒帝聽得西太后召他進見，知道一定有什麼岔兒發生了；所以懷著鬼胎來見西太后，行禮畢，還不曾開口，西太后早把案桌一拍，大聲喝道：「我以爲你年紀比以前長大，知識也較前增進了；所以把朝政託給你，誰知你一味胡幹，你可知祖宗創業的艱難麼？

像你這般發狂，不怕將咱們的天下送掉嗎？」

光緒帝忙請了個安，說道：「聖母莫聽旁人唆弄，錯怪了人，兒雖不肖，絕不至任意胡爲；就是現在的種種設施，也無非希望國家強盛起來，共享太平之福，哪有反願意把江山送掉的道理。這還望聖母的明察。」

西太后不待德宗說畢，便劈頭喝道：「你還強辯？那王熙的奏摺，教你的是甚麼？你當我是沒有耳朵的麼？」說著，就把一大卷的彈章，向地上一擲道：「你自己仔細去瞧瞧，裏面說的是什麼。」

這時，早有內監將那本奏本拾了起來，光緒帝便接過來，翻閱了一遍；見奏摺上，都是彈劾康有爲一班新人的過處，和說自己的荒謬，於是一語不發的把奏章收起。西太后便指著德宗冷笑道：「現在你明白了麼？今日姑且退去，咱們告訴了你，以後還要好好的留意一下子呢。」

光緒帝見說，連連道了幾個是字，便退了出來。回到乾清宮裏，把彈劾自己的奏牘，重行取出來檢視了一遍，統計不下二十餘人：不覺發憤，將許多奏本撕得粉碎，頓足恨道：「這一班守舊的逆黨不除，終究不能安枕。」

光緒帝心裏愈想愈恨，到了次日朝罷，恰逢袁世凱受直督保薦，任爲小站練兵總辦，來請訓出京，

第八十八回　戊戌變法

光緒帝便勉勵他幾句；袁世凱退出之後，德宗猛然想起，自己正缺少一個有兵權的人，現今袁世凱做了練兵總辦，不是握著兵柄麼？於是忙叫傳諭出去，命袁世凱暫緩出京，著令乾清宮見駕。

袁世凱領了這道諭旨，正摸不著頭腦，只得到乾清宮來，由內監導引進去；見了光緒帝，禮畢，光緒帝問道：「你此番出京練兵，可忠心為國麼？」

袁世凱突然聽見這話，嚇得一身冷汗直淋，當做有人劾他不能忠心任事，所以有這個變卦；因此忙免冠叩道：「小臣怎敢不忠心為國呢？想小臣世受皇家厚恩，雖碎身尚不足報，何敢再有異心。」

光緒帝聽了，微笑道：「很好很好！你既忠心為國，現有密札一道，你須慎重將事，倘然事成，自然重重賞你。」

袁世凱聽到這裏，才知道皇上別有作用，並不是為著自己的事，這顆心便放了下來，於是叩頭謝恩出來；走出乾清宮時，合該天意難回，因袁世凱出來走得匆忙了些，正和一個內監撞了一個滿懷。那內監深怕獲罪，慌忙的三腳兩步走了，袁世凱待定睛看時，那內監早已不見了，不覺心上十分狐疑；及至到了私邸，將密札拆開一看，原來是皇上令自己領兵殺了直督榮祿，再率所部進京，掃除大后舊黨。

袁世凱看罷，心裏便躊躇起來；道：「這事可不是兒戲的，萬一事機不密，就有滅族的罪名。」他

心裏盤算了一夜，回憶出乾清宮時，和一個人相撞，那人不要是太后的偵探；倘若追究起來可就糟了。他思來想去，覺得現在皇上的勢力萬萬及不上太后；這事看來，一定要弄糟的，倒不如先去出首的為妙。主意打定，便連夜出京去了。

原來這袁世凱曾做過朝鮮委員，如今榮祿做了直督，便保他做了練兵總辦；他有二個幫手，就是段祺瑞、馮國璋、王士珍，時人號為「陸軍三傑」，這且不在話下。

單講袁世凱匆匆的出京，到了天津，便把光緒帝的密旨呈給了榮祿；榮祿一看，大驚道：「這還了得。」忙叫袁世凱暫護直督的印信，自己便星夜進京來見西太后。內監通報進去，回說老佛爺有旨，明日見駕。

榮祿著急道：「這事還等得到明天麼？」內監又進去了半天，西太后見榮祿從天津來，飭留叩閽；知道定有緊急之事，所以也及時傳見。

榮祿一見了西太后，便伏地大哭！西太后大驚道：「你有甚麼事這般悲傷？」榮祿一面哭，一頭奏道：「險些兒奴才的性命不保，恐怕老佛爺也有防礙呢！」說著，將德宗的密札呈上；西太后就在燈下讀了一遍，道：

第八十八回　戊戌變法

一八七

朕至稚年登基，政權皆操之母后；致一班逆黨咸得橫行無忌，二十餘年來受盡困苦，偶有政見不合，輒為彼逆奴所揶揄，是朕雖有天下，而實徒擁虛名；長此以往，不但為天下笑，仰亦無顏以對先皇；即後世亦必以朕為一懦弱之庸主耳。言之尤覺痛心！今著袁世凱，星夜出京領其所部；刻日舉事，襲殺直督榮祿，其缺即著袁世凱補授。並隨時率領勁卒，進京掃清逆黨共衛皇室，而肅朝政；勿負朕意。欽此！

西太后讀畢，不覺大怒道：「虎不傷人，人倒要有傷虎意了。」說著，便對榮祿道：「你快出去召舊日大臣，連夜來園中議事。」

榮祿領了懿旨，便一步一顛的出來，因榮祿一隻左足，本來有足疾的，所以走起路來一蹺一拐，很是不便；況且這時又在昏夜，事關秘密，不敢大張小諭，情願步行著出去，一處處的去宣召去了。

這也是康有為和梁啓超師生二人，命不該絕；榮祿走路既這樣的遲緩，頤和園裏，又兼走漏了消息。這消息是怎樣會走漏的呢？因榮祿匆匆的進頤和園來，怡巧被伺候光緒帝的內監寇連材撞見，榮祿

急於見西太后，並未留心別的；哪知寇連材是光緒皇帝第一個心腹人，

他一眼瞧見榮祿慌慌忙忙的進來，心裏已先疑惑起來，暗想：「榮祿這廝，現做著直隸總督，為何輕易擅離職守呢？料想一定有什麼重要的變故。」

一面想著，一面躡手躡腳的跟在後面；起初聽得太后不見，後來榮祿頓足發起急來，寇連材著了八分，知道這事定和皇上有關，但不曉得是甚麼一齣鬼把戲，便去俯伏在殿角裏竊聽。只見榮祿見了太后痛哭，隨後把一張東西呈上去，因距離得太遠了一些，實在聽不見什麼；末了，祇聽得西太后大聲說道：「你給我快召他們來。」便瞧見榮祿一拐一蹺的出園去了。

寇連材目睹了這種情形，便趕緊來報知皇上。其時，光緒帝正和珍妃、瑾妃在宮中閒話，祇見寇連材喘著氣進來；光緒帝問道：「你怎麼這副樣兒？」

寇連材忙跪在地上奏道：「奴才剛從太后那邊來，瞧見榮祿那廝匆匆進園，要見太后。」於是把榮祿痛哭，太后大怒，種種形狀細細講了一遍，又說：「榮祿現在出園去，不知去召甚麼人去了，奴才怕這事涉及皇上，因此忙來報告。」

光緒帝聽了，榮祿連夜進京來叩見太后，曉得袁世凱定然把機關露破了；料來必無好結果，但自己

還屬無妨，那一班保皇行新政的臣子，諒來不能免禍的。眼睜睜地瞧著他們一個個的授首，心裏未免不忍，當下便叫寇連材去報知康有為；一時不及草詔，祇叫寇連材伸過掌來，光緒帝就在他掌上寫著「事急速走」四個字，命寇連材速去。

寇連材領了旨意，如飛一般的跑到康有為下處，正值康有為草著奏牘，還沒安睡；寇連材叩門進去，已走得氣急敗壞，一時說不出話來，祇伸掌給康有為瞧。康有為見這個情形，又讀了寇連材掌中的字，曉得大事不妙，連行李也不及收拾，便隻身逃走出京，連夜乘輪船出天津，到上海去了。這裏寇連材自去覆旨不提。

再說那梁啓超，這天晚上，恰巧有事來和康有為商量，一到他的館中，只見書籍雜亂，物事狼藉；便問館童，說：「康大人在三更天，來了一個人，也不說什麼，康大人便手忙腳亂的走了。」梁啓超是何等機伶，一聽這話，就連跌帶爬的，躲往日本領事館裏去了；後來，聽得消息果然不好，便同了日本副領事，扮做洋裝，逃到日本去避禍去了。

且說榮祿奉了西太后的命令，去召剛毅、懷塔布、許應騤、曾廣漢、徐會灃等一班大臣，同進頤和園裏；叩見西太后畢，太后便怒氣沖沖的將密札給諸臣看了，籌議對待的法子。剛毅首先跪奏：「以奴

才看，今日不誅康梁這一班人，日後奴才等，定要被他們誅戮的；倒不如先下手為強了。」

西太后大聲說道：「我不但要將這幾個逆賊除去，連那昏君，我也要廢掉他哩。」

榮祿忙奏道：「這卻使不得的，皇上臨政，中外皆知；現在無故廢去，外人一定有所藉口。依奴才的愚見，請老佛爺重臨朝政，將權柄不給皇上掌握，也已經夠了。」

西太后聽了，微微的點了點頭，即命剛毅率領侍衛，一等天明，便去搜捕康有為等，莫被他們漏網。這裏，太后和榮祿諸臣，坐待天曉去處置皇上；計議已畢，但待天明，光緒帝變法行新政，至此告終。後人有詞，嘆這新政道：

南海書生平地起，居然萬言上天子；父卿交章薦奇才，下詔求言自此始。聖恩召入光明殿，名臣同日登樞府；大開朝堂受章奏，小臣維新大臣舊。感時流涕報聖明，憂勞覺覺龍顏瘦；一紙綸音下九州，四海歡呼帝萬壽！帝萬壽，可憐中原土，空有遺恨留；留得後人興嗟嘆，當時怎不邀天佑！

當下，到了次日清晨，光緒帝卻一夜不曾安眠，盥洗既畢，也不上朝，靜坐著待變。不多一刻，果見內監來宣召了，光緒帝便很安閒的，隨著內監到頤樂殿來見太后，只見太后怒容滿面的坐在那裏。光緒帝照常行禮畢，太后便厲聲問道：「你曾叫外臣領兵謀我麼？」

皇上徐徐的說道：「並沒有這回事。」

西太后益發大怒，從袖裏取出那道密札，往地上一摔道：「這是誰寫的？」

光緒帝見物證已現，諒來也隱瞞不過，便隨口答道：「子臣給袁世凱的，意欲掃清舊黨罷了，並不敢驚動聖母。」

西太后冷笑道：「不敢驚動麼？若不是榮祿報信的早，此刻我也做了階下囚了。」說著，把嘴一呶，早有李蓮英等一班人，不由皇上分說，便簇擁著往瀛臺去了。

滿清

十三皇朝

一九一

第八十九回　殺身成仁

光緒帝被李蓮英等一班內監，蜂擁著到了瀛臺；李蓮英說道：「請陛下在這裏稍待片刻，奴才還要侍候太后去哩。」說著，便和內監等一鬨的去了。當下，光緒帝便獨自坐在瀛臺，聽候太后的旨意，不在話下。

且說這天清晨，太后傳旨臨朝，殿上鐘鼓齊鳴，滿漢大臣紛紛入朝；猛見上面坐的不是德宗皇上，卻換成了西太后了，不覺齊齊的吃了一驚！正在摸不著頭腦，只見西太后滿臉怒氣，厲聲問道：「皇上寵用康有為等，私下詔書，叫袁世凱秘密謀我，你們眾臣可曾知道沒有？」這一問，嚇得滿漢大臣個個低著頭，一句話也不敢回奏。

西太后便冷笑了一聲，道：「虧你們食君之祿，忠君之事；卻都是這般尸位其職，連如此的大事也沒有人得知，真是枉受爵祿之榮；怕將來咱們的江山給人佔去了，你們也不曾覺察呢！」

眾臣聽了西太后的責詰，都默默不語的，十分慚愧；正在這當兒，恰巧剛毅入奏，搜捕康黨事已了，主腦康有為、梁啓超二人，已聞風兔脫，祇有譚嗣同、楊深秀、林旭、楊銳、劉光第、康廣仁等六人就獲。西太后見奏，傳旨將六人綁赴西市斬首。剛毅領旨，即傳侍衛等，擁著六人往西市去了。

可憐！這六人便是世傳的「六君子」，叫做：「功名未遂身先死；長使英雄淚滿襟！」後人有詞嘆

那六君子道：

滿清至斯國運剝，牝雞司晨家之索。曩昔武后是前車，婦人當國亡此祚！窮奢極慾世所稀，一朝平地風波起。車馬連夜馳入宮，警騎傳呼出禁中。昨夜猶草討賊檄，今朝成就冤臣獄。可憐刑曹頒懿旨，血染朝衣戮西市。忠魂夜夜泣黃沙！但願稚兒蒙恩敕。誰知君王尚不免，終身留得瀛臺恨！嘆嗟！受戮六卿皆丈夫，甘為孤君擲頭顱。

西太后既斬了六君子，又命警騎追捕康梁，並頒詔通緝外；將朝中的諸臣，大大的偵查一番。凡平素和康黨往來，或曾上摺贊襄新政的，一概懲辦。當時被累及的大臣，革職的有陳寶箴、李岳瑞、宋伯

魯、吳懋鼎、張百熙、端方、徐建寅、徐仁鑄、徐仁鏡等。遣戍的有李端棻、張蔭桓等。監禁的有徐致靖、陳立三、江標、熊希齡等。逮捕抄家的有文廷式、王熙、黃遵先等。

一時滿漢大臣紛紛降調有差。又把懷塔布、剛毅、許應騤、曾廣漢、徐會灃等，重行起復原職，各加三級；趙舒翹擢入軍機處，授榮祿爲軍機大臣，袁世凱擢山東巡撫，裕祿調署直隸總督，翁同龢削去官爵。種種佈置既畢，西太后餘怒未息，便到瀛臺來處治皇上。

這時，光緒帝已和木偶一般，呆呆的坐在那裏，見西太后進來，忙起立行禮，低著頭，傍立在一邊。西太后坐下，含怒問道：「你所爲的事，我都已知道了，現在，你自己願怎樣？」

光緒帝衹是不做聲。

西太后又道：「我的意思，煩你在這裏住幾時罷。」

一言未了，只見太監寇連材俯伏著叩頭奏道：「老佛爺在上，不是奴才大膽亂陳，老佛爺的聖意，是否要把皇上永遠禁在這裏？」

西太后還不曾開口，李蓮英早在旁喝道：「滿朝大臣沒一人敢說，你是何人？在老佛爺面前放肆。」

第八十九回　殺身成仁

寇連材忙叩頭道：「老佛爺的恩典，怨奴才放肆，因皇上親政中外皆知；倘一旦更變，怕外人或有煩言，這是要求老佛爺聖明詳察。」

西太后聽了，看著光緒皇上冷笑道：「一個親信的太監，也這樣胡說大政，怪不得一班逆臣的橫行了。」說著，喝叫李蓮英：「將寇連材拖下去，到慈安殿中侍候，等我親來拷問他。」李蓮英領旨，帶著寇連材去了。

當時，西太后便吩咐內監，把瀛臺的石橋拆去；非有懿命，不准放船隻過去，瀛臺的交通因此斷絕。皇上除瑾珍兩妃在側，其他宮女內監，都是太后的親信人了。

西太后這時離了瀛臺，到慈安殿來；及至殿門，李蓮英已出來跪接，西太后呼叫帶寇連材上來，喝問道：「我久知你攛掇皇上，妄行新政；還私通外臣，做些不正的勾當。我那時沒有空閒，任你這班人去胡為，今天卻饒不了，快把皇上和康梁的事從實招出，或者能赦宥你的罪名；否則，同譚嗣同等一樣決處。」

寇連材這時面不改色，朗朗的奏道：「奴才侍候皇上，祇知盡職，餘下的一概不知道；如老佛爺必要強逼供詞，奴才就請一死。」

西太后怒道：「你本來難免一死，倒還強嘴麼？」喝令李蓮英用刑。

寇連材知是不免一死了，便大叫道：「且慢著，待奴才直說罷。」於是指天畫地的，拿太后的過處，如數家珍般，滔滔不絕的說了一大篇；什麼籠納戲子，私產小孩等等都講出來了。只氣得個西太后面皮紫脹，連連拍案說推出去；寇連材不等他們動手，奮身望殿柱上一撞，已腦漿迸裂，一命嗚呼了。

西太后見了這種情形，恨恨的指著寇連材的屍身說道：「真是反了，在咱們面前竟敢如此無禮，那是誰縱容到這樣的呢？」說罷，兀是怒氣勃勃的，叫把屍身移去戮了，以儆後來的效尤。李蓮英聞命，即督率著小太監，將寇連材的屍體抬下殿去，立傳侍衛進來，令拿寇連材實行戮屍；一面侍奉著西太后，幸如意館去了。

原來，這如意館在頤和園內，農樂軒的右側，同景福閣相去無幾；館裏所有的，都是名人書畫，本來是一個圖書館。但館中侍候太后的，並不是宮女太監，卻是向四處招來的美男子。當初設這如意館的時候曾出示招考，凡青年子弟面貌清秀，而能夠會畫些各種花卉的，便可當選了。因此各省各府的青年子弟，都紛紛應考；第一次考取的共有一百七十多名，再由內監一一徵別過，祇取得五十五人了。

這時，那內監將五十五人送到招留處，又經李蓮英挑選一番，只選中十一人；這選中的十一人，又

須西太后親自過目，十一人中選了最好的兩人，在如意館裏當差；餘下的九人，發在招留處，算是備選。然而這太后選中的兩人，姓甚名誰呢？一個是直隸人，名柳如眉，一個是江蘇陽湖人，名管劬安；二人皆少年美貌，又精繪事，所以獲得這個佳缺。因西太后命兩人在如意館中供職，每年還賞紋銀二千兩和錦緞十足哩。這且不在話下。

再講柳如眉和管劬安，雖一樣的美貌，但趨奉的本領，如眉遠不如劬安；是以不上半年，劬安大得西太后的信任，差不多是第二個李蓮英咧。皆因柳如眉是官家子弟出身，大刺刺地，不甚得西太后的歡心；那管劬安的為人，原是個遊浪子弟，在家的時候，什麼三教九流，沒有一樣不精，學得一手好畫，又能唱種種的小曲。

他在十七歲時，跑到崑曲班裏拜了一個師傅，唱了兩年多的崑劇；後來賭輸了錢，竟把他師傅的東西席捲逃走。這樣的在江湖上混了半年，回到家中，他老子恨他無賴，邀了些族人，把劬安驅逐出族。

劬安經這一來，無可棲身，就趁夜潛至家裏，將他老子所有的積蓄，一股腦兒偷走，連夜逃到北京去了。

劬安既到了京師，終日在妓館裏度他的快樂生活。可是有限的金錢，能有多少時候可以支持呢？所

以三個月之後，早已床頭金盡，弄得衣衫襤褸，被妓館給趕了出來。劬安無處謀生，便仗著他天賦歌喉，沿途唱歌乞錢；或到茶樓酒館裏去高歌一曲，那些北地的客人，初初聞得南歌，倒也很覺動聽，解囊的一時很是不少。

這一天，合該劬安的運氣來了。那時，都中前門外，有一座春色樓的茶館，來喝茶的多半是宮裏的太監；茶樓的後面，卻設著一個歌場，專門招留四方的歌童在場裏歌唱，供一班內監遊樂，倘得他們讚賞一聲，身價便立時大漲十倍。

這管劬安也在場中唱歌，已一個多月了。那天劬安上場，場上有一位內監叫李六六的，正在那裏啜茗；他聽了劬安的曲子，不住地擊節稱嘆，等到歌罷，便叫劬安近前，問了姓名籍貫，就賞了劬安三兩銀子走了。

李六六走後，場上的人忙對劬安說道：「剛才的人是內府李六爺啊！他既然垂青於你，分明是個好機會來了；你祇要巴結他老人家一下，不愁沒有飯吃啦。」劬安是何等乖覺的人，他聽了點點頭，便牢牢的記在心上。

第二天午後，那李六六又來喝茶，劬安趕緊過去給他請安，還六爺長六爺短的；叫得個李六六好不

歡喜！仞安趁勢呈上曲本子，請他點戲；李六六隨手點了一齣「掃雪」，仞安便放出生平的手段，唱得額外討好，果然玉潤珠圓，無疵可擊。李六六聽了大喜，道：「這孩子唱的真不差，咱們老佛爺很喜歡聽唱戲；咱就指你一條路罷。」

仞安這時不敢怠慢，忙過來求教；李六六說道：「咱們的老佛爺，現在設著如意館，要招幾個能唱曲子和會繪畫的人，去裏面侍候著；但你祇會唱曲子，必要咱們給你引見，倘你會畫時，包你一試就當選，好省去多少手續哩。」

仞安忙答道：「不瞞六爺說，別的技藝或者不會，至於繪畫一門，不論山水花卉，小人都能夠塗幾筆的，不信可以畫給六爺看咧。」

李六六見說，拍手讚道：「這是最好沒有了！那麼，咱就在明天送你到招考處罷。」於是，二人約定了時間，李六六自回內府去；這裏管仞安便收拾了什物，準備赴考。

到了第二天，仞安一早就來坐等；將至晌午時，只見一個小太監提了一包東西，來茶樓上問道：

「此地有姓管的麼？」

仞安上前應道：「在下便是。」

那小太監對他望了一眼，把包遞給他道：「裏面是一身衣服，六爺叫你更換了，過一會好同去應考。」劭安連連道了幾個是，小太監便自去。

劭安慢慢的換了衣服，又剃了一個臉；他的面貌本來很好，經這樣一打扮，又換上新衣服，益覺容光煥發了。過了一刻，李六六來了，一眼瞥見劭安好似換了一個人的，便忍不住笑道：「似這般的標緻臉蛋兒，咱看了也覺可愛哩！你此去應考，我必能擔保你中選的了。」

劭安也笑了一笑，說道：「全仗六爺的洪福，周旋小人了。」

六爺點頭微笑，便領著劭安到了招留處，卻見應考的人，已擾擾攘攘的佔滿了一室；李六六同了劭安進去，早有內監前來招呼道：「六爺也送人來趁熱鬧麼？」

李六六笑道：「正是呢！這孩子倒很好，還要列位照拂他一下哩。」

那些內監都齊聲應道：「六爺的事，自當格外盡力；請放心就是了。」說著，大家打了個作別的招呼，李六六便走出招留處，逕自去了！

劭安當由裏面的太監，領他到了待選室中，算是初選入選的了。這樣一處處的進去，劭安竟得當選。因為，凡應考的人，都得有一種舉薦和擔保的；劭安是李六六所保送的，當然不用別的手續了。哪

第八十九回　殺身成仁

二〇一

知管劬安從此日高一日，居然飛黃騰達哩；原來劬安自進如意館後，蒙西太后不時召見，命他繪些花卉進呈，大獲西太后的讚賞，即令做了如意館的主任。

一天晚上，劬安正在和幾個小太監在那裏做葉子戲，忽見一個宮女，提了一隻食盒，笑嘻嘻地走進來；見了劬安說道：「你倒好說咧，太后正惱著呢。」劬安聽了，嚇得面如土色，一句話也說不出來。

那宮女笑了笑，將食盒打開，遞給劬安道：「老佛爺命賜與你的，等一會怕要來宣召哩；你須小心了。」

劬安這才放了心，一瞧那些食物都是御用的珍品，便慌忙叩頭，謝過了恩，立起身來；那宮女早已走了。這時，劬安心裏很覺不安，想太后這般的寵遇，不知有什麼事要用著自己？萬一關係生命的差使，不去又是逆旨，去了於性命有礙；胡思亂想，一時委決不下起來。

又揣念道：「自己本是個賣歌的乞丐，倘遇不著李六爺，今天依舊是鶉衣百結，還不是在街上討錢麼？現在有今日的快樂，都從哪裏來的？就是立時死，也值得的啦。」他想到這裏，不覺又打起精神，高興起來了。

在這當兒，卻見那先前來的宮女又走來，高聲說道：「太后有懿旨，傳管劬安到智慧海見駕。」劬

安便整了整冠裳，同了宮女，曲曲折折的向智慧海而來。

一路但見燈光煌煌，景致幽雅，所經之處，都有內監侍候著在那裏盤詰，由宮女說了暗號，始得從容無阻；劬安一面走著，一面留心瞧著，見亭台樓閣，果然精美如畫圖一般，旋經轉輪藏，旁邊有白石日晷，可以知午夜的時刻。從此處到聽鸝殿，殿的東首，蓋著一座極精巧的亭子，有題道：「畫中遊」三個斗大的字；又有聯道：「境自遠塵皆入詠，物含妙理總堪尋。」「閒雲歸岫連峰暗；飛瀑垂空漱石涼。」

劬安跟著宮女一重重的走進去，又走過一處石洞，往一個小亭子裏上去；方瞧見層樓高簪，題是「智慧海」。劬安走到樓下便欲止步，那宮女笑道：「還差的遠哩，你只管隨著我走就是了。」劬安聽了點點頭，又再跟了宮女前進，約莫轉了八九個彎，到了一處好似砌成的石室一樣，但有兩重門在外面，門上畫著龍鳳花紋。

這時，宮女望著劬安說道：「你就在這裏等一會，待咱去覆了旨來。」說罷，便走進那石室去了。

劬安呆呆地立著，過了幾分鐘，才見宮女出來囑咐道：「太后就在裏面，你須要小心了。」

劬安微微答應了一聲，同宮女進了石室，過了四重門，門裏面頓覺豁然開朗，疑是別有天地了；再

瞧那裏，正中似一個大廳，上題著「倫樂堂」三字。轉過了廳堂，側邊一帶排列著十幾間平屋；屋中的陳設異常華麗，正中一室尤其是光輝奪目。矽安眼快，早望見西太后獨坐在室中看書；於是，也不叫宮女去先行奏聞，逕自入室叩見了。

西太后慢慢地放下書本，命宮女賜矽安坐了，便含笑著問了矽安的年歲家況，矽安一一奏對了；西太后又問道：「你既能繪畫，可能辨別宋人的筆法麼？」

矽安忙奏道：「小臣肉眼怕一時分不清楚；但若非曆鼎，或者能判別一二。」

西太后點點頭道：「那麼，我給你看一幅東西去。」說著，起身望內室走去；矽安戰戰兢兢的隨在後面；連氣都不敢喘一下呢。

可是，矽安這一進去，直到明日的午前方回到如意館來；他隨了太后去瞧了什麼古書，做書的可不知道了。然從此以後，矽安不時被召入內，還娶了宮人做妻子，前門外御賜很大的宅第。這不是浪子的幸運嗎？

第九十回　庚子拳亂

西太后自幽囚德宗之後，自己便三次垂簾，再握朝政；一班掌權的大臣如榮祿、剛毅、趙舒翹等，沒一個不是親信之人。舊臣裏，除了王文韶之外，多革職的革職，遣戍的遣戍；王文韶因和榮祿最要好，所以能保持著地位。但西太后於內政雖一手把持，對於外事卻不免有鞭長莫及之嘆；其時，康有為和梁啟超等，又在日本設立什麼保皇會，宗旨是保護德宗，驅逐西太后，附和的人一時很不少。

這消息傳來，西太后十分不安，當時召集軍機大臣商議善全的辦法。西太后的意思，以為康梁雖遠在海外，恐終久為患，必得一個消弭的良策，方能高枕無憂；可是眾人躊躇了半天，卻籌不出善策來。

這時，剛毅要討西太后的好，便密奏道：「奴才的愚見，那康梁在海外招搖，無非借著保皇的目標

罷了；要鏟除他們假借的名目，惟有從立儲入手，再慢慢的設法正位；斬草去根，他們沒了頭兒，自然易解了。」這幾句話，倒把西太后提醒了，於是趕緊辦立儲的手續。

那些近支親王、貝勒、貝子，聽了立儲的消息，誰不想嘗禁臠呢？尤其是和德宗同輩的親王，都想把自己的兒子入繼；將來一登大寶，至少也失不了攝政王的名分。因此，大家在暗中競爭，異常的劇烈！

其中屬端王載漪的兒子溥雋，希望最大，醇王載灃、貝勒載瀾也在那裏鑽謀；但最後的結果，卻被端王佔了優勝。這樣一來，便引起下面的糾紛來了。總而言之，是滿清氣數垂盡的表現啊！不過端王的兒子溥雋，被立為儲君的經過，也有一段因果在裏面。

原來端王有福晉生得月貌花容，很是楚楚可人，西太后也不時的召她去，和格格們一起值班；那福晉又善待人意，所以極得太后的歡心。溥雋因他母親入值的緣故，也得出入宮禁了。然溥雋的為人，很是愚笨，對於讀書兩個字，視做七世怨家一樣；而於街巷俚曲，卻很是用心，而且一學便會，不論徽調、秦腔、崑曲，都能胡亂唱幾句。西太后所喜歡的便是聽戲，空閒時叫溥雋唱兩聲，倒不見十分討厭，是以常常將溥雋留在宮中。

此次立儲，諸大臣當然共保溥儁，西太后也正合心意；因西太后志在政權，她知道溥儁愚戇，易入自己的掌握，假使立了個聰明幹練的人，一旦政權在握，怕不演出第二次的政變來，故此決意立了溥儁，那是西太后的盤算啊。

當下，西太后命召端王載漪，到頤和園議事，把溥儁承嗣穆宗，入繼大統的諭旨，給端王看過了；端王滿口應許，並擇定吉日，送溥儁進宮，立爲大阿哥。西太后把第一步辦妥，便待實行第二步了；以立儲的名目，諭知內外臣工，準備廢去德宗，再立溥儁爲皇帝，期定翌年新正，一面通電各省疆吏。

一班舊臣如王夢樓、孫毓文等上疏力爭；疆臣如李鴻章、張之洞、劉坤一等，紛紛上章諫阻，說皇上未曾失德，不可輕易廢立；還有英法日俄諸國，得了廢立的消息，深恐中國因內政鬧出事來，也提出警告。

西太后見大勢如此，只得和諸大臣商議，儲君既已成立，於廢立一事，俟外界空氣緩時，再議不遲。但這樣一阻礙，朝裏誰也不敢再提廢立了；只把端王載漪直氣得咆哮如雷。倘溥儁做了皇帝，自己就是太上皇了；如今到手的榮華，眼見得成了泡影，這如何不氣呢？

況廷臣疆吏的阻諫，都可以用專制手段強迫，不怕他們不承認；獨有外人的借名干涉，卻是無法奈何他們了。所以端王的憤怒外人，無異切骨之仇，常常想趁機報復，想設法把外人盡行驅逐出去；私下和載瀾、剛毅一班人密議，籌畫那對付外人的計畫。

語云：「物必先腐而後蟲生。」端王既存了仇外之心，自有那扼殺洋人的拳匪趁時而起；豈不是天數嗎？這且不在話下。

再講到那拳匪的起點，本在山東地方，匪中的首領，原是八卦教的餘孽張鑾，八卦教自經清兵剿滅後，多年不敢出頭；甲午之役，清廷割地求和，民間很有幾個義憤不平的人，紛紛議論，說清廷懦弱，受外夷的欺凌；長此下去，中國勢至豆剖瓜分不已。

張鑾見民氣激昂，便和他女婿李來忠、女兒張秀英，樹起「扶清滅洋」的旗幟，到處傳教，招攬人民入黨；張鑾也會些左道旁門，替人用符咒治病，很有些小靈驗，因而一般愚夫愚婦皆信以為真，都紛紛入黨。

這時山東的巡撫毓賢，恰巧他的愛妾難產；請醫生用藥，好似石沉大海，毫不見效；毓賢急得沒了主意，便有人舉薦張鑾；毓賢聽了，不問他靈不靈，立時召張鑾到撫署裏，用符咒來診治。張鑾就做了

一套鬼把戲，念了幾句神咒；胎兒果然下地，母子俱不曾損害，毓賢大喜，叫用自己的大轎送張鸞回去。

過了幾天，毓賢命人齎二千塊錢，去謝那張鸞，張鸞卻分文不受；祇要求毓賢出一張保護的告示。毓賢也不躊躇，即令出示，曉諭本省的官府，謂義和拳是一種義民；志在扶清滅洋。地方官員須一體保護。巡撫既這般縱容，那些州縣下屬益發不敢得罪他們了；以是張鸞在山東地方得任意妄為，又不受官廳的禁阻，崇信的人民也越多，勢力漸漸地擴大起來。

張鸞的女兒秀英，便自稱黃蓮聖母，招了一群婦女，各人穿著紅衣紅褲，手裏拿了一盞紅燈，出遊四處；又倡言道：「洋人的槍炮雖厲害，只要把紅燈一照，他們自會炸裂的。」於是「紅燈照」的名目，傳遍了山東全區。張鸞和他女婿李來忠，還造出一種靈符來，令人佩帶在身上，臨陣時，刀槍水火都不能傷。

這般的狂言號召，不到半年，黨羽已有八九千人；外人在山東設立的教堂，一齊被他們焚燬，還殺了十幾個教士。當時的外人，在中國的勢力遠不如今日；他們受了義和拳的虧，惟有向督撫交涉，毓賢便敷衍幾句，外人也忍氣吞聲的罷了。義和拳的威勢便日振一日，外人著實有點懼怕；一聽「義和拳」

三字，早嚇得魂膽俱碎了。後來毓賢調任，袁世凱來做山東撫台；其時的義和拳，已差不多鬧得到處皆是了。

袁世凱見他們這樣的胡鬧，知道不是好現象，就傳了總鎮，把義和拳痛勦一番，直打得落花流水；張鸞也死在亂軍之中，所逃出的是李來忠和他妻子張秀英，及一班殺不盡的餘黨。然義和拳形勢已成各省都有黨羽，他們因山東不能立腳，跑到天津來了；直隸總督裕祿見義和拳張著滅洋旗幟，很是敬重他們，還請李來忠到督署裏，如神佛般供養著。因而義和拳的勢力，在天津更是擴大了。

那時，李鴻章出任兩廣總督後所練的神虎營兵馬，本歸端王統帶；端王為憤恨外人干預內政，想報這口怨氣，天天把神虎營操練著。可巧剛毅南下返京經過天津時，裕祿將義和拳的情形，細細地講了一遍；說：「他們興清室，滅洋人；這是清朝的洪福，不該被外夷吞併，所以天降異人來扶助。若能令太后信任，大事成功，清室中興，那功績可就大了。」

剛毅和裕祿原係姑表親，現被裕祿的言語打動，早已深信不疑，便應許隨時保薦義和拳；等剛毅回京時，端王恰和他商議編練神虎營，要待改練為兩鎮。剛毅趁隙說道：「那神虎營的兵馬，還是從前曾左的舊制；若那時征勦髮逆，似乎有些力量，倘要和洋人開仗，就變沒用的了。你不記得甲午的一戰

麼？洋人的槍炮正不知多厲害哩。」

端王聽了，如兜頭澆了一杓冷水，半晌才說道：「那麼，我們永受洋人的欺凌，簡直沒有報復的時日了。」說著，便深深的嘆了一口氣。

剛毅接著說道：「且不要灰心！古語說得好，一物一治；洋人的槍炮果然狠了，卻還有能制伏槍炮的呢。」

端王說道：「你看滿朝臣工，哪一個能敵得住槍炮；就是全中國，也不見得有這樣的人罷！」

剛毅笑道：「這話太一筆抹煞了。當初髮軍起事，何等厲害，真是所向無敵；末了，卻給曾左諸人殺得東敗西竄。出一種人，自有一種人去克制他；這也是本朝的洪福啊！」

端王見剛毅話裏有因，忙很誠懇的說道：「我老住在京裏，外面的事，絲毫也不知道，你方從外省回來，或者曉得有能制伏槍炮的人；你如舉薦出來，我當即奏聞太后，立時把那人重用就是了。」

剛毅說道：「王爺既這般真誠，現放著義和拳的人馬；何妨召他們來用一下呢。」因把裕祿招留

第九十回　庚子拳亂

的義和拳，怎樣的厲害，裕祿親自試驗過，的確槍炮不傷，便將他們的名稱改為義和團等事細細講了。

二一九

聽得端王哈哈狂笑起來，道：「天下有這樣的神兵，真是天朗我大清了。」當時即命剛毅飛馬出去，著裕祿知照義和團，連夜進京，聽候調遣；剛毅見說，正中下懷，立即去通知裕祿，於中行事。

這裏端王在上朝的時候，就拿義和團保清滅洋、神通廣大之事，奏聞了西太后；西太后搖搖頭道：

「那怕未必見得，多不過是白蓮教一類邪術罷了。」

端王見西太后不信，又來和剛毅商量，一面召接義和團，一面託李蓮英在西太后面前攛掇；西太后心裏，很有些被他們說得活動起來。

那天津的義和拳已紛紛入京，到處設壇傳教，亂燬教堂，任意戮殺教民；各國公使實行提出交涉，直隸總督榮祿因受端王指使，一味遷延不理。各公使沒奈何，只得調外兵登陸，保護自己的使館。這消息給義和團得知，便要求端王發令，去圍攻使館；端王一時未敢做主，團眾在邸外鼓譟，愈聚愈多。

恰巧日本領事館書記官衫山彬木和德國公使克林德氏，兩人乘車經過，團眾瞥見杉山彬木，齊聲大呼：「殺日本人，報甲午戰敗之仇！」這時人多口雜，不由分說，拳足刀劍齊用，將杉山彬木砍死在車中了。德國公使見此情狀，知道無理可喻，正待回身逃走，團眾又連呼：快殺洋人！把德公使克林德也

殺死了，才一鬨散去。

端王見事已鬧大，恐西太后見罪，便私下和剛毅、徐桐、趙舒翹等秘密商議，捏造了一張公使團的警告書；令太后歸政，廢去大阿哥，即日請光緒皇上臨朝。他們計議妥當，便來見西太后；其時，因團眾殺了德使和日本書記官，榮祿聽得，慌忙奏知西太后，說：「端王縱容邪教羽翼，殺死公使，將來必釀成大交涉。」

西太后聽了，深責端王妄爲；方待宣傳問話，端王恰來進見，並將僞警告書呈上，西太后讀了，正觸著自己的忌諱，不覺勃然大怒道：「他們敢干預咱們內政麼？咱歸政與否，和外人有什麼相干！他們既這樣放肆，我非把他們趕出去不可。」

端王忙奏道：「奴才已飛電徵調董福祥的甘勇進京，諒早晚可到，那時一鼓而下，將使館圍住，一齊驅逐他們出京就是了。」西太后聽說，祇略略點點頭；榮祿在旁，知西太后方盛怒的時候，不敢阻攔。

第九十回　庚子拳亂

但朝裏滿漢大臣，聽得圍攻使館、驅逐外人，都曉得不是好事，於是漢臣徐用儀、許景澄、滿人聯元、士山等，齊齊入諫；西太后還餘怒未息，便厲聲說道：「你們祇知祖護著外人，可知道他們欺本朝

太甚麼?」徐用儀等欲待分辯，西太后喝令將徐用儀等，交刑部議處。

端王趁機奏道：「徐許諸人，曾私通外人，證據確實；若不預給他們一個儆戒，難保無後繼之人；這種漢奸，萬不可容留，求太后聖裁。」

西太后稱是，即命端王任了監斬，將徐許等一干人綁赴西市處斬；一時滿朝文武，皆噤如寒蟬。誰敢開半句口，自取罪戾呢。後人有詞，嘆西太后誤信佞臣，道：

巷議街談道拳勇，妄言神術助威猛；一朝黨羽遍京師，狼奔豕突勢洶湧。設壇豈能降神靈？謬語荒誕尤不經！皇恩浩蕩頒獎賞，大臣敬教如尊親。義民號召建太平，圍攻使館滅洋族；祇知目前少數人，不慮海外有萬國。從此戰禍自我開。外兵如麻捲地來；血染征衣臣工死，堂堂天子蒙塵埃！妖婦紅燈火燄燄，砲火能禦鐵甲船；事急忽然竄苦鼠，剩此愚民受熬煎。

自從徐用儀等處斬後，朝中漢奸之聲，差不多天天都得聽見；稍涉一些嫌疑，即被指為通洋人的

漢奸，立刻處斬！還有那不信邪教的官員，都給端王奏聞治罪。義和團的黨羽，在京裏建了高壇，聲言召神，文武大臣須每天赴壇前叩頭；如其有不依從的，無論滿漢大臣，一概處「私通外人」的罪名。

這個當兒，漢臣已殺戮革職，去了大半，所餘的寥寥無幾了。舊臣如王文韶，也幾乎不免。在大殺漢奸的時候，載瀾上疏，附片裏說，王文韶也是漢奸，應當斬草除根。其時，榮祿和王文韶同在軍機處辦事；歷朝的舊章，滿漢軍機大臣同是大學士，那朝臣的奏疏，例須滿臣先看過了，才遞給漢人。當時，榮祿看了載瀾的奏疏，再瞧了瞧附片，便往袖裏一塞；只做沒有這事一樣，仍看著別的奏疏。

王文韶也漸漸瞧到載瀾的奏疏，回頭問榮祿道：「瀾公有張附片，掉在哪裏去了？」

榮祿含糊應道：「只怕丟失了罷。」

王文韶見說，也只得點頭而已。兩人看畢奏章，同去見西太后，把所看的各處奏疏，一一奏聞了…

榮祿便從袖管中取出那張附片，呈給西太后道：「載瀾不是胡說麼？」

西太后接了附片，看了一遍，勃然變色道：「你可以保得定他嗎？」

榮祿頓首奏道：「奴才願以百口來保他。」

西太后厲聲說道：「那麼將此人交給你，如有變端，惟你是問。」榮祿忙叩了頭，謝安退出。

王文韶這時雖也跪在一旁，但他因爲耳朵重聽，所以始終不曾聽見啊。

這且不提。再講義和團，此時聯合甘勇，攻打了使館；各國紛紛調了軍艦，直撲天津而來。

第九十一回　帝后西奔

京裏的義和團愈鬧愈兇兒，各國的軍艦紛紛調至大沽口，齊向砲台進擊；直隸提督聶士成、川軍李秉衡、陝軍馬玉崑，一時哪裏抵擋得住，都往後退敗。至於那些團聚，更不消一陣槍炮，早已各自逃命去了。聶士成領著軍馬奮勇衝去，不期炮彈飛來，打得腦漿迸裂，死在陣中。馬玉崑單騎敗走，李秉衡見全軍覆沒，便自刎而死。

大沽炮台失守，英美德法日俄意奧等八國聯軍進了天津，由德國艦隊司令瓦德西，為聯軍統帥，向北京進迫。警耗傳來，風聲異常緊急；總督裕祿服毒自盡。榮祿這時真急了，忙進頤和園來奏知西太后，把八國聯軍攻下津沽，現已迫近北京的消息，報告了一遍；西太后聽罷，忙叫召端王剛毅進頤和園問話。

端王聞得外面風聲不好，心裏已十分畏懼；一聽宣傳，知道西太后一定要詰責的，但又不能不去，

祇得同了剛毅，一步懶一步的進園去見太后。參見既畢，西太后很憤怒的問道：「這一次的主戰，都是你們弄出來的，現在事已到了這般地步，你們待怎麼樣辦好呢？」端王和剛毅一聲不發的立在一旁。

在這當兒，忽聽內監入報道：「外兵已到京城外，正要架砲攻打哩。」西太后聽了大驚失色，不覺急得手足無措起來。

榮祿忙跪奏道：「事已急迫，終不能任外人進來蹂躪；以奴才的愚見，還是請御駕出京，暫避風頭為上。」

西太后垂淚說道：「匆促的時候，往哪裏去呢？」於是，大家議了一會，決意往熱河再定方針；計議既畢，即命剛毅出去預備車輛，一面到瀛臺通知了光緒帝，並將宮中嬪妃一齊召集。

只見珍妃淚盈盈的侍立在側，西太后想起舊事，今日甚至倉皇出奔，更不如甲午之役；未免被珍妃見笑，便惡狠狠的瞧了珍妃一眼，冷笑道：「現在宮中諸人，都準備出走，妳卻怎樣呢？」

珍妃掩著珠淚答道：「都聽憑太后處置。」

西太后說：「以咱們的主見，此刻匆促啓程，妳們年輕女子，在路上既不便，留著又恐受人之辱；我看妳還是自決了罷。」

珍妃見說，曉得自己不免一死，便垂淚道：「臣妾已蒙賜恩，惟皇上是一國之君，萬不可離京遠去，否則京中無主，亂將不可收拾了。」

西太后喝道：「國家大事，自有咱和皇上作主，無須妳來饒舌。」說罷，叱令內監，賜珍妃全屍；當由兩個宮監把珍妃用紅氈包裹了，抱持至園西眢井口，奮力投下；這時，瑾妃在旁，眼見著妹子如此結果，不由得嗚咽起來。光緒帝恰巧趕到，要待救援已然不及，祇得付之一哭罷了。

後人有詩，悲珍妃投井道：

莫問宮廷景寂寥，丹楓亭畔眾芳嬌；花含醉態迎殘照，園外征車過小橋。

昔日題詩隨水去，憑弔眢井黯魂銷！硃紅黛碧今何在？月貌花容無處描。

西太后殺了珍妃，自己便和皇上更換衣服，扮做避難人民，匆匆登車；榮祿還來請命，西太后吩咐道：「咱們一走，京裏的事都由你暫時維持一下；至於外兵進城與否，終須到議和的地步；你可擬道旨意，召兩廣總督李鴻章進京，與慶王奕劻，同為議和全權大臣。待和議告成，咱們再行回鑾罷。」

榮祿領諭退去，西太后回顧諸臣，隨駕的衹有王文韶和趙舒翹兩人，回憶萬壽時節，真有今昔之感了！

當下，西太后和光緒皇上很匆促的啓行，出得德勝門時，已有馬玉崑的親兵四五百人，是榮祿預令駐紮著，保護車駕西行。他們君臣坐在一輛大車上，徐徐地前進，約莫走了二三十里，因倉忙之中不曾帶得食物，這時未免有些飢餓起來；但一路都是荒草野地，茫茫一片，望不見一家村店。西太后和光緒皇上，惟有忍飢兼程而行。可是那些車伕卻不住地喊餓，停著車，不肯前進了。經西太后再三的安慰他們，始得勉強趕程。

帝皇的太后，到了這個時候，反懇情於執鞭的御者，雖說是異數，也是他們孽由自作啊！於是，這樣的牛牽馬繼，又走了二三十里，看看到了一所村莊；那些跟隨的內侍宮女，在風聲緊迫時，本已有一天多不曾進食了，這時實在熬不住，也有餓倒在車上的。西太后看這種情形，是生平所不經見的，眼看著他們狼狽的狀態，不覺惻然；便命停車，向村莊中去覓食。

當由李蓮英下車，前去對莊上的村民說道：「我們是避難的官眷，因為逃走時匆忙，忘帶了糧食和銀錢；所以要求你們供給些食品，將來回京後，自當重重的補報。」

那些村民見西太后一千人都愁眉不展，卻不失華貴的氣概，便爭著把麥飯之類獻上；這一班內監宮女們本是餓慌的了，一見麥飯，就狼吞虎嚥的吃得乾乾淨淨。光緒帝和皇后、瑾妃等，也略略食了些。

祇有西太后一人，對於這樣的粗糲，怎能下嚥呢？不由的瞧著光緒皇上潸然淚下道：「咱們深處宮禁，哪裏知道民間的疾苦呢？你看他們，以如此粗糙的東西充飢，咱們天天吃著肉食，還嫌不好；到了今日，方知物力維艱了，這叫事非經歷不知難啊！」說著，就有些嗚咽起來。

其時隨扈的有慶王的三個女兒，貝子溥倫，桂公夫人等；見西太后悲傷，便一齊來慰勸著，一面命大軍依然前進。

到了黃昏，已抵賈市，又由內監和李蓮英等，去弄些食物吃了；帝后及西太后也不下車，就在車上坐待天明。到了次日車子起行時，西太后因鴉片癮發，更兼兩日不進滴水，已然臥倒車中；幸虧將近旁午，車抵懷來縣境，經李蓮英先去通知，懷來知縣吳登魁慌忙出城迎接，並置備筵席，等西太后和皇上皇后等進膳。

這懷來地方，也是很困苦的所在；進獻的食品，也不見十分精美，不過比較村民所獻的麥飯，卻已天差地遠了。西太后一面用膳，一面由知縣夫人替太后梳髻，又讓出衙中上房，備太后皇上安息。李蓮

英卻去找尋了一副鴉片煙具來，是一根破竹筒，鑲個煙斗在上面；那煙燈也是污穢不堪的，西太后也沒法，總算過了癮。這一夜才得床褥安眠，宮女太監似得了安樂窩一般，無不嘻笑快樂；西太后嘆口氣道：「人經痛苦方知樂：這句話萬萬想不到，會應到我身上來呢。」

一宿無話，翌日起身，由吳知縣又雇了幾乘車子，恭送太后和帝后啟程。這樣的走了半日，忽然馬玉崑五百護送的兵丁，一齊鼓譟起來；西太后猶如驚弓之鳥一般，嚇得面容失色，忙叫人去問什麼事鼓譟？只見內監來回奏道：「馬玉崑的部卒連日護駕西行，沿途的糧食都由自己帶來的；現在糧已告罄了，所以不肯前進，在那裏爭鬧。」

西太后聞奏，一時也想不出別法，只得命宮嬪后妃們，把頭上所插的釵鈿拔下來，去犒賞他們，方得前行無阻。這樣的一路過去，到了太原，甘肅巡撫岑春煊，率領勤王師趕到，其他的大臣如王文韶、趙舒翹等，也陸續到了。

這時，西太后心神略定，垂淚對岑春煊說道：「咱們此次千里蒙塵，這樣的苦痛，實生平所未經；你往時忠心耿耿者，臨危已逃走一空，卿能不辭勞苦，患難相從，我若得安然回京，絕不有負於你。」說著，手撫岑春煊之背，痛哭不已。

滿清

十三皇朝

二三〇

岑春煊忙勸道：「太后保重聖躬要緊，且莫過於悲傷；路上的安寧，有小臣在此，諒可無患，請太后放心就是了。」西太后聽了，才含淚點頭，傳旨在太原暫住。

然而西太后受了一番驚恐，未免小有不豫，由山西撫臺，薦縣丞葉承嗣診治，進了一劑和胃舒肝湯，稍覺痊可一點；不過京中的消息還是十分險惡，西太后心中很覺不安，於是命即日車駕西進。

光緒帝在出奔時，原很不贊成的了，現在西太后欲駕幸長安，光緒帝便竭力反對，只好隨從西去。既到了長安，西太后就下詔罪己，那時，榮祿已代擬詔書，召李鴻章進京，開始議和。八國中，由德國領頭，要求很是苛刻；經李鴻章費盡心機，尋出一條門路來。那門路是誰呢？就是津沽的名妓賽金花。

原來這賽金花，本是殿撰洪鈞的寵姬，當洪鈞出使德意志時，和德國炮兵上尉瓦德西很有交情，賽金花同瓦德西也締造做密友；照西國的習慣，男女的交際，是應該有的，所以賽金花與瓦德西，從友誼漸漸入了戀愛的程度了。洪鈞回國之後，便一病不起，賽金花因受大婦的欺凌，就下堂求去，重墮風塵。

第九十一回　帝后西奔

此時聯軍進迫津沽，係假戕殺德使克林德之名，和中國宣戰，因此各國推德國出面，德將瓦德西做

了聯軍總帥；李鴻章急於議和，便委託賽金花去謁見德帥瓦德西，令她於中說項。瓦德西和賽金花既是舊歡重逢，自然十分要好。他就極力祖護中國，一場和議得著賽金花的助力，很為不少呢。

但大體方得就緒，李鴻章忽然積勞成疾，竟至撒手西歸了；西太后聞得李鴻章的死耗，很是震悼，立命賞治喪費萬元，著奕劻代表祭奠，以慰忠魂，並諡號文忠，這且不提。

再說李鴻章議和的條約，共計十二條，雖經告成，但還有許多的手續未曾完備；西太后隨即派了王文韶去繼李鴻章的任，總算將一椿大禍完全結束。等到雙方簽約的時候，西太后眼見得辱國喪權，自己備責自己的時候，也不覺流下兩行珠淚來。

卻說光緒帝被囚在瀛臺的時候，一腔鬱憤本來無可發洩，到了聯軍進逼京城，太后倉皇出走；光緒聽得消息，便朝服整齊的要往使館中去，西太后大驚道：「你此時前去，不是送羊入虎口嗎？」

光緒帝坦然說道：「他們是文明國人，對於鄰邦的君主，絕不至於加害的；而且經此一去，如議起和來，也容易入手了。」

西太后忙阻攔道：「你就要去，也不在這個時候；試問你這時就到了使館，算去認罪呢，還是去議和？真是毫無理由，何必去冒險呢？」

光緒帝不聽，當時堅定要去，西太后謂皇上受驚，神經錯亂，命內監等擁著光緒帝強行登車；後來到了太原，西太后令西進長安，光緒很不願意，又經一番力爭，西太后祗說皇上神智不清，叫內監們好生看護，依然強迫著上車。但車駕西發的時候，光緒帝尚垂淚不止；因為，倘西太后走，留皇上居京，那京裏有了維持的人，何至受外人如此蹂躪呢？所以人謂德宗昏庸，那話未免冤枉他了。

不過，自車駕到西安後，光緒帝始終鬱鬱不樂，言語之間，不時作憤激之辭；可是西太后卻不能見諒，強說皇上患心疾。她為使臣工們見信，一天，趁慶王長女元大奶奶隨侍在側時，暗中示意皇上，令取元大奶奶的奩具，把它藏過了；光緒帝不曉得西太后的用意，真個去做了出來，等元大奶奶梳洗時，尋不見奩具，瞧見皇上放在那裏，便問他取回。

光緒帝不許，道：「那是太后所賜，怎敢私下相授呢。」元大奶奶見說，也只得罷了。

及至謁見西太后，把這事提起；西太后笑道：「堂堂帝皇，竊人的奩具，他還不是患了瘋病嗎？」經這一次事情之後，光緒皇帝患心疾的話語，漸漸有人相信了；其實，光緒皇帝何嘗有什麼病呢？

無非是西太后要埋沒他罷咧。

這且不提，當下那和議告成，十二條中，有徵辦罪魁一條，在未回鑾之前，自然要實行的；於是就

在西安下詔，載瀾、毓賢正法，端王遣戍新疆。剛毅得了信息，已急死在西安旅程中，其他凡參預義和團的朝臣多半革職；諸事妥當，準備回鑾。

後人有詩，嘲西太后蒙塵西安道：

烽火連天戰鼓驚，夷兵夜入燕京城；車駕匆匆奔城外，喊殺號呼血染塵！嗟兮事急如狼犬，滿朝無有保駕臣；深居宮禁饜肉食，倉皇道塗飲糜粥；頤和園裏多繁華，今朝卻來荒郊宿。如意館內諸寵臣，回憶往事掩袖哭！出亡千里入太原，君臣惟知避強敵；不謂長安成帝都，百官草草朝班列。

辛丑年的七月下旬，西太后命近臣勘視東路的行宮和鑾輿所經的道路，以便回京；但傳諭地方官吏，凡鑾駕所歷的州縣，無須過於供張，諸事務求儉約。這是西太后蒙塵時受了痛苦，也算是一種覺悟啊！

到了回鑾的那天，西安城中的街道，一律粉飾做黃色；兩邊的店鋪都懸燈結綵，十分熱鬧。這時，

比較來的時候，情形又是不同了。西太后又傳諭，把鑾輿的黃緞幔打起，任民間的婦女瞻仰聖容。當車駕未出城之前，由彈壓的兵丁，執著籐鞭掃清了街道，後面便是前導馬，一對對的過去；前導馬之後，是黃衣黃帽的內監和穿黃馬褂的官員，其次又是乘馬的太監。

那步行的宮監都手提著香爐，香煙縹緲，街上寂靜得鴉雀無聲。隨駕左右的人，多半是繡服黃裳，王公大臣之類；禁衛軍過去，便是光緒皇上和皇后嬪妃的車駕。後面黃轎裏，坐著大阿哥及許多護駕的親王；西太后的鑾輿，用三十六個人抬著，都穿著團龍褂子，很整齊的過去。

不料在這警衛森嚴的當兒，忽然街道上衝出一個赤身露體的大漢，揚著兩臂，直奔西太后的駕前。

第九十二回　中山革命

西太后鑾輿方出長安時，街上忽然來了一個大漢，赤膊跣足，臉上塗著花彩，雙手亂舞的，直撲西太后的駕前；兩旁侍衛立刻將大漢擒住，一刀斬在街旁。這時，扈從的大臣深怕有刺客犯了御駕，即命追究那大漢的來歷；經地方官報告，才知道那大漢原是個傻子啊。

當下鑾輿經過，民間的婦女都長跪兩邊跪接；西太后在輿中，瞧見婦女中間，有一個穿補服的婦女，很恭敬的跪在那裏，西太后知道是個命婦，令賞給銀牌一面。

這樣的一路進了潼關，沿途都有官員長跪迎送；護駕的兵丁，除了原有馬玉崑的五百人之外，又有鹿傳林、宋慶和的軍隊。過太原時，光緒帝命將駐蹕地方的祠廟，統賜匾額一方；其時，南書房供奉祇有陸潤庠一個人，不到半刻工夫，把七十多處的匾額都已題就了，光緒帝誇獎了陸潤庠幾句，還賜了他一百疋銀絹。

西太后居西安的時候，有侍臣榮幸的兒子，也常常在太后地方，很得太后的歡心；因為榮幸的愛妾是侍候西太后的，所以他的兒子得跟隨在左右。那個小兒年紀不到四歲，卻十分聰明，西太后很覺鬱鬱不歡，足有三四天，才旋旋的忘去。

車駕到了大同，山西撫台恩銘已預備了火車，車上設了御座；裏面一齊都用了黃緞，繡著龍鳳花紋。西太后登上火車，不覺望著王公大臣微笑道：「咱們倒還有今天的日子。」說著，便瞧著光緒皇上；光緒帝卻低了頭，祇做不曾聽見一樣。

火車啟行，好似風馳電掣一般，直向北京進發。既到了京中，早有滿漢文武大臣和各國的公使，在城外迎接；公使們見西太后、皇上下車，即脫帽致敬，西太后祇對他們略略點頭，便乘了鑾輿進城回宮。可是，一到了宮中，只見什物零亂，所有陳設的寶物，失的失去，毀的毀壞，真是繁宮華庭，頓成了荒涼世界。西太后不由潸然淚下！

後人有詩嘆道：

人民泣，膏血竭；和議成，外兵齊撤！親王釀出妖民亂，爵相議和嘔心血！千呼萬喚始回

鑾，百官乘馬出長安，禍首已遁親王除，人民含笑瞻天顏。爾曹不識天心苦，如此行程世所

無；萬民脂膏供揮霍，一朝燼去無其數？今日猶憶德勝門，半夜倉皇走至尊；鄉村婦女相嘻

笑，淡掃蛾眉朝聖人。當年若憶而今事，殿上稱尊愧此生。

西太后回鑾之後，腦筋也漸漸的變過來；這時，淳親王載灃從德國謝罪回來，力言外邦的文明，西

太后知道大勢已變，非實地改革一下不行。於是，先把義和團屈死的大臣，一一復了原官，入賢良祠受

祭；將珍妃的屍首打撈起來，以貴妃禮安葬。一面下詔，實行新政。凡舊日康梁所條陳的廢科舉、興

學堂等等，從前所不贊成的，現今卻都一件件的實行了。

然宮中自經這一次大創後，不但寶物的損失，就是侍候西太后的那些婦女，也多半走散了；還有繪

畫的繆素筠也生病死了，李蓮英的妹妹又出嫁了，端王的福晉因端王遣戍新疆，罪婦不便入直，其他所

有的，不過一個壽昌公主而已。因此，西太后便覺得十分冷清了。

這個當兒，慶王的女兒珍珠，隨著福晉進宮；西太后見她伶俐，便命留在宮中。那珍珠是往東洋遊

第九十二回　中山革命

二三九

過學的，閒談之間，講起日本的婦女到中國來學習養蠶，學會之後，再研究種桑的方法，她們預備自己種桑養蠶了；因日本人對於蠶桑，也列在農學裏面，很是重視的。可惜日本氣候不對，養蠶終是不發達的。

西太后聽了，頓時觸起她的好奇之心；便對珍珠說道：「古來的帝后，也有養蠶織布的，咱們怕做不到嗎？」當下，立時傳諭旨出去，叫在江南地方挑選清秀的民間婦女二十人，送入大內養蠶；又令在民間，栽了桑樹的種子，叫內監們種植。

不到幾時，鄉間民婦送到了；西太后便另闢一室，看這些婦女在裏面養蠶，蠶既做了繭子，隨即取絲，買了機軸織起綢來。一時在大內的人，終夜間得機聲不絕，卻是西太后督率著女工，在那裏織絲呢。

但這一班女工，大都是有夫之婦，西太后也很體諒她們，准半年回家一次；平日在宮中的時候，賞賜也很優厚，每織成布一匹，賞銀四兩；織綢一疋，賞銀十兩。倘逢著時節，便得加賞二十兩。有時宮中演戲，也得賞賜瞧戲；鄉中的民婦受這樣的寵遇，也要算是異數了。所以，一般出入宮禁的民婦，眼光看的很大的了。

滿清十三皇朝

二三一

有一次，江南的民婦因蠱事將興，預備進京供職，但在起身之前，照例須地方官吏遣發；其中一個

民婦，因為不聽縣官的吩咐，知縣叫差役把她驅逐出去，不料那民婦大怒道：「我在太后宮中，大大小

小的官員正不知見過多少；卻來怕你一個縣官咧。」說罷，就要動手來打，幸虧同伴將她勸了回去。知

縣因恨她不過，拿這民婦的名兒取消了。

其他的民婦到了京裏，西太后一點，卻少了一人，問還有一個哪裏去了？那民婦將知縣留難的話，

告訴了西太后；西太后忙令傳諭，到江南指名要這個民婦進京需用。知縣沒奈何，只得照常遣送；當臨

行的時候，那民婦把知縣大罵一頓，知縣連氣也不敢喘一聲呢。這且按下不提。

再說宮中自西太后回鑾後，不時發現怪異事情，有時桌椅無故自移，或屋中有步履聲音；一經往

視，便寂然無聲了，但等人一走，那聲音又復響了起來，而且，一天厲害似一天，甚至有形跡出現。

一班宮女常常見珍妃在宮中往來走著，近看時又不見了。這種謠言，漸漸傳到西太后的耳朵裏去，西

太后很是不相信；後來，因親自目睹過一次，方才和內臣商議祈打的法子。侍郎裕崑主張利用喇嘛來

打醮。

講到喇嘛，本紅黃兩教；他的祖師，一個叫達賴喇嘛，一個是班禪喇嘛。其教始興在蒙古，當世宗

的時候，喇嘛勢力很是偉大；因為那時諸王競爭繼統，聖祖很信佛教，也極是贊成喇嘛，所以，世宗也供養著喇嘛，以備纂位時做個助手。世宗既已登了基，喇嘛的勢力越發大了。祇就永雋殿和雍和宮兩處，那喇嘛已很不少；而且一樣的干預朝政，一樣的賣官鬻爵。無聊的官僚往往無可設法時，便去奔走喇嘛之門，結果，因喇嘛的聲名狼藉，幾乎一蹶不振咧。

但在喇嘛興盛的辰光，他們手下服侍的人，都是滿人。原來，滿人有一種奴隸籍；譬如，老子犯了國法，子孫得貶了奴隸籍，不過一入奴隸之後，雖一樣可以做官，一遇他舊日的主人，卻依然要奴主稱呼的。這種奴隸滿人，也有服侍漢人的；清末的督撫衙門裏，此類奴隸最多了。至於給喇嘛執役的，大都是皇上所遣派，也有自己雇用的。奴隸稱喇嘛，都喚做師爺。

其時在雍和宮給大喇嘛驅使的奴隸，名兒叫作多達，為人很是勤儉，深得大喇嘛的歡心；這樣的過了幾年，一天，那多達向大喇嘛要求道：「奴才跟隨師爺多年了，可否在一班大人面前吹噓一下；給奴才一個差使做做。」大喇嘛點點頭，隔不多日，大喇嘛果然替他謀了一件事；是賑濟局的委員。

第二天時，多達戴著藍翎，前來給大喇嘛磕頭辭行，竟上任去了；六個月之後，那多達已銷差回來，因為賑濟局是不長的，缺分卻很肥美。多達回來，仍在大喇嘛的地方執役，這是入了奴隸籍的緣

故；任你做了最大的職分，一旦卸職，依然是個奴隸。

多達既仍充奴隸，還取出一張六萬元的銀票，算是謝謝大喇嘛的；大喇嘛倒吃了一驚，忙問道：「你祇住了六個月的差使，能賺幾多錢？卻送給我這許多。」

那多達說道：「不瞞師爺講，這是最優的美缺；所以六個月中，共弄到十九萬。但像奴才似的，還是平心不會弄錢的咧。」大喇嘛聽了，把舌頭伸出來，半晌都縮不回去。

從此以後，有人央託大喇嘛謀事，就要運動若干，即任回來，又要酬謝若干；這都是多達一人所弄出來的啊。可見，清代官吏的腐敗，專門剝削小民；就這個上頭看來，已可想而知了。

閒話少說，當下，西太后即命傳集喇嘛，就在宮中設壇建醮。到了那時，鐃鈸丁東，禁宮又一變而為寺院哩。到法事將畢，由喇嘛奏明太后，舉行打鬼。

這打鬼的活劇，雍和宮素來就有的。用平常的小喇嘛穿了白衣，戴了白冠，面上塗了五彩，預先在暗處伏著，大喇嘛在台上念經作法；忽然燈燭全滅，一聲怪叫，所扮的活鬼便從暗處直竄出來。旁邊那些喇嘛已持著竹片，在那裏候著；一聽大喇嘛叱吒，立刻把竹片向活鬼亂打，活鬼往四下奔避。末了，直打出宮外，活鬼前面逃，打的後頭追；須追得瞧不見了，才一齊回來。這時算鬼已打定，宮中燈火復

明；謂一切的不祥，就此驅逐乾淨。

但此次宮中的驅鬼，是奏明了西太后舉行的，那些活鬼，都由太監們改扮；到了打鬼的時候，宮裏的大小嬪妃宮女，皆手拿著竹片，等候驅鬼。大喇嘛把神咒念完，喝令驅逐，一班宮女七手八腳的，往著扮鬼的內監打來；那些太監便穿房走戶的，從這宮逃到那宮，凡有怪異的地方，一處處都到走到。

宮女們一邊嘻笑，一邊打著，也有傾跌的，也有打痛手指的，霎時光怪陸離，醜態百出；西太后同著皇上皇后及瑾妃等，也來壇下看喇嘛驅鬼，見了這般情狀，也忍不住笑了起來。

宮女們追逐太監扮的活鬼，一直到了預備著的水池邊，那活鬼紛紛跳入了池中，把臉上的顏色洗去，算是拿鬼趕入水裏去了。然而宮裏自經這樣混鬧了一場，果然覺得安靜了許多；以後在宮中成了一種慣例，每到這個時候，必須打鬼一次了。這且按下一邊。

再說，清廷自拳匪之亂，外人既蹂躪了北京，還要求很大的賠償；這個上頭，不免大喪了元氣，但一波未平，一波又起，河南和廣東地方又鬧起革命來咧。

原來這革命黨在康梁奏請行新政時，已經發動過了；那時，在廣東組織「興中會」的首領，叫做孫

文。這孫文字逸仙，是廣東香山縣人；當初在中西醫學校裏卒業。也曾入教做過教士，後來卻專門行醫，到處演說革命；崇信他的人，一時很為不少。不期給清廷知道，很注意他的行動。

孫文既辦了興中會，因會員十分眾多，被廣東偵探將孫文捉住，說他立會結黨，便解到兩廣總督署裏；恰巧兩廣總督是李鴻章，他見孫文辯辭流利、人品出眾，就存了個憐才之念。暗想現在的中國，要想出這樣一個人才也是不容易，並且說他謀叛，又沒什麼證據；何必認真去幹呢？當下趁個空兒，把孫文釋放了。孫文得以脫身之後，宣傳革命益發覺得起勁了。

又隔不多時，因李鴻章奉調入京，同德國去議和了，繼任總督的是譚鍾麟。孫文趁譚鍾麟到任未久，便締結了鄭弼臣、陸皓東、黃彬麗、朱浩清等，想在廣東起事，並飛電湖南的唐才常等，到了那時以便響應；不料事機不密，給譚鍾麟知道了，將陸皓東一班人設法擒獲，立時斬首！這樣一來，孫文在廣東站不住腳，祇好逃往日本。

孫文走後，興中會的黨人史堅如，用炸彈拋擲廣東督署；事情鬧得很大。清政府裏，已知孫文是革命黨首領，史堅如的事，也歸罪於孫文。聽得他逃往海外，便通電駐各國的中國公使，留意緝捕。

孫文逃走到日本時，清政府已照會日本拏捕；幸虧在橫濱，遇見了日人宮崎寅藏，對孫文說道⋯⋯

「你在日本，早晚要不免被捉的，還是到英國去的爲上。」

可是孫文此時身無半文，行動不得，又是那宮崎寅藏助了孫文幾百塊旅費，才得勉強成行；於是匆匆離開了日本，渡了太平洋，逕往英國去。不到幾天就已經到倫敦了，孫文就去找尋老師康德黎，告訴他自己是亡命來此。

康德黎和孫文原是從前的舊友，便叮囑孫文道：「現在清廷緝捕你的風聲很緊，就是本國，也有中國公使館，怕他們已得著清政府的電報了。你若要外出時，須通知我一聲，好派人保護你。」

孫文答應著，心裏尋思道：「我已到了海外，清廷縱使緝拿得厲害，也斷不會到英國來捕人。」因此大著膽子，依然照常進出；對於留學英國的學生，仍舊鼓吹著他的革命主義。

一天，忽然有一個廣東鄉人來請孫文出去，孫文並不疑惑，很爽氣的跟他前去；到了那裏，邀孫文上了樓，那同鄉人卻已不知去向了。孫文這才有些疑心，忙推開樓窗，向外一望，不覺吃了一驚，因爲大門外面，突然懸起龍旗來咧。

孫文趕緊回到裏面，高聲叫了兩聲，見走進來一個中年僕人，笑著問有什麼事？孫文說：「這是什麼地方？爲什麼請了我來，卻把我幽囚著呢？」

那僕人微笑說道：「你來了半天，還不知道麼？此處是中國欽公使的私宅，將你邀來，因為清國的皇帝要尋你去做官，有電文來知照公使的啊。」

孫文聽了，曉得身入牢籠，就是插翼也飛不掉的了；思來想去，終轉不出脫身的法子，只有致書給康德黎，叫他設法營救。但這求救書使誰送去呢？當下，孫文只有央求那僕人道：「我既然到了這裏，也不想出去了；不過我有一位好友，須遞個消息給他，你肯替我送這封信去嗎？」

那僕人起先不肯，經孫文說了許多好話，才答應了。孫文很匆促的寫了幾句，命僕人送去給康德黎；又恐怕他中途變卦，便講了些耶穌救人急難的話給他聽。那僕人去了。

第九十二回 中山革命

一三九

第九十三回　瀛臺血淚

那孫文被困在使館裏，一時不得脫身，心中十分的著急；便和館役商量，叫他送個信給老師康德黎，館役不肯答應，深怕弄出禍來，經孫文竭力的勸諭了他一番，說：「你放大了膽，儘管前去，萬一有什麼事發生，我會叫外人幫忙，自然可以挽回。」

館役知道孫文也不是個尋常之人，諒不至於累及自己，便答允下來；於是秘密藏了孫文的信，竟來見康德黎，把孫文被幽囚的事，細細說了一遍。

康德黎大驚道：「我早就囑咐他要留意一點，如今果然入牢籠了。」說著，打發了館役回去；一面託英文報記者，將中國公使擅在英國境內捕人的事，披露在報上。

英國政府得了這個消息，如何肯輕易放過；便打了照會給中國使館，謂在英國境內捕人，有損英國法權，就是從萬國公法上講起來，也絕沒有這種成例。中國公使館見外人干涉，怎敢違例，只得把孫文

釋放，還向英政府道了歉，這事才算了結；孫文既得脫身，就連夜離開英國，仍到日本尋他的同志去了。

那時，中國自孫文逃走後，廣東的興中會由會員楊少白等一班人主持；因鑒於前次孫文的失敗，大家按兵不動的坐以待時，倒是安化人李燮和，在湖南鬧了一次，給湖南巡撫偵悉，派人密捉；李燮和見事情不妙，一溜煙逃往美國去了。這裏祇苦了約期起義的長沙師範的學生；全體都被逮捕，學校也封了起來；為首的就地槍決，附和的監禁，不知情的釋放。然已無端枉送了幾十條命。

孫文在日本聽得興中會依舊不曾殲滅，便又印了許多的會章，由日本寄到中國來宣傳革命，招攬那些青年入會；這章程傳到京中，滿人御史竟上疏奏知西太后，把章程附在疏中。西太后讀了一遍，見章程上的詞句，都講的清廷行政，什麼內政腐敗、引用私人、大權滿人獨攬、以漢人為奴隸等等；說得很是痛切，列舉的弊端也都打中西太后的心坎。

西太后不覺笑道：「此人屢鬧革命，人家很有受他蠱惑的，想來也有些才具，可惜他不肯歸正，不然倒也是一個人才呢。」

西太后輕輕的一句話，給一般滿洲人的御史聽見了，他們為迎合太后的意旨，第二天就上章，請招

安孫文；西太后瞧了這一類的奏疏，也惟有付之一笑罷了。

且說光緒皇上自從西安回鑾之後，西太后益發當他是眼中之釘；這是什麼緣故呢？

因為光緒帝戊戌變政，重用康梁，實行改革舊制，被西太后將新政諸臣一網打盡了，自己便三次垂簾。不意在這個時候，聽信端王、剛毅的話，誤用義和拳的滅洋政策；結果弄得倉皇西奔，一敗塗地，倒不及光緒帝親理政事時的太平了，因此，心裏很是不安。又經內監們的攛掇，說皇上對於太后的信用妖民，有很多譏笑；西太后初時也甚覺愧悔，終至於老羞變怒，含恨皇上，自不消說了。

而且，把光緒帝所居瀛臺的門禁，要比從前更嚴厲了許多。當庚子之前，那瀛臺的左面，除了船楫以外，本來有一座橋可通；橋用白石砌成的，起落可以自由，日間原將橋放下，宮女嬪妃隨時能夠往來。但庚子以後，兩宮回鑾，光緒仍居瀛臺；起先倒極安適，可是過不到幾時，太后即命把橋收起，無論晝夜，不得任意放下。嬪妃蒙召，用小舟渡了過去，由太監在水橋上接引，這樣幾乎成了慣例。

這時光緒帝的身邊，只有瑾妃一人侍候，光緒帝每於月夕花晨，因瑾妃在側，便想起珍妃來，不免欷歔零涕，瑾妃也痛哭失聲！二人悲傷了一會，相對黯然不樂。有一次，因嚴寒大雪，平地積雪三

尺；西太后叫小太監做一件狐皮袍子去賜給皇上，並吩咐小太監道：「你把衣服呈與皇上，祇說是老佛爺親置所賜；衣料是布的，衣鈕卻是金的；照這幾句話，須接連上三四遍，看皇上怎樣回答，便來報知。」

小太監領了旨意，用小船渡到瀛臺，將衣服呈上後，依西太后所叮囑的話，說個不停；光緒帝先時祇當不曾聽見，末了，給小太監說得不耐煩起來，就憤憤的說道：「我知道了，太后的意思，謂我將來死不得其所罷了。但我以為就這樣一死，也不得其時，還是苟延幾時的好。不過，人誰沒有一死呢？有死得值與不值的分別；太后雖望我即死，我因不值得才不死的，你去報與太后，說我這般講就是了。」

小太監見光緒帝動怒，自不敢再說，竟匆匆的去了。

瑾妃在一旁變色道：「皇上這話，不怕太后生氣嗎？」

光緒帝不覺微笑道：「我到了這樣地步，還怕她則甚？大不了她也如肅順般處置我好了。」

瑾妃聽罷，忙用眼示意；光緒帝正在氣憤的時候，哪裏放在心上呢。原來，其時恰巧香兒也來侍候皇上，瑾妃知道他是太后的偵探，所以竭力阻止光緒帝，叫他不要信口開河，免惹出許多是非來。但這

香兒是誰呢？若然說起來，讀者諸君或者也還記得。

當拳亂之先，西太后不是在頤和園中，設著什麼如意館嗎？還招四方青年子弟，入館去充館役。在這個當兒，內監李六六便遇見了那個管劬安，把他薦入館中；哪知管劬安入館後，大得西太后的寵信，不時召入奏對，在宮監面前稱劬安做我兒，又稱爲香兒。因而全宮的人，都喚劬安做香貝子，和從前香王權衡差不多上下。

香兒既這般得勢，就出入宮禁，專門替太后做耳目，刺探了別人的行動，去報給太后；宮中的人又稱他做順風，因不論瑣碎小事，太后終是知道的，都是這香兒去報告的啊。

當下，瑾妃心中很明白，見皇上這樣亂說，雖是著急，但也沒法去制止他；停了一刻，香兒果然去報知了。後來，禁止大臣到瀛臺問皇上起居的旨意，不久就下來了，因光緒帝雖被禁在瀛臺，那大臣們去問安或疆吏的入覲，本可是以通融的。自這次之後，西太后疑心光緒帝恨己甚深，倘大臣們任意進出，弄出衣帶詔的故事來，所以不得不預先防止了。

第九十三回　瀛臺血淚

還有一次，岑春煊以在西安曾率師勤王，西太后很是贊許他；這時，便擢他做了四川總督。岑春煊在臨行的時候，請入瀛台覲見皇上；光緒帝一見岑春煊，三數語後，便潸然淚下。正待訴說心事，忽見

香兒突從外面進來；光緒帝即變色起立，一句話也不說，岑春煊知機，便趁勢請安退出。但那香兒是何等乖覺的人，他眼見得君臣這種情形，心裏早有些疑惑，就暗中去告訴了太后。

依西太后的意思，阻止入覲的諭旨，這時已要實行的了；為於香兒有礙，才緩了下來。如今光緒帝大發牢騷，自己說出心事來，香兒再去對西太后一講；西太后知道皇上時刻不忘對自己的怨恨，便立刻把瀛臺的交通斷絕。光緒帝在瀛臺裏面，祇有兩個宮女和四個小太監，一天到晚同瑾妃相對著，終覺得悶悶不樂。

因皇上居處的地方是在涵元殿，瀛臺是它的總名罷了。這涵元殿的大小，共有平屋三間，每間不過丈餘的寬闊，後面僅有一座小樓；光緒帝於悶極的時候，也登樓去眺望一會，但不到幾分鐘，便長嘆一聲，慢慢的走了下來。

那涵元殿的對面叫做展香殿，是皇后的居室；然皇后雖有時入侍，光緒帝卻不大和她說話。總之自幽禁以來，從不曾至展香殿；所以皇后和光緒帝是面和心非的，又見皇上寵著瑾妃，皇后益發惱恨了。可是皇后那拉氏，本是西太后的內姪女，她要配給光緒帝，想從此籠絡起來，大權可以永遠獨攬；哪知光緒帝卻不中意現在的皇后，因西太后授意給他，叫皇上於擇后時，將玉如意遞與自己的姪

女。

　故例凡皇帝冊立皇后之前，先把有皇后資格的閨女排列在殿前，任皇帝自己選擇，選中了誰，就拿手中的玉如意授給於誰；光緒帝的心裏，想要遞玉如意給珍妃的，但因西太后已預先授意，不敢違背，祇好在遞過去時，假做失手掉在地上。一隻很好的玉如意，竟被打得粉碎了。

　西太后見了這般情形，便老大不高興，母子之間在這時，已存了意見的了。等到大婚以後，光緒帝自然不喜歡皇后，西太后要光緒帝服從，明知他愛的是珍妃，就把珍妃姊妹立做了妃子；光緒帝既有了珍妃姊妹，於皇后越不放在眼裏了。皇后目睹著妃子受寵，心中如何不氣呢？是以不時在太后前哭訴，更趁間拿珍妃姊妹責打了一頓；雖說借此出氣，但光緒帝的心目中，越發當皇后似仇人一般了。

第九十三回　瀛臺血淚

　庚子拳亂起事，兩宮料理出走，西太后趁這個當兒，把珍妃賜死，也算替皇后報復。回鑾之後，光緒帝想念珍妃，以爲珍妃的致死，完全是皇后加害於她的，因此雖和皇后同居瀛臺，相去不過咫尺；光緒帝卻從不到屍香殿去，也不相交談，夫妻好似陌路一般。

　一天，光緒在瀛臺實覺氣悶不過，要想出去，卻沒有橋樑和船隻，不能飛渡過去，便倚在窗上躊躇

二四七

了一會；看那水面上已結著很厚的冰，不覺突發奇想起來，想要從冰上走到對面去。瑾妃忙忙勸阻道：

「那冰是浮在水上的，到底不甚堅實，倘踏了那裏，忽的陷了下去，不是很危險的嗎？」

光緒帝卻不肯聽，決意踏冰渡水過去；於是叫一個小太監扶持了，一步步的往冰上走去。在近岸的冰塊，果然結得很厚，人踏上去，受得住重量，不至於破裂；但到了正中，水漸漸的深了，便不容易結冰，那冰就薄了。光緒帝走到這裏，才覺得那冰有些靠不住，正在懊悔時，小太監的一足已陷入水裏去了；對面的太監也趕忙撑著小船來接。這樣的忙了半天，光緒帝才算登了彼岸。

哪知光緒帝踏冰的時候，皇后方在辰香殿裏梳洗；她從鏡中瞧見河裏有人走著，一時很覺詫異，便忙臨窗一望，見皇上在那裏踏冰渡水，就暗想道：「他近來神經錯亂，舉動上很是乖謬；但那瑾妃卻不曾瘋癲，爲什麼不加阻諫呢？萬一皇上有了危險，我也住在這裏，豈能不認其咎。」當下便急急忙忙的妝飾好了，也駕著小舟渡過河去；報告給太后去了。

這裏光緒帝到了瀛臺的那面，如鳥脫籠似的，好不快活！一面叫小太監打槳過去，把瑾妃也接了來，二人挽著手，往各處玩了一遍；走到仁壽殿面前，光緒帝不由得長嘆一聲道：「朕還記得那年，和翁師傅在這裏商議朝事；也召見過康有爲，不圖和袁世凱在此見面後，就從此不能到這裏了。回憶

起當日的情景，宛如在眼前一樣；不過從前和現在，境地卻相去遠了許多，想起來，能不叫人傷心嗎？」

光緒帝說罷，眼看著瑾妃，不免有點傷感起來；瑾妃怕皇上憶起舊事，因此抑鬱出病來，所以忙慰勸道：「那是蛟龍暫困池中，終有一朝逢著雷雨，就可霹靂一聲，直上青霄了。」

光緒帝見說，祇略爲點了點頭，重又嘆道：「人壽幾何？韶華易老；倒不如那些尋常的百姓人家，夫唱婦隨，其樂融融！咱們到西安時，見一般農人夫婦，男耕女織；他們家庭之間，自有一種說不出的愉快。咱們做了帝王，倒不及他們呢。怪不得明代的思宗說：『願生生世世，不要生在帝王之家。』這話是何等的沉痛啊！」

光緒帝說到這裏，不覺悽悽悲咽起來了；瑾妃在旁竭力的勸解了幾句，但是，怎能擯去皇上的悲感呢？光緒帝越說越氣，止不住撲簌簌地流下淚來。這時瑾妃也牽動了愁腸，君臣二人，倒做了一場楚囚對泣。

當下光緒帝和瑾妃，任意向各處走了一轉，因心事上頭，哪裏真個要遊玩呢？於是吩咐小太監，攏過小舟來，上船仍回到瀛臺。光緒帝覺得百無聊賴，便叫宮女擺上酒來，瑾妃侍立在側，一杯杯的斟著

第九十三回　瀛臺血淚

酒，慢慢的飲著。

這樣過了一會，忽見對面的河中，頓時添了五六隻小舟；七八個內監，各人拿了一把鐵鏟，紛紛的打鑿過來。光緒帝瞧著，問瑾妃道：「他們不知又另做什麼鬼戲了。」

瑾妃見說，便走到窗前，向內監一問，只見一個內監答道：「奉了老佛爺的諭旨，來鑿冰的。」

瑾妃聽了，回身告訴了皇上；光緒帝冷笑道：「老佛爺令他們來鑿冰，一定是咱在冰上走了幾步的緣故，深怕咱沒有船相渡，就踏著冰走出去，因此來鑿這冰塊了。咱想天下無不散的筵席，何苦這般的管束呢？」

光緒帝一面說著，一面祇把酒不住地喝著；又指指展香殿道：「這事必是那婆子去在太后面前攛掇了，才下諭來鑿冰的；他們的舉動，咱真如目睹一樣呢。」說罷，又滿滿飲了一杯，對瑾妃笑道：「咱若能夠再執政權，這班狐狸般的逆黨，須得好好地收拾他一下呢。」

瑾妃見皇上又要亂言，忙搖手道：「隔牆有耳，莫又連累了臣妾啊。」

光緒帝大聲道：「怕怎的，誰敢拿妳侮辱？妳的妹子，已給他們生生的弄死了，再要來暗算妳時，我就和妳同死，看他們有什麼辦法；難不成，真個殺了咱們嗎？」

這個當兒，光緒帝酒已上湧，漸漸高談闊論起來；瑾妃本已是驚弓之鳥，恐皇上言語不慎，惹出禍來，所以呆立在一邊擔心。光緒帝原想借酒澆愁，誰知愈飲愈覺滿腔鬱憤，都從心上湧起來了。

他正在獨酌獨話，恰逢著皇后從太后那邊回來，到涵元殿侍候皇上。光緒帝對著皇后，是不交言語的；平日皇后過來，只默默的坐一會，便逕自走了。今天光緒帝有了酒意，一見皇后不覺怒氣勃勃，但因礙著禮節，不好當場發作；心裏卻早存了個尋釁的念頭啊。當時故意問長問短，皇后不便拒卻，也祇有隨問隨答的敷衍幾句；光緒帝問了許多的話，找不出皇后的事頭來，便回頭叫瑾妃斟了一杯酒，請皇后同飲。

皇后勉強飲過了，光緒又命再斟上一杯，皇后是不會飲酒的，當然推託不飲；光緒帝趁著酒興，便作色道：「妳的酒量很好的，為什麼說不會飲呢？那年的太后萬壽筵上，妳不是飲過百來杯嗎？」

瑾妃見皇上怒容滿面的，知道有些不妙；忙說道：「那時的御酒，也是宮人代飲的啊。」

光緒帝冷笑道：「是朕親眼看見飲的，妳替她辯甚麼呢。」說著，就了酒杯，強迫著皇后飲下。

豈知皇后的飲量，的確很為淺窄，一杯之後已覺頭昏眼花、身不自主了；這時見皇上逼著她飲酒，不由順手將酒杯一推，嘩朗一聲，把一隻碧玉的酒杯推落在地，碎作七八塊了。

第九十三回　瀛臺血淚

光緒帝想不到皇后會伸手推他，故此不曾提防，迨酒杯墮地時，不覺吃了一驚；便大怒說道：「咱好意叫妳喝酒，爲甚麼把酒杯也打落了？妳既不飲，咱偏要妳飲上幾杯哩。」說畢，連叫瑾妃換了杯子，再斟上來。

瑾妃正在進退兩難的時候，忽見皇后突然立起身兒，搖搖擺擺的往外便走；光緒帝疑心她去告訴太后，要待羞辱了她一頓，始放她出去。所以見皇后一走，光緒帝也跟在後面，一面去阻止她的出門；不期酒醉腳軟，一歪身幾乎倒了下去。瑾妃慌忙來攙扶時，光緒帝的右手已牽住皇后的衣袖，趁勢往裏面一扯，皇后也險些兒跌倒；原來皇后因不勝酒力，頓然頭重腳輕了，她起身想回展香殿去，光緒帝誤會了意思，便去阻攔她起來。

這樣的一牽一扯，弄得皇后七跌八撞；那頭上倏然掉下一樣東西來；瑾妃眼快，趕緊用手去接。哪裏來得及呢？「啪」的一響，早掉在地上了。

皇后也回身瞧見，大驚說道：「怎麼把這御賜的寶物跌壞了呢？」

光緒帝見說，看見瑾妃將掉在地上的東西，拾了起來；再仔細一瞧，卻已跌作兩段，心裏也覺吃驚不小！

第九十四回　山雨欲來

光緒帝因在醉後與隆裕皇后爭吵，一個不小心，把皇后頭上的一支白玉簪碰落地上，頓時跌作兩段。因為，這支簪是高宗所傳，簪長約四寸，晶瑩光潔，沒有一些兒瑕點的，確是件寶物；光緒皇上大婚的時候，西太后就賜給皇后，也算清室傳家之寶。

今天隊地跌斷了，皇后早已著慌，便垂著淚說道：「這支簪兒，原是祖宗的遺物；從前老佛爺賜與的，現在被皇上打斷，叫我怎樣的去見老佛爺呢？」隆裕后說著，便抽抽噎噎的哭了起來。

瑾妃知道這事鬧大了，一邊慰勸著皇后；一面很替光緒帝著急。皇后哭了一會，忍著眼淚說道：「如今別的不用講了，簪也斷了，這責任須得皇上負擔；就一塊兒去見老佛爺，聽候處分罷。」

光緒帝初時見把玉簪跌碎，倒也有些懊悔，連酒都醒了；這時聽得皇后說，要他同去見太后，不覺又把氣提了上來，便大怒道：「區區一支簪兒，即便是我弄斷了，也不見得拿我怎麼樣；妳開口閉口用

太后來嚇人，我因此便害怕了嗎？」說著，索性對那一支斷簪，往著地上用力一踏，道：「妳快去告訴太后，我是有意這樣做的，看拿我怎麼辦咧。」光緒帝說時，自覺憤不可遏了。

隆裕見皇上發怒。也不敢再說；祇得含了一泡眼淚，叫小太監打著槳，駛到對岸，見太后去了。

皇后走後，光緒帝兀是餘怒不息；瑾妃也忍淚勸道：「皇后此去哭訴了老佛爺，不知又要出什麼花樣兒呢？」

光緒帝很忿怒的說道：「管他們去怎樣呢。」當下一宵無話。

第二天時，西太后忽然來召見皇上了。瑾妃曉得是昨天的事發作，便悄悄對光緒帝說道：「太后來宣皇上，諒沒有好事，定是為了那支簪的緣故；到了那時，祇有聽其自然，不要如昨日般的言語頂撞，受太后的責難，還另貽累臣妾哩。」

光緒帝點點頭，想起了隔日的事來，著實有些膽寒；光緒皇上平素本懼怕西太后的，酒醉卻忘其所以，等到酒醒，悔已遲了。當天，西太后見隆裕后來哭訴了一番，便十分憤怒；後覺皇上正在醉中，召見時倘說出無禮的話來，反失了自己的威信，是以隱忍著不發。

次日的午前，即命去宣召皇上；光緒帝早已情虛，不免畏首畏尾起來，祇得硬了頭皮來見太后；西

太后等光緒帝行禮畢，才發話道：「虧你也是一國的君主，怎麼行為還不及一個尋常的百姓；昨天甚至趁著酒興，如瘋癲般的打起皇后來了。你這種舉動，不是和我作對嗎？我把自己的姪女同你婚姻，原想和和睦睦的，不料結果適得其反；但你於皇后的種種過失，你祇要說得明白，不妨佈告天下，逕可以把她廢去，何必這般做作呢？若你不願意做，就我來替你實行一下，准把皇后廢掉就是；不過，她有什麼罪名？你可不用隱瞞，老實說出來罷。」

光緒帝忙叩頭道：「兒臣並沒說她有什麼不好，昨天一時醉後糊塗，下次改過了；決不再有這樣的行為，還求老佛爺免怒。」

西太后冷笑道：「酒醉糊塗麼？國家的大事，也這樣糊塗，怕不將天下送掉嗎？但我知道你素性忠厚，斷不至於如此無賴，是那狐媚子記恨在心，攛掇你到這樣的。我如今且來懲治她一會，以儆將來就是了。」

西太后說罷，回頭叫宣瑾妃；過了一刻，瑾妃已淚盈盈的隨了內監，來到太后面前，跪下叩了個頭。

西太后喝道：「昨日皇上和皇后爭鬧，妳可在那裏麼？」

瑾妃重又跪下道：「婢子也在一邊相勸的。」

西太后怒道：「到了那個時候，用妳勸解哩；妳既知相勸，也不必唆弄出來了。」

瑾妃忙叩頭道：「婢子怎敢。」

西太后不等她說完，便把案桌一拍，道：「由不得妳強辯，給我撥下去重責四十。」

光緒帝慌忙代求道：「老佛爺慈鑒，那都是兒臣的不好，不干妃子的事，乞賜恩饒恕了她罷。」

西太后說道：「每次都是你祖護著她求情，所以弄得她們的膽放大了。不但沒放皇后在眼裏，再下去，連我也不放在心上了，今天我偏不饒她。」內監們領了旨意，牽著瑾妃走了。

這時，西太后又問道：「從前內外臣工都說，穆宗毅皇帝不可無後，咱們就定了端王之子溥儁入繼，冊立為大阿哥；但如今，那端王已成了罪人，朝臣紛紛議論，就是諸親王等，也很多責難，這溥儁自然不能照常膺受重爵。大阿哥的名目，只好准了眾議，把他廢黜了。但我是這樣想，不知你的意見怎樣？」

可憐！光緒帝眼看著瑾妃去受刑，自己卻無法挽救，真同尖刀剜心一樣；又兼昨日飲酒太過，腦中受了極烈的刺激，眼前一黑，幾乎昏了過去，終算勉強支持了。

光緒帝說道：「老佛爺以爲怎樣，就怎樣辦是了。」

西太后微笑道：「你既已同意，當初冊立之時，也是你出面佈告天下的；現欲廢立，依舊要你頒詔才是。」

光緒帝道：「那個是臣兒理會得，即經施行就是。」

西太后說道：「你打算還要過上幾時嗎？這事是刻不可緩的，你不見那些外臣的奏牘麼？」說著，把一個黃祅裹著的奏疏篋，令內監遞給光緒皇上；一面說道：「那麼，你就起草罷，明日就可頒佈哩。」光緒帝不敢違拗，只得要了硃筆，慢慢地打起草稿來。

這個當兒，內監來請進御膳，西太后便同了皇上，到「湖山在望」處去午餐。皇上和西太后共食，本是千年難得的；但是光緒帝因心裏不舒服，又記罣著瑾妃；無論是山珍海味，哪裏吃得下呢。西太后又在這時講些西狩時的苦處，越發令光緒帝受了感觸；因此胡亂吃了一點，膳畢，仍然去擬他的詔書。

不過，草就了一半，光緒帝陡覺得頭昏眼花，身不由主的往後倒了下去；慌得一班內監趕緊過來扶持，西太后也著了慌，急急跑到光緒帝面前，安慰著道：「你要自己保重一點呢，須知我已是風前之

燭；將來的責任，還不是在你身上嗎？但我聽得你現在不比以前，自暴自棄的地方很多，真替你可惜啊！」西太后一面說著，也假意彈了幾點眼淚。

光緒帝聽了西太后的話，祇微微把頭點了幾點；這時忍不住咳了起來，「哇」的一口鮮血直噴了出來，正濺在西太后的衣上。西太后著實吃了一驚！忙說道：「你這症候，來勢很是不輕；快命太醫趕緊來診治罷。」內監們聽了，飛奔的去召太醫。

這裏西太后陪著皇上靜坐了一會，不一刻太醫來了，行過君臣禮，仔細診斷了一遍；說皇上怒氣傷肝，鬱火上炎，所以吐出血來，而且積鬱過久，恐藥石一時不易見效。西太后見說，不覺長嘆了一聲！其時，內監已推過西太后的臥車來，慢慢的把光緒帝扶上了車子；西太后親自替皇上安放了枕衾，又再三的叮囑幾句靜養的話。從形式上看去，母子間的情感，似乎非常深厚呢。

光緒帝趴在車上，雖有太監們護著，可是半身實早失了知覺了；似這樣的出了慈安殿，仍用小舟渡到瀛臺，瑾妃已在那裏侍候著，祇是玉容慘淡，表示她因受責後，身上傷痕劇痛，所以有這樣的現象。光緒帝見景傷情，益使他心裏難受；故此一見了瑾妃，只是連連搖手，似乎叫她退去，不必再來侍候。

瑾妃會意，便略去休息一刻，又來榻前照料了；有時在朦朧之中，忽然呼起疼來，倒把光緒皇上驚醒了，明知瑾妃的創痛，心裏一氣，病也愈加沉重了。

不言光緒帝臥病，且說西太后送光緒皇上走後，知道他病很厲害，自己掌著朝政，全持垂簾的名目；大權獨攬，滿人族中，誰不妒忌她呢？就是近支的親王，也沒一個不覬覦大位，趁隙而動。若不幸光緒皇上有什麼差遲，族人自然要競爭入繼。到了那時，一朝天子一朝臣；別人繼了大統，當然另有攝政之人，西太后一旦大權被攫，不免另受人指揮，焉有今日的榮耀呢？

思來想去，自覺目前的地位，倒是十分危險；因而召軍機大臣榮祿入內計議。商量了一會，終籌不出善後的良策來；是以，西太后也一天到晚愁眉不展的，悶悶不樂。

慶王奕劻見西太后沒精打采，便趁間奏道：「後天是穆宗毅皇帝的陰壽忌辰，老佛爺待怎樣辦理？」

西太后也記了起來，道：「我這幾天很不起勁，只吩咐喇嘛誦一天經，令大臣侍祭一番就是了。」

奕劻奏道：「奴才的意思，除了這幾種外，還叫內監們唱一天戲，給老佛爺解解悶哩。」

西太后生平最喜歡的是聽戲，所以也不說可否，惟略略領首，已算允許的了；奕劻領了諭旨，便很

第九十四回　山雨欲來

一五九

高興的去辦不提。

到了穆宗陰壽的那天，文武官員都換上了青服素褂，一齊的到太廟去祭奠；一一行完了禮，便到頤和園中，來給老佛爺叩頭。西太后命就在大院殿上，設了素筵，賞賜一班大臣。這時內廷供奉的伶人，因庚子之後都已四散了，所留存的不過一個老鄉親孫菊仙；奕劻要討西太后的歡心，又去外面招了個唱武生的柳筱閣來。

講起這個柳筱閣，本是從前柳月閣的兒子；他老子柳月閣，也是武生出名的，尤長於做神怪戲，所以有「小猴子」之稱。柳筱閣得他師傅余老毛的秘傳，演起戲來，反高出他老子柳月閣之上；因此在京裏，也很有點小名氣。

這天，奕劻把柳筱閣召入頤和園內演戲；西太后最喜歡看神怪戲，而且為了演神怪戲的緣故，在大院的戲台三層樓上，還特製了佈景咧。足見西太后的迷信神權，致受拳匪的愚弄。閒話少講，言歸正傳。

且說柳筱閣在這天所演的戲，是「水濂洞」、「金錢豹」、「盜芭蕉扇」三齣；是西太后親自所點。柳筱閣便提足精神，狠命的討好，果然演來十分的周到，大蒙西太后的讚許；待戲演完之後，西太

后即召見柳筱閣，問了姓名年歲，柳筱閣一一答覆了。西太后大喜，命內務府賞給柳筱閣三百塊錢，柳筱閣謝恩出來；一樣唱戲的同行都很羨慕他。從此以後，西太后不時召柳筱閣進宮演戲，；於是，柳筱閣居然也得出入宮禁了。

一天，柳筱閣照常入宮唱戲，還帶了他的女兒小月一同進去。演戲既畢，西太后賜賞了他些紬緞之類，筱閣和他的女兒小月，前去謝恩；西太后見小月面如滿月，膚若羊脂，舉動之間，很是活潑可喜。

西太后便指著問道：「這是誰呀？」

筱閣叩頭答道：「是奴才的女兒。」

西太后笑道：「今年幾歲了？倒很覺得有趣，就留在這裏，明天叫你的妻子來領她罷。」

柳筱閣連聲稱是，立即叩謝了出來，去準備他的妻子月香進宮；那小月留在西太后身邊，年紀雖祗得五歲，卻很能識人的喜怒，是以西太后越發喜歡她了。

到了第二天時，柳筱閣就帶同妻子月香，進宮來見西太后；行禮畢，西太后見月香相貌清秀，言語溫婉，雖是小家婦人，還算彬彬有禮。當下便對柳筱閣說道：「咱們這裏，正少一個侍候的女子，你的妻子甚合我的心意，就暫時留著，過了些時再回去不遲。」

柳筱閣是何等乖覺的人，見西太后這樣說法，正是求之而不得的事，所以忙跪下謝恩；西太后叫賞了繡絨衣料及古玩等等，給柳筱閣。

由此，那柳筱閣的妻子月香、女兒小月，都在西太后那裏侍候了。西太后又命賜與小月金鎖鍊一具、金小鐲子一副；原來，那金鎖鍊重約四兩光景，內府置備著，是遇到時節或萬壽的時候，專門來賞賜給一班小格格的。現在優伶的女兒也能得到這種恩賞，不是出於異數嗎？有幾個窮親王的格格，還受不著這寵遇哩。

光陰如箭，轉眼又過了幾時。這個時候，軍機大臣榮祿忽然逝世；西太后得知，很爲哀悼！即令朝臣議了諡號，擬了「愨剛正忠」四字；呈西太后御覽。西太后便提起硃筆，點了末一個字，於是諡號定了「文忠」兩字不提。

這時朝中的大臣，又紛紛的更動了一番；把兩湖總督張之洞調置軍機大臣，袁世凱擢了直隸總督，總理大臣慶親王奕劻，協辦大學士那桐。又下詔書，禁止纏足；實行滿漢通婚。

這年忽然安徽兵變，熊成基號召民黨，鬧了一次風潮，總算撲滅了；但到了五月的中旬，候補道員徐錫麟，又鬧起革命來了。

講到這徐錫麟，本是個日本留學生，年紀還不到三十歲；卻抱負大志，腦筋裏滿貯著民族革命的思想。他鑒於清政府的腐敗和外夷的侵略，決意想把清政府推翻，重組共和政府。他既存了這般主旨，便在日本長崎地方，結識了許多的同志；末了，就從海外回國宣傳革命。可是，中國因屢鬧革命，捕捉黨人很爲嚴厲；徐錫麟見自己是個留學生，一舉一動很受官府的監視，且於力量的一方面，自然覺得不足。

籌計了一會，覺得非從政界入手不可；但在這個時候，兩手空空，如何能夠行事呢？正在進退兩難的當兒，恰巧逢著了女俠秋瑾；二人一交談，倒很是投機，當由秋瑾拿出錢來，補助徐錫麟去做事。那秋瑾是紹興的世家女兒，也曾在學堂畢業，遊歷過英美日本諸國；爲人極有才幹，對於革命思想很是崇拜，交遊的都是現任官吏，所以徐錫麟趁機得到她一把助力。

當下二人商議好了，徐錫麟捐了一個道員，以便在政治上活動；秋瑾自回紹興，組織大通學堂，行她那革命的素志。

徐錫麟自捐了道員，竭力在官場中謀幹，居然被他弄到一個路道，投在安徽撫台恩銘的門下，恩銘和他一談，覺得他確有才具，便即存了錄用之心。後來，叫徐錫麟充了練兵的委員；徐錫麟一有了兵

第九十四回　山雨欲來

一六三

權，自然只往那革命的一方面下手。他一邊練兵，一邊約了天津的同志，趁機起事；紹興女俠秋瑾也準備響應。

不期天不從人願，在舉事的前一天，那天津的黨人因事機不密，給官廳逮捕了；其時的消息，沒有現在的靈通，因此徐錫麟全不知道。到了那天，便約安徽撫台看操，以便刺殺恩銘，趁時起事。正在這緊要當兒，風聲傳來，說安徽將有革命起義，餘黨已在天津就捕；官府得了這個消息，便下令捕捉徐錫麟。

徐錫麟方去進見撫台恩銘，只聽得撫署外面，一片捉拿革命黨的聲音；此事連恩銘也不知道，忙問外面什麼事鼓譟？徐錫麟已然情虛，見事已弄僵了，也不待恩銘下令，就拔出手槍，往恩銘便擊；恩銘身中兩槍，尚能叫拿刺客。這時，署中文武職員一齊圍將上來，把撫署大門閉上，任徐錫麟有翅膀，也休想飛得出去。於是把徐錫麟捉獲，又去捕那些學生軍。

可憐！那班青年學子寡不敵眾，大半死在槍彈之下了。這裏又將徐錫麟一審，自然是直認不諱；那幾個官員，還主張拿徐錫麟開腹剖心，祭奠恩銘，再把徐錫麟生前的信札，細細檢查一番，發現了秋瑾約期舉事的電文來，趕忙飛電紹興知府，令密捕秋瑾，就地正法。

那秋瑾在紹興，眼巴巴的望著那安徽的動作，自己好趁間響應，卻不見有什麼消息；正在疑惑時，忽聽得安徽革命失敗，到處紛紛傳說，知道事已不成。欲待逃走時，那官兵已把大通學堂圍得水洩不通；秋瑾見不能脫身，也祇好束手成擒了。

但秋瑾的心裏，卻一點不害怕，以為一些革命的嫌疑，紹興知府是自己的義父，諒一定會幫她洗刷的；所以到了大堂之上，兀是坦然和沒事一樣。誰料人情勢利，那知府高坐堂皇的審起事來；秋瑾一見，便待叫義父，還不曾開口，知府早把臉一沉，放出嚴厲的面孔，將驚堂一拍，大怒起來。

敗得不可收拾了，然而西太后私蓄失去的一千五百萬，完全補足之外，還增多了二千萬哩。

那時宮廷裏面，李蓮英等已老的老、死的死了；最是得勢的內監，要推小德了。這小德原姓是張，宮中都稱他小德張；他進宮的時候，年紀還祇得十八歲，容貌卻異常的秀麗。

小德的父親，是著名的骨董客人，在中年時，也很積起些產業；小德生下地來，他父親不久便死了，小德的母親因祇有此子，自然格外愛惜一點。及至長大起來，吃喝嫖賭，沒有一樣不幹；把他老子的遺產，只做潑水般用出去。他的母親勸他不住，氣得一病不起，竟追隨他的老子去了。

小德沒了拘索，越發無法無天，不到半年，將家貲弄得乾乾淨淨。末了無可為生，就去投在小王的門下。那小王是清宮一個內監，見小德相貌秀媚，便勸他道：「似你這般的容貌，如肯淨身時；我保你一生富貴，受用不盡。」小德真個聽了他的話，將生殖器割去，由小王把他舉薦入宮。

小德為人很是伶俐；因此不多幾時，西太后就令他做了小太監的首領，在自己身邊服侍。但小德到底是個小人，他受著太后的寵容，在宮中無所不為；他平生最好的是賭，賭起那青龍白虎來。西太后對於搖寶也略略懂得，就命小德搖著骰子；自己同了宮嬪內監們押注。

這賭風一開，全宮的人都弄起來了。內監們因賭錢爭執，甚至互相鬥毆；宮內的規例，至此也紊亂

了。

一天，小德擺莊，西太后和福晉格格在一樓下注；西太后正閉著眼，細細的揣著骰路，小德故意按著盆蓋，高聲喊道：「開啦，開啦！」

西太后睜目怒道：「誰教你這種下流經？」

小德慌忙叩頭道：「奴才本來不知這個法子，去年有個山西候補道徐子明，他教奴才這樣的；他說，倘是押注的揣著骰路，便有輸無贏了。似這般一叫，押注的人心慌了，不問好歹下注，自然忘了骰路，就不易押著了。」西太后見說，不覺微笑點頭。

但這消息傳出宮去，到了候補道徐子明的耳朵，就大言道：「我的賭錢，連當今皇太后都知道咧。」於是在山西設了賭場，公然聚賭了。

山西知府陶景如將他拘禁，劾去道銜；徐子明在獄中，大索供張，知府不勝其擾，又在上峰面前，說他老病，把他開脫了。徐子明一脫身，依然大賭特賭，官府也無可如何；這也算是官場怪現狀中的趣史啊。

那小德既在宮中，有這般的勢力，一班不得志的內監，自然是要趨奉小德了；但許多宮女嬪妃中，

無不聽小德的吩咐，所不受他指揮的，祇有隆裕皇后一人。說也奇怪，小德平時除西太后之外，沒有一個畏懼的；惟獨對於隆裕皇后，卻是惟命是聽。所以，隆裕皇后也極相信小德的話。

這樣一天天的下去，小德漸漸的變做伺候皇后的人了。宮廷之間，不免穢德彰聞，西太后因礙於眾議，不得不拿小德驅逐出宮；後來兩宮晏駕，隆裕后仍把小德起用，還聽了他的主張，起造水晶宮哩。

不過那時，清運已然不久告終了。這是後話，暫且按下。

卻說隆裕后自和光緒皇上在醉中摔斷玉簪後，西太后知道二人始終不睦的了；當下隔不幾時，令皇后遷出辰香殿，就在頤心閣裏居住。隆裕后因皇上這般薄情，心中自然鬱鬱不樂；然自小德進宮，百般在皇后面前獻媚討好，皇后由此很喜歡小德。無論一事一物，凡是小德做的，都說是好；換一人去做，便不稱心了。宮裏的內監曉得其中緣故，自己樂得退在後頭，如是皇后的遣使，一概是小德一人包辦。

有一天，正值細雨濛濛，西太后趁雨遊園，皇后因推病，不曾隨駕；其餘的嬪妃一齊跟著，其時瑾妃也在那裏。不料天雨越下得大了，西太后就令妃子們各自回去休息；瑾妃卻冒著雨，急急地走著。因為西太后的素性，最喜的是微雨中遊玩；一班嬪妃也只好隨在後面，雖有了傘，也不敢張啊。往時，西

太后冒雨遊園，妃子和福晉格格，都硬著頭皮淋雨；倘西太后坐轎，便也紛紛坐轎，西太后如步行，大家祗得步行。

這天下雨出遊，瑾妃曉得西太后的脾氣，所以沒有備傘，等到了遊完回來，衣上潮濕，自然急於更換；當下瑾妃三腳兩步的走著，經過頤心閣下，忽聽裏面一陣的咳嗽聲，吐下一口痰來。在吐的人，原是無心的；哪知撲的一下，不偏不倚，恰恰吐在瑾妃的臉上。

瑾妃起先毫不在意的走過，經這一口痰唾在面上，倒猛然記起皇后來了。她想：皇后不是說有病，不來伺候太后遊玩嗎？我既知道了．應該去請安的，免得被責有失禮節。主意打定，便悄悄地往那頤心閣上走去。

瑾妃的腳步很輕，又加地上都鋪著紅毯，是以皇后在裏面，一點也不曾覺察；等待瑾妃走進了門口，皇后只當是小太監哩。便在內喝問道：「誰在外面亂闖？」

照例，嬪妃的進見帝后，都得小太監預先報知；瑾妃是走慣了的，所以不先通稟，現在給隆裕后一問，倒嚇得站住了腳，不敢進去。皇后見她猶豫不前，自然疑惑起來，就起身走出來。瑾妃一見，忙請了安，即隨著皇后走進去時，瞧見小德還倚在榻上；皇后這時故意放下面孔喝道：「你還不快收拾啦，

誰叫你如此放肆？」

小德原料不著瑾妃會悄聲匿跡的跑來，在皇后問訊的時候，他依然很大意的臥著；哪裏曉得冤家路窄，偏偏瑾妃來請安了，祇得慌忙起來，一邊手足無措的，進退都覺不好。幸得皇后一言把他提醒了，趕緊去找著拂塵，胡亂的拍弄一會；但隆裕后終是心虛，那粉面不由得紅了起來。

瑾妃是很識趣的，見他們這種情形，心裏早已明白，因和皇后搭訕了幾句，便辭了出來，回她的瀛臺去了。瑾妃住在瀛臺，本是服侍光緒帝的；光緒皇上自那天吐血之後，病症沒有輕鬆過，而且在昏瞀之中，不時咬齒怒目，痛恨著皇后。

今天瑾妃於無意中，瞧見了一齣鬼戲，要待不告訴給皇上聽，卻恨那皇后在太后面前攛掇，幾次令自己受著苦痛；假使說與光緒帝知道，他在病中，又會多增氣惱。瑾妃默想了一會，終至於將目睹的情狀，細細的對光緒帝講了一遍。

光緒皇上聽罷，早從榻上直跳起來，道：「無恥的婆子，我且和妳算帳。」說著便要穿了衣服，往見西太后去。

慌得瑾妃玉容失色，急急地阻攔道：「皇上病體初痊，正宜靜養，這事早晚可以解決的啊。況且當

第九十五回　日薄西山

二七五

時臣妾所親見的，一旦鬧了出來，不是又累及臣妾麼？」

光緒帝沉吟半晌道：「我既經得知了，若不給她一點厲害，以後還當了得嗎？現在就不去告訴太后，我祇把小德懲儆一下就是了。」說時，便呼小太監去召小德來瀛臺見駕，小太監去了。

那小德待瑾妃出去，知道已惹出禍來，便對隆裕皇后說道：「小妖此去，萬一皇上追究這事，須皇后包庇奴才則個。」

皇后見說，不覺恨恨的道：「不知怎的，會給這狐媚子瞧見，都怪自己太大意了；但皇上和我是不睦的，你未嘗不曉得，他如果要同我認真，我也無奈何他的，恐怕我自己還保不定咧。」小德聽了，做聲不得，只呆呆的立在一邊。

正在這當兒，忽見小監來召小德；皇后曉得其事發作，便眼看著小德，默默不語。小德沒法，祇有戰戰兢兢的隨著小監，一步懶一步的往瀛臺而來，由小監引到榻前；小德見皇上怒容滿面的坐著，嚇得跪下，慌忙叩頭，俯伏著不敢起來。

光緒帝大聲說道：「你幹得好事，我也不和你講甚麼，喝叫內監綑打一百，送往太后那裏發落去。」

內監領了諭旨，將小德拉了出去，責打已畢；光緒帝隨手寫了「小德無禮」四個字，令內監押著，送到西太后面前。其時西太后已得了消息，正宣了皇后過去埋怨了一會，忽見內監押了小德來了，便回頭命皇后避開。小德一見西太后，就撲的跪下，眼中流著淚道：「求老佛爺饒恕！」

西太后說道：「這可是你自己不好，我也不便專主。現皇上既令我發落，宮中自容不得你的了；那麼，你趕快收拾了出去罷。」

小德只得磕了一個頭，起身去料理了些衣物，出宮去了。

當下，光緒帝責打小德之後，心裏還是怒氣不息，又加病體危弱，經這一氣，病又增添了幾分了；從此那病症，就天天沉重起來。到了這年的冬天，光緒帝已骨瘦如柴，神形俱失，看看已離死境不遠了。

不期，革命的首領孫文、黃興，在暗中運動了越民，結連守備的軍隊，又舉起事來。他們的計畫是從越南出兵，攻打鎮陽關，佔了幾座炮台，聲勢十分浩大。鎮陽關的總鎮張惠芝發電告急，李俊彥提督領了大兵，會同張惠芝，和革命軍血戰；到底清兵眾多，革命黨沒有後援，遷延時日，餉盡兵疲，被清兵殺得落花流水，各自逃命。孫文、黃興見大事不成，又白送了許多性命，便大哭一場，亡命海外而

去。

然這消息傳來，西太后很為憂慮；光緒聽得革命黨屢屢興兵鬧事，諒知如此鬧下去，終非了局，因此心裏愈覺愁悶，病也越難好了。一天晚上，光緒帝忽然氣喘不止，漸漸的急促起來：瑾妃一面替他按摩，一面令小監飛報西太后。不到一刻，西太后已同了太醫來了，診斷既畢，太醫便奏道：「皇上的病，因原氣已傷，動了肝風，所以氣喘不住；倘然這般的不止，還須防昏厥咧。」

一時七八個太醫，都一樣的說法；西太后見說，才也有點著急了。於是命瑾妃小心伺候，自己匆匆回到養心殿，立刻召軍機大臣連夜進宮議事；這時張之洞已卸職，只有那桐一班人了。眾臣進見了西太后，禮罷，西太后就將皇上的病勢對眾人宣佈了；並說道：「如皇上有不幸，在大位是誰繼承呢？」

慶親王奕劻奏道：「從前所立溥儁，現因端王遣戍，那溥儁是不能入繼的了。但屈指算來，若承繼穆宗毅皇帝時，還是從溥字一輩上選擇。」

西太后點頭說道：「我也籌思過了，溥字輩中，除了醇王之子溥儀、恭親王之子溥勳外，其餘載洵既屬遠支，他的兒子更比溥儀等幼稚。而且載洵的為人，實不足賦予大政。我以為就溥儀或溥勳二人中

擇一人罷。不過，眾親的主見，不知怎樣？」

奕劻頓首道：「那是國家大政，自然是老佛爺宸衷獨斷的，何必諮詢親王們的同意；因這是宗族關係，和政事完全兩樣的，求老佛爺明鑒。」

那桐也奏道：「慶王之言極是，奴才也是這個意思。」

西太后說道：「話雖有理，但大權究屬皇上，我不過代主而已。今決然由我下命，將來不怕他們另起波折嗎？」

奕劻忙道：「那可不必過慮，到了臨時，再行解決不遲。」

西太后正和眾臣計議，忽聽內監報說：「皇上昏過去了。」

第九十六回　兩宮俱亡

西太后正和眾臣在那裏議善後的辦法，忽見內監來報，光緒皇上昏厥過去了，慌忙同了奕劻等一班大臣到瀛臺來看視時；只見光緒皇上面色已如白紙一般，牙關緊咬，兩眼直視，瑾妃含著一泡眼淚，嗚嗚咽咽的喚著。

這時隆裕皇后也得報，過來侍候，瞧見光緒帝這副模樣，也不免流下幾點淚來。西太后坐在一邊，只吩咐她們不要心慌，說皇上是氣厥，等一刻自然會醒過來的；一面打發了小太監，速召太醫院來診治。

奕劻等一班人，只在涵元殿外屏息靜候著；一會兒太醫來了，內監們一齊叫道：「皇上醒了！」

光緒帝在朦朧之間，睜眼見四面坐的坐，立的立，圍滿了人；不覺詫異道：「你們都來做什麼？」

瑾妃低低說道：「他們來侍候陛下啊。」

第九十六回　兩宮俱亡

二八一

光緒帝說道：「我很好的，要侍候做甚？」說著，長嘆了一聲，回身往裏去睡了。

西太后在旁說道：「他是昏瞀初醒，神經錯亂；你們且不要去和他多說話。現在祇叫太醫院診一診再說。」於是由太醫診過了，無非叮囑小心護持的話。

太醫出去立時配了藥來，由瑾妃親自動手，煎好了藥，慢慢給光緒帝服下；西太后等皇上神色恢復了原狀，才起身回宮。皇后及奕劻等一班大臣，也進內問了安，各自散去。

光緒帝見眾人走了，才回過身來，瞧著瑾妃問道：「他們已走了麼？」只問得這一句，早已喘得說不出話來。

瑾妃忙伏在枕邊，輕輕地說道：「陛下還請保重龍體，有什麼話，待痊癒了再說。」光緒帝微微搖搖頭，表示不贊成的意思。

這樣又挨了一刻，氣才覺平了些，便伸出他枯瘠的手來，握住瑾妃的玉臂；喘著氣說道：「我的病症已是不起的了，今天卻要和妳說幾句最後的話。」

瑾妃聽了，那淚已同珠子般，直往著腮邊滾出來；光緒帝揮著手，似乎叫她不要哭，又繼續說道：

「以我目前的境地，也沒有什麼可以留戀，倒是閉了兩眼，一瞑不視的乾淨；但是我沒子嗣，政權握在

母后手裏，我若一死，這大統是誰繼承，卻不曾知道，也不與我相干。不過，我如一言不發，就這般默默的去了，於我的心裏未免過意不去；想我自入繼到如今，屈指已三十多年了，其中雖沒甚勳績，總算平平穩穩的過去。至於政權得而復失，怪我太懦弱的緣故；然我是自幼進宮，內無腹心之人，外乏忠良輔助，就是要想振作精神，也無從下手啊。

但戊戌政變，我原想把舊制大大改革一番，重整旗鼓，再張銳氣，狠狠的幹他一下；誰知母后不諒，中途下手，將我弄得如囚徒似的，這一次的打擊，令我著實灰心。所以，從此於一切政事，不論對內對外，不再開口了；假使當初能依了我的計畫，國家或不至於到現今的地步哩。後來庚子拳亂，從西安回來，母后果然知道改過，可已遲了。總而言之，我們清代江山，不久便是別人的咧。」

光緒帝說到這裏，又復喘起氣來；瑾妃忍著眼淚說道：「陛下少說此罷。」

光緒帝止住了喘氣，大聲道：「今天不說，還等到幾時說呢？」當下叮囑瑾妃道：「我有句緊要的話，聽不聽由著他們；我若不說出來，卻很對不住祖宗皇帝。因為，我身後入繼的人雖不曾定局，終是這幾個人罷了；然而載洵少不更事，倘賦與大政，守業尚不足，亡國則有餘。還有溥儁，曾立為大阿哥，其人呆呆，怎好秉政呢？如其溥儀入繼，他猶在稚年，不曉得長成了怎樣？

但以孩子臨朝，當然須有人攝政；這攝政的人，還不是醇王載灃嗎？他們父子之間，果是盡心輔政，那可不消說了。不過載灃爲人懦而無斷，也非定國之人；弄不好要把國家送在他手裏哩。以我的主意，溥字輩都在幼年，有得央旁人攝政，做那木偶的君主；不如就我的同輩中擇一人臨政，不是較爲妥當麼？不知母后怎樣辦咧。」

光緒帝說時，眼看著瑾妃，說完之後，雙目發定，不住地瞧著瑾妃，要等她的答覆。

瑾妃知道他的意思，便點頭答道：「待臣妾就這般告訴太后就是了。」光緒帝略略領首，漸漸把眼閉上；這時，氣越發急了。

瑾妃想起皇上的病已是凶多吉少，一面嗚咽著，一面伏在床邊；趁光緒帝睜眼的時候，低聲說道：「陛下可覺清爽了些麼？」光緒帝微哼了一聲。

瑾妃又道：「倘然陛下真有不幸，叫臣妾怎樣好呢？」

光緒帝聽說，對瑾妃瞧了一眼；凝了一會神，才向瑾妃道：「妳倒不必憂慮，他們看我活著，一樣的作威作福，我一死後，一朝天子一朝臣，他們也和妳一樣了；那時候要想自顧也不暇，決不會來同妳做對，妳倒比現在快樂哩。」

瑾妃待要再問，光緒帝卻已神志模糊了；瑾妃見他形色不好，寸步不敢離開，直等到天將微明，光緒已不能說話，只拿手指著心口，瑾妃忙用手去替他按著。

到了辰刻，隆裕皇后也來了；光緒帝一見皇后，睜著眼望了幾望，把拳頭在榻上捶了兩下，似乎很是憤恨。皇后一邊彈著眼淚，絮絮地問瑾妃，探詢皇上的病狀。又過了一刻，太醫來診過幾次，回奏病尚可以挽回，暗中已報給西太后，請料理皇上後事。

那西太后自昨天由瀛臺回宮，忽覺不快，雖經太醫診斷，兩日之中，病症也由輕變重，因此支持不住；及聞光緒帝病革，西太后要待親往瀛臺，給宮監們勸住了，祇令隆裕后代自己來慰問。

這天的午後，光緒帝祇剩得三分氣息了；西太后自己雖也頭昏目眩，卻不能不料理善後的事情。當下召軍機大臣，那桐、世續等一班人入宮商議大計；其時慶王奕劻往謁東陵去了，所以不在朝中。世續、那桐等入見，西太后用碧帕裹著頭，斜倚在床上；一見那桐等來了，便開口問道：「我欲在這個候立儲，你們的意見怎樣？」

世續忙奏道：「皇上聖體不舒，太后正宜在此時早定大計。」

西太后點點頭道：「我擬在近支的親王中，選一王子入宮；你們以為如何？」

那桐默默不語，世續頓首奏道：「太后意在選儲，是文王擇賢之心，確是極緊要的事；但為社稷萬世而謀，現值國家多故之秋，自宜擇其年長者，方能臨政獨斷，庶乎有望於將來，不至倚權於佐臣。這是奴才的愚意。」

西太后聽了，拍床大怒道：「立儲是何等重大，你也得亂發議論。」世續嚇得叩頭不止。

西太后又望著那桐說道：「你道怎樣？」

那桐奏道：「那選儲是國家的大事，自聽太后處裁。」

西太后說道：「那麼，醇王之子，溥儀如何？不過他年紀太幼稚，輔佐的人，卻不可不鄭重一下。」

那桐知道西太后意志已定，諒空爭無益；於是趁間道：「醇王誼關父子，又甚賢明，就令之輔佐，是最宜沒有了。」

西太后才霽顏說道：「既然這樣，你即去擬了詔書來。」

那桐叩首道：「慶親王謁陵未還，明天決然可到；到了那時，共同酌議進呈就是。」

西太后沉吟了一會，揮手叫他們退去。

第二天，慶親王奕劻回朝，那桐、世續等便把太后的旨意說了一遍；奕劻說道：「怎麼又立一個稚童呢？如今的時世，國多變故，似乎宜立年長的人。」

世續忙說道：「我也這樣的說，但太后因此大怒了。」

原來，世續的意見，正和光緒帝臨危所講的立儲之言暗合；可惜西太后固執成見，不肯聽從，結果將天下送掉，不是天數嗎？這是後話不提。

再說那桐等把草詔擬就，給奕劻攜帶入宮，叫他在太后面前隨時諫阻，最好拿這議打消，別立長君；奕劻滿口答應，便匆匆的進宮去了。

奕劻進見時，西太后正昏臥不醒，祇得靜候在外；等了一會，內監在窗外打著號聲道：「老佛爺醒啦。」那一班宮監聽得呼聲，紛紛進去遞水進茶的忙了一陣，才召奕劻進見。

奕劻慢慢的走到床前，叩頭既畢；西太后問道：「你已回來了麼？立儲的事，他們可曾告訴過你？」

奕劻忙奏道：「奴才已經知道了，現擬草詔在這裏，請太后御鑒。」

西太后接過草詔，讀了一遍，望著奕劻道：「你的意見如何？」

奕劻是何等乖覺的人，平日本以近合西太后為趨旨，世續還希望他諫阻；誰知奕劻始終不曾開口呢。

當下，西太后吩咐奕劻道：「那你可下詔，去佈告天下罷。」

奕劻領了諭旨出來，即會同那桐等，發詔頌佈立儲；進宮去覆了旨意，即召集內外臣工，宣讀詔書畢，著世續赴醇王府邸，召載灃入宮。世續去不多一會，便和醇王載灃進宮謁見太后。

西太后對醇王說道：「我現立你之子為儲君，你意下怎樣？」

載灃叩頭道：「奴才悉聽聖裁。」

西太后道：「你子尚在稚年，不可無教讀之人，可命世續任太傅，你也同心相輔，毋負我意。」醇王載灃謝恩退出，當下由滿漢大臣捧了詔書到醇王府，去迎溥儀入宮。

不期，醇王的太福晉抱住了溥儀，堅不肯放；大臣再三的勸說，太福晉大哭道：「他們把我的兒子快要弄死了，卻又來要我的孫子去嗎？這是我們萬萬不答應的了。」

因為，那太福晉是老醇親王奕譞的妻子，也是西太后的妹子；光緒皇上乃老醇親王之子，和醇王載灃是親兄弟啊。所以溥儀的入繼，同光緒帝是叔姪，並兼挑穆宗皇帝。

那太福晉既不答應，一班大臣自然束手無策；後來，醇王載灃在宮中等得不耐煩了，回到邸中來探問時，見太福晉不肯領旨，知道她痛惜孫兒，不由得也潸然淚下。於是由醇王跪著泣告，把太福晉苦勸一番，說諭旨是不可以違逆的；太福晉無法，只得抱持著溥儀，親自送他上車，又大哭了一陣，始含淚回入邸中。

這裏王公大臣等，擁著溥儀如蜂聚似的，將他護衛進宮；腳步還不曾立定，忽聽得內監飛般的跑來，報道：「皇上已在瀛臺薨逝。」

西太后聽說皇上薨逝，便長嘆了一聲，回身倒在床上，半晌方才醒過來。這時王公大臣等已都齊集榻前，聽候旨下；西太后命草了遺詔，一面令眾大臣等先扶持溥儀正位，由慶親王詔佈天下。遺詔上，令醇王載灃暫照開國睿親王輔政例，為政事攝政王；一切大事，均由攝政王擬定後，再呈御覽施行。

諸事已畢，大臣等忙著料理光緒皇上的喪事；正在這個當兒，忽報老佛爺病篤，速命眾大臣進宮，聽受遺命。這樣一來，宮中立時紛亂起來了。

隆裕皇后同壽昌公主及一班親王大臣，慌忙到西太后宮中，見西太后已兩目緊閉，一言不發；眾人

侍立了半天，隆裕后在床前立得最近，西太后忽然睜眼問道：「溥儀已正位了嗎？」

隆裕后答道：「今天正位的；已佈告天下了。」

西太后不語，又等了一會，才吞吞吐吐的說道：「以後政事，你可和攝政王同酌議行事。」又召攝政王載灃近床，低聲叮囑道：「你既受著攝政重任，對於國家大事，須秉承隆裕后意旨而行，不可獨斷，致貽後來之患。」載灃頓首受命。

西太后要待再說幾句，那喉間痰已上湧，舌頭發木，說話含糊不清，祇恨恨的搥床而已；這樣的過了些時候，眾臣鴉雀無聲的靜待著，忽見西太后從床上直跳起來，瞪著兩眼，形狀十分可怕。隆裕后慌忙上前，和內監等竭力把她扶住，西太后兀是掙扎著，要掙脫了身子，任她去狂跳一會，才得舒適哩。

這種現象，是表示病人胸臆中非常難過，所以連睡也不安穩了；但到底人多，終究把西太后按捺下去了。

後來，在場的內監對人說：「當時西太后的氣力，比甚麼人都大。因西太后於沒病的時候，喜歡習練拳術；每天清晨起身之前，坐在床上，先練一套八段錦的功夫，練好之後，內監遞上一杯人乳，西太后飲畢，又默坐一回，飲幾口參湯，才穿衣起身，待盥漱好了，再進一碗燕窩粥，方始出去臨朝。天天

這樣，自西安回宮後，從不曾間斷過；是以西太后的身體，異常的強健。」

她在未死之前，祇稍爲一些冒寒，或不至於就死；但光緒帝賓天的隔日，西太后還命發遺詔，又親自過目；到底怎樣，後人也祇有一種猜測罷了。

其時，西太后如蚯蚓般類撲了幾次，看看力盡了才倒頭睡下，倒抽了兩口氣，雙足一挺，隨著光緒帝到黃泉相見去了。西太后既死，她的身體都變成了青黑色；人家說她服毒而死，這句話，或者有些因頭咧。但西太后起病的緣由，實是鴉片煙的孽根。

當道光壬子年，五口通商，把鴉片的禁例從此廢弛了；那時不但宮禁如此，就是一班滿漢大臣以及縉紳平民，都視鴉片如命。往時社會交際，拿鴉片做唯一的應酬品，凡是熱鬧的都會，無不設有煙土買賣處和吃吸的大煙間。

不過，宮中所吸的鴉片，是廣東地方貢獻來的；那鴉片的氣味，格外來得香一點。第一個發明的是廣東的陸作圖；因他家裏的那口井，水色碧綠，把它拿來熬煎煙膏，香味比別的要勝十倍。廣東的人都曉得的。兩廣總督將這煙呈進入宮中，西太后十分讚美；從此以後，凡任兩廣總督的，照例要每年進呈

煙膏若干。然西太后尚嫌不足，索性請了陸作圖入宮，專替她燒煙；陸作圖死後，他燒煙的法子祇傳授他的妻子，西太后又命陸妻入宮，同給工資二百兩，充了熬煙的女役。

當文宗登極，身體很為脆弱，不時吸著鴉片，借它助長精神。洪秀全起義，其勢猶如破竹，清廷震駭異常，文宗焦思不安，一天到晚吸鴉片解悶；其時西太后還是貴妃，孝貞后每規勸文宗，不要沉溺在阿芙蓉裏。文宗極畏懼孝貞，不敢公然吸食，便悄悄地到西太后宮中去吸，一連三天不曾出宮。

孝貞后聽得，不覺大驚道：「國勢如此危急，皇上怎好這般糊塗。」於是，立即親自到西太后宮外，叫太監朗誦祖訓。

照例，內監奉懿誦訓，皇上須要跪聽的；所以文宗慌忙出來，跪聽讀訓畢，又匆匆而去。孝貞后見文宗出宮，便召西太后到坤寧宮；因坤寧宮是皇后行大賞罰的地方。文宗聽得孝貞后在坤寧宮責罰西太后，趕忙前去救護；孝貞后不肯答應，說西太后蒙迷聖聰，罪當受責。文宗百般的央告，並說西太后已有娠，孝貞才恕了她。

咸豐庚申，英法聯軍進京，文宗出狩熱河，心裏愈加憂急，簡直在鴉片煙裏度日了；西太后已生了穆宗，冊封為懿妃了，就伴著文宗，侍候裝煙，也把鴉片煙吸上了。穆宗繼統，西太后進位聖母孝欽皇

太后，和文宗皇太后同照朝政，便公然吸食鴉片了；而且命廣撫進貢廣煙。煙槍是文宗遺物，有人瞧見過，那煙桿已如紅玉一般了。

光緒戊申年，清廷鑒於鴉片的爲害，決定再下禁令。西太后見滿族親王吸煙的太多，怕一時不得實行，想拿自己做表率，先自己戒起煙來；誰知煙癮已深，一旦屏除，如何受得住呢？不到幾天，就感到不快。

光緒帝病重時，西太后正在戒煙；第一次皇上病昏，西太后還勉能支持，後來連連得到光緒帝的病革消息，西太后已然臥床不起了，是故，祇令隆裕后替代著去探視皇上。光緒帝駕崩的隔日，西太后還想勉力起來，給內監們勸住。

其實慶親王奕劻也有吸鴉片煙的嗜好，他見西太后戒煙得病，就去弄了一隻金盒，裏面滿盛青煙膏；於進見西太后時，從袖中取出來遞上去道：「老佛爺慈躬不豫，莫如開了這個戒罷。」

西太后見說，把金盒往地上一擲；道：「誰要吸這個東西？快給我拿出去。」

慶親王碰了一鼻子灰，就諾諾的退出；不到兩天，西太后就此薨逝，臨終的時候，還諄諄告誡著親王們，切莫吸食鴉片煙咧。

第九十七回　清宮遺事

光緒戊申的那年，皇上和西太后先後升遐，算起來相去祇有兩天，可算得同歸於盡了；所以，人家都說西太后是自盡的。這事連當時在場目睹的人，也不曾弄得明白，我們局外人，祇知道聽塗說，自然更無從揣摩了。

但是，兩宮既同時賓天，當由親王大臣扶醇王之子溥儀登位，尊光緒后為隆裕皇太后，醇王為攝政王；諸事草草已畢，才料理兩宮的喪葬。

其時宮廷裏面異常的混亂，西太后的屍首停在外殿，內監十餘人都拈香跪著；西太后的身上，祇蓋著一幅黃幔，殿裏燈光慘淡，望上去很為冷清淒涼。直到次日的午牌時分，方有十幾個喇嘛到殿上來誦經；這時香煙縹緲，才把陰霾之氣打掃乾淨。

以西太后生時的威權，死後卻這般的慘澹；足證為人攘天奪地，無一不是空的，要最後的結果美

滿，方好算一世定局哩。這是閒話，且按在一邊。

且說光緒皇后受了西太后遺訓，對於政事，也想和西太后在日一般，照例也垂簾聽政；攝政王載灃因西太后臨終所囑，政事秉承隆裕后而行，於是凡遇緊要的事件，也不得不請命於隆裕后了。當時王公大臣等，也因為西太后瀕危所定，立溥儀為儲君；光緒崩駕，溥儀正位，年號改光緒為宣統元年，大赦罪囚。這是歷朝舊制，自不用重說了。

那隆裕后既然做了太后，政事不論鉅細，都親加批答；載灃雖然做著攝政王，大權卻在隆裕后掌中。載灃簡直是有名無實，而且，偶有不合隆裕后意旨的地方，便召進宮申飭；因此，攝政王載灃和隆裕后的心中，未免各存了一種私見，所以內外政弄得一敗塗地，不可收拾了。

但講到才德兩件事，西太后有才無德，是人人知道的；至於隆裕后呢？才是萬不及西太后，德行是更不用說了，還要處處學著西太后；自聽政實行，一時有垂簾西太后第二之稱。

隆裕因西太后寵容太監李蓮英，所以也想用一個心腹內監，便把給西太后驅逐出去的小德張，命人去找他進宮；叫小德張做了內務總管，又使他偵探攝政王的舉動，報給自己知道。小德張東西攛掇，權柄立時擴大，儼然西太后的李蓮英了。

隆裕又嫌頤和園景致太熟，要待另造一個花園；小德張忙去請了建築家，在四處打樣。過了些時，來奏隆裕后道：「奴才在各處園林中都打算過了，祇有大內的御花園的東首，有一塊土阜；那塊地方，德宗皇帝未升遐時，聽信江湖術者的話，不准建築舍宇。以奴才看來，那都是迷信之談，有什麼關係呢？倘在那裏造起來，四周開有池沼；再引玉泉山的水，與池中相通，上面鋪了玻璃，可成一座水晶宮哩。」

隆裕聽了大喜，即命日夜加工，前去建造；令小德張為監工，別選名畫家在宮中四圍的壁上，畫了人物山水。宮內陳設，不問一几一案以及琴棋劍匣，一槪用玻璃製成；正中置一大玻璃球，藏玻璃明燈一百盞，一到晚上，將燈一開，內外通明，真如水晶世界一般。

小德張領旨監工，逐月報銷用費，祇就玻璃一項，索價七百五十萬元；其餘的一切建築、雜物費用和工人等費用，自不消說了。

這水晶宮自宣統元年造起，至二年的冬季，還祇造好一半；隆裕后親自題名：「日靈沼汗」，又把大內的祕室重行修理起來。原來這祕室共有十多間，是西太后所造，尋常的內監也不知祕室的所在；因祕室有一道總門，惟西太后一人曉得。總門以外，望去都和牆壁一樣，無路可通。

當庚子八國聯軍進京，西太后令內監，把貴重的寶器一齊搬入秘室；待搬好以後，將這幾個內監一併推入池中，以爲滅口之計。故辛丑回宮，各處物件一無留存，惟秘室內的東西，卻一件也不曾少。西太后死後，這個秘密地方才逐漸被發現出來；然已多年不住人，裏面的舍宇多半頹圮了，隆裕便叫工匠依然把它修葺起來。

這秘室的門前，是一幅極大的圖畫，畫在粉牆上的；不知道的，還當是真的石牆哩。那石壁的下面，有一個小機揿；但把機揿一撥，牆壁立時分開，變成一間房室了。進了這間房室，再用手轉動機關，房室的中間豁然開朗，又顯出一間客室來了；走進客室，照樣做去，客室又變做臥房了。

不過這個臥室，還是一個預備的；西太后的正式臥房，還是照這般的轉進去，從客室變爲天井，天井又變爲書齋，書齋又化做天井，天井再變爲客室；似這般的變化不窮，層層疊疊的進去，到最適中的一間，才是西太后的臥房哩。

那臥房裏面的陳設，自不消講，當然十二萬分的精緻；臥床的裏面，卻藏著一隻空管，西太后睡時，把空管放在枕邊，百步以外的聲音、說話，都歷歷如在目前。西太后生時，深怕有人暗算，因此備辦這樣東西。內監們也有瞧見過的，說這空管，是從前兆惠出征的時候，得之緬甸王的宮中。那管子用

獸角雕成，很為考究，只不知這獸是叫什麼名目罷了。

隆裕后修這個秘室，有什麼用處？讀者諒也明白，自不用做書的細說了。

這樣一來，隆裕的名氣，也漸漸壞了起來。在這個當兒，卻弄出一樁事來了。因穆宗立后的時候，還有一位妃子，就是瑜貴妃；她的為人聰穎而有才幹，諸如琴棋書畫，沒有一樣不精。當穆宗立后的時候，以瑜妃是鳳秀的女兒，西太后欲冊立她做皇后，孝貞太后卻不贊成；結果，召穆宗自己選擇，穆宗選了崇琦的女兒；鳳秀的女兒便封做瑜妃。

西太后心中雖不悅，但也無可如何；只是常對穆宗說：「皇后太年少，瑜妃有才；你應當看重一些。」穆宗口裏唯唯答應，對於崇琦的女兒孝哲皇后，伉儷非常之篤；有這一個緣故，西太后對穆宗母子之間，便不大親密了。

西太后又因瑜妃不得立為皇后，便格外優遇她一點；穆宗賓天，德宗接位，瑜妃依然侍候著西太后。因她生性活潑，言語對都能稱旨，西太后越發的喜歡她了。那時，隆裕皇后雖是西太后的姪女、現今的皇后，然寵遇上頭，反還不如瑜妃。

有時，隆裕后妒忌瑜妃，於話語中諷刺她，瑜妃就去向西太后哭訴；西太后大怒，立召隆裕后責問

道：「妳是堂堂皇后，瑜妃是寡鵠了，無論何人，要可憐她的；妳是我的姪女，於我心愛的人，自宜分外看待。不期妳反仗勢凌人，叫她一個寡婦嚥得下嗎？即使別人欺她，妳也得幫助她哩。」

隆裕后被西太后一頓申飭之後，從此見了瑜妃，連正眼也不敢瞧她一瞧了。

瑜妃於西太后在日既這般的得寵，她的性情也自然一天天的驕傲上去，差不多的宮嬪妃子，毫不在她眼中；祇有對光緒帝的瑾珍兩妃，倒十分要好。當庚子拳亂時，西太后把珍妃逼死，瑜妃在無人的地方，也常常痛哭。每見隆裕后傾軋瑾妃，瑜妃總在一邊幫襯著，說：「她們姊妹兩人，一同進宮侍候皇上，現今恩未受著，倒把一個珍妃活活的弄死了；我們再去捉她的差處，真是於心何忍呢！」

隆裕后給瑜妃一說，便不好意思再事事苛求了；瑾妃得瑜妃的暗中援助，少吃了無數的痛苦咧，但瑾妃自己卻絲毫不曾知道啊。

自光緒帝薨逝，西太后也隔不兩日升仙，由溥儀入繼大統，封隆裕皇后為太后，瑾妃也晉了太妃；獨有瑜妃，因為是穆宗的妃子，所以不曾加封。照例，妃子進見太后，自己要稱奴才的；瑜妃和隆裕皇后原是並輩，西太后時，瑜妃不但和隆裕並肩，寵容還過於隆裕后咧。現今叫她去對隆裕后稱奴才，不是太說不過去了嗎？是以，瑜妃不願去見隆裕后，雖經宮嬪的苦勸，瑜妃兀地不肯去，祇得

罷了。

過了幾天，恰巧到了謁陵的期工；這天因去謁西太后的寢陵，自宣統帝、攝政王以下，王公大臣以及隆裕太后、上下嬪妃等，一齊都到了那裏。大家行禮既畢，瑜妃同了瑨妃、瑾妃，當時也在其間；瑜妃見親王大臣已齊集在一起，便走了上去，正色問醇王道：「皇上入繼，是祇繼德宗皇帝，還是兼祧穆宗皇帝？」

醇王突然給瑜妃一問，倒也呆了一呆，道：「自然兼祧穆宗皇帝。」

瑜妃決然道：「那麼穆宗孝哲皇后今已賓天，所留不過我一人；皇上既祧的，爲什麼隆裕后稱得母后，我卻還做奴才呢？」

醇王聽了，瞠目不能回答；瑜妃便跪左面太后的陵前，放聲大哭起來。當時由醇王再三勸諭，令回宮後再行計議，瑜妃才收淚登車；醇王等既回京，卻又把這事漸漸的淡忘了。到了第二次謁陵時，醇王因有事不去，派載振做了代表；宮中嬪妃依然都到。

那天的瑜妃，仍提起這件事來，要求載振立刻解決；載振不敢作主，也拿醇王回去再去再言一句話搪塞。誰知瑜妃以爲醇王前次失信，是有意瞧不起她，今番須要定奪，不然就死在陵前；說罷，就往著

龍柱上一頭撞去，嚇得瑾瑜兩妃，慌忙把她拉住，用好言安慰著，一面由載振進京，與醇親王等商議，才算議妥。立即齎了詔書前往，封瑜妃爲太妃，進謁太后不稱奴才，並排半副鑾輿迎接入宮；瑜妃才沒有話說。

其時隆裕后在禁中，也沒有一樣不做，所以瑜妃很看輕她；不肯自稱奴才，多半也爲這個緣故。當年西太后時，宮中常常演戲，隆裕后也侍候在側；這時每逢時節，照舊召伶人入宮演劇。親王的福晉格格們，一遇大內演戲，自然循例入宮。

從前伶人之中，不是有個唱武生的柳筱閣嗎？他因得西太后的寵遇，妻子和女兒都曾入大內侍候過太后；柳筱閣自己也仗著勢兒，居然也進出禁宮了。自西太后死，柳筱閣的妻子女兒祇得出宮回家；隆裕后雖也喜歡瞧戲，以居著大喪，究屬礙於禮節，不便公然行樂。後來日子久了，大家有些忘記下去，隆裕后也天天命在宮中演戲。；伶人柳筱閣也被召入內。

他的武戲，原是很不差的，西太后時，常常做戲受賞；隆裕后要顯出自己的尊嚴，每演一齣戲，即令每個伶人賞一百兩，柳筱閣因做戲出力，額外蒙賜。然而，卻有一位福晉，就此看上柳筱閣了。在滿清末季，王宮大臣的妻妾同伶人們勾搭，本是一件極平常的事，有甚麽希罕呢？不過，這結識柳筱閣的

福晉不是常人，卻是醇王的大福晉，也就是溥儀的生母啊。

在起初的時候，大福晉和柳筱閣祇是眉來眼去，到了後來，竟漸漸的兜搭起來咧；可是，在宮廷之間，究竟不比別的地方，第一是耳目眾多，二人做那鬼戲，自覺得有些不便。當下，大福晉借了一個空，悄悄跑到太湖石邊等著；不一刻工夫，柳筱閣也來了。

大福晉笑著說道：「你的戲唱得真不差，我倒很喜歡瞧你的戲呢。」

柳筱閣忙謙遜道：「承蒙福晉過獎了。」

大福晉又道：「這裏人口很雜，我們不便多說話；你如果有空，可到咱們邸中來玩玩。咱們的王爺，每天清晨要上朝的，到午後才回來，你就在這個時候，到咱們邸中來，是不妨事的了。」

柳筱閣原是個淫伶，一聽有這個好機會，怎肯錯過呢？連連答應了，便匆匆的自去；這裏大福晉待戲完畢，也謝了恩回去。

第二天清晨，柳筱閣大踏步的往著醇王府來；到了門前，見警衛森森，不敢進去，祇在大門外望了一會，卻始終不敢進去。這樣的呆立了一會，柳筱閣忽然福至心靈，暗想前門既這般嚴禁，後門怕未必見得如此罷；於是，便匆匆的往後門走來。原來醇王邸中，後面是一個很大的花園。

柳筱閣轉到門前，祇見一個小宮女笑嘻嘻的立在那裏，一見柳筱閣就招呼道：「你可是柳大官人麼？」

柳筱閣見問，忙應道：「正是，正是！」

那小宮女便道：「福晉叫咱候得你久啦。」說著，微微地一笑；當下領了柳筱閣往花園內，彎彎曲曲的走進去。

轉了幾個螺旋彎，到了一個地方，只見重樓疊閣，好一座樓台；小宮女說道：「官人在這裏稍等一下，待咱去給你通報去。」說罷，三腳兩步的去了。

過了一刻，那小宮女出來，笑著對柳筱閣說道：「請你裏面略坐一坐，大福晉就快來咧。」

柳筱閣點點頭，走進那座樓台裏面，卻是一個客室，陳設得非常幽雅；小宮女端上一杯茶來，柳筱閣喝著，閒看了一遍，見室中琴棋書畫，沒有一樣不全。

正瞧得出神，忽聽得腳步聲音，回頭看時，來的正是大福晉，操著純粹的京話，笑著說道：「好呀！你怎麼到這時候才來呢？」

柳筱閣忙笑答道：「這是小人不識路徑，走錯的緣故啊。」

大福晉道：「此地很不便的，咱們再到那裏去坐。」說時，同了柳筱閣往東邊的一帶房舍中走去；

到了裏頭，卻又換了一副氣象，所擺的東西，都是寶貴的古玩。

大福晉令柳筱閣坐了，大家慢慢地寒暄起來；談了半晌，大福晉吩咐小宮女，去把內室的菊花酒拿

來，小宮女去了。柳筱閣便問大福晉道：「王爺此刻不會回來嗎？」

大福晉說道：「平日是早已回邸了，今天因太后有旨，進宮去議事，大約須晚上方得脫身呢。」

正在說著，小宮女已笑盈盈的提了一個食盒，一手提著一只玻璃瓶子，跑到案前把食盒打開，取出

幾樣精緻的餚饌來；又將兩雙白玉箸子，一對白玉杯，一一擺好了，拿玻璃瓶打開，滿滿的斟上兩杯

酒，才放下了瓶，垂手立在一邊。

柳筱閣覺得杯中的酒味，馥郁清芬，異常的香美，真是生平所不曾飲過；忍不住拿起杯來喝了一

口，清涼震齒，那香味從鼻管中直衝出來。因問大福晉道：「這是甚麼酒？卻有如此的香味，吃在口

裏，甘美極了。」

大福晉笑道：「這酒還是老佛爺御賜的咧。從前高麗的國王，不是年年來進貢的麼？當高宗皇帝萬

壽時，高麗王遣使買禮物到本朝，其中就是十瓶的酒。據他的使臣說，這酒是高麗王妃親手所釀的，用

了五色的菊花浸在蜜裏，蒸哩曬哩，著實下了一番手續，才把它釀成；所以叫做『菊花冰麟酒』。飲了這酒，可以益壽延年，壯精健骨；高宗時遺傳下來，到現在，十瓶祇剩一半。

有一天，西太后忽然想了起來，命內監去拿出那五瓶菊酒，賜與醇王兩瓶；醇王看得很為寶貴，非在佳節，不肯亂飲，現今還有一瓶沒有啓蓋哩。你所飲的，是醇王飲餘之物啊。」

大福晉說畢，也將酒飲了一口，兩人飲酒談心，漸漸投機起來了；小宮女立在旁邊，祇顧一杯杯地斟著。柳筱閣因酒味甘芬，不免多飲了幾口，已有些醉意；大福晉也面泛桃花，有點情不自禁了，二人說一會，笑一會，吩咐小宮女收去了殘餚，大福晉便攬了柳筱閣的手，一同走入內室，遂他們的心願去了。

從此以後，柳筱閣居然公開出入醇王府邸，邸中的宮人僕婦以及當差等等，沒有一個不知道的了；但是世上的事，往往有出人意料的。柳筱閣出入王府，無非是用錢，把內外僕人都塞住了口；誰知還有一個王府的管事老九，和柳筱閣暗中鬥起醋勁來了。

這個老九，也同大福晉有過曖昧的事；近來見大福晉私下有了柳筱閣，自己刮不著油水，倒讓柳筱閣去穿紬著緞，心中如何不氣？所以趁柳筱閣清晨進邸的時光，老九等在後門，必要向柳筱閣借錢。柳

筱閣起先是不得不應酬，後來次數多了，便不答應了；老九見柳筱閣不理他，早已大怒，恨恨的說道：

「咱去告訴了王爺去，看你們怎樣？」

第九十七回　清宮遺事

第九十八回　末代皇帝

　　那柳筱閣自結識了大福晉，一切的舉止頓時豪放起來；凡吃的穿的，自異於儕輩，就是他妻子頭上插的、手裏戴的，也大半是貴重物品。柳筱閣到底是個優伶，能有多大的進款，卻能備辦這些貴重物事；況且有許多東西，還是外邦進貢來的無價之寶呢。

　　休說是伶人不應有的，即使一二品大員家裏，也未必拿得出。至於伶人進宮唱戲，無論受特等恩賞，也決不會有賞這種貴重東西的。西太后那樣奢靡，賜給伶人的，至多是金銀紬緞之類，也沒有聽得賞寶物的。

　　柳筱閣和大福晉的勾搭不清，人家就表面上已測度到了；柳筱閣又不知自斂，還時時拿些世上稀有之珍，去炫視同輩；一班伶人，誰不眼熱呢？這樣一來，豔羨他的一變而為妒忌他的了。日子長久了，柳筱閣和大福晉的從密關係，漸漸傳入大眾的耳朵中，巷議街談，差不多成了一種新聞哩。

在這當兒，恰巧醇王府裏的老九要和柳筱閣爲起難來。老九在王府中，本很具有勢力，他與柳筱閣做對頭，原是吃醋問題；所以借著敲竹槓的名目，想難倒了柳筱閣，令他不敢再渡籃橋，自己好和大福晉重圖舊好。柳筱閣如其知機而退，也不致弄出事來了；偏偏他色心正熾，不肯甘心讓步，老九便不時向柳筱閣索詐，由三百元而五百元，多至一千元，終難填他的慾壑。

其實，老九何嘗需要這點小數目，總而言之，只是要撐走柳筱閣罷咧。後來，老九差不多天天看著柳筱閣借錢了；好在老九是住在王府內的，柳筱閣進出，天天要碰見的，自然避免不了。柳筱閣給他纏得慌了，便對大福晉苦訴，將老九逼迫的情形一一說了；大福晉怒道：「咱們因他是多年的當差，才到今天的地位，倒也很瞧得起他；不料這奴才如此無禮，我叫王爺攆他出去就是了。」

過不上幾天，醇王果然吩咐老九道：「你跟我已多年了，我也不忍令你他去，但大福晉很不滿意你，你就隨我到別墅裏去過幾時罷。」老九不敢違背，祇好唯唯退去，到醇王的別墅中去了。

老九走後，心裏十分忿憤；暗想：「這不是大福晉聽了柳筱閣那廝的鬼計嗎？咱現在捧著不在王府裏當差，還是要和姓柳的見個高下。」

於是，便去糾集了許多當差的同黨，大清早就來醇王府的後門守候；不多一刻，已見柳筱閣大搖大

擺的來了。老九就拿出往日敲竹槓的手段，要向柳筱閣借錢；柳筱閣已知道他不在府中當差，自然不怕他了，二人一句吃緊一句，不免實行武力解決。

老九本想痛打柳筱閣一頓的，祇要柳筱閣動手，便一聲暗號，當差的一擁上前，都往柳筱閣打來；誰知柳筱閣是唱武生的，臂力很是不小，一瞧眾人手多，即刻放出本領，施展一個解數，退到了空地上，顯出打慣出手的武技，把眾當差的打的落花流水。老九的左臂也被柳筱閣打折了。

一場武劇做完，老九領了眾人四散逃走；柳筱閣依然大踏步進王府去了。但老九吃了這一場大虧，如何肯了結呢？自思勢力又不及他，打又打他不過；這樣就不圖報復了嗎？他想了一會，祇有把柳筱閣的事去報給醇王知道。

可是，醇王曉得大福晉和他不對，若是直說，定要疑心他有意攛掇；倘醇王回邸去一問，被大福晉花言巧語，輕輕的把這事瞞了過去，打虎不著，反要喪身哩。所以那報仇的計策，只有等柳筱閣等不防備，突如其來的進去，看他們遁到哪裏去？老九主意打定，便靜候著機會。

一天，醇王朝罷，正向載振邸中走去，老九故意氣急敗壞的趕過醇王的輿前；醇王瞧見，在輿中問道：「老九！急急的往哪裏去？」

第九十八回　末代皇帝

三一五

老九假做吃驚的樣兒，很遲疑的答道：「奴才在別墅中，不是王爺來召喚過的麼？」

醇王詫異道：「咱幾時著人召你的？」

老九說道：「剛才有一個小內監來說，王爺今天請客，是專程款待柳筱閣的；此刻命奴才到聚豐樓，去喚一席頭等酒席哩。」

醇王聽了怒道：「咱何嘗請什麼客？就是請客，也決不會請一個下流戲皮子；你不要胡說罷。」

老九正色說道：「奴才也在那裏疑惑，王爺怎請起戲子來呢？真是笑話了！但喚酒席，是小太監說的，奴才聽得是王爺的命令，不敢怠慢，因此急急地跑去，聽說立刻等著要吃咧；王爺既不曾有這一回事，那又是誰說的呢？斷不會無事生風的罷。」

原來，老九已打聽得柳筱閣在醇王府中，正和大福晉飲酒，是以敢捏造出無中生有的事來；當下，醇王給老九一言提醒，不覺頓了一頓，心裏著實有些狐疑起來；因為平日對於柳筱閣的行為，也有點聽在耳中。當時西太后在日，柳筱閣出入宮禁，時有不安分的舉動看在眼裏；今天突然觸起他的名兒，自覺有些疑心了。私下忖道：「莫非咱們府中，也有和柳筱閣這廝糾搭的麼？咱聽知這柳姓的戲皮子，專門和王公大臣的內眷們不清不楚，咱們不要也演這齣戲呢！」

醇王想了半晌，也不往載振那裏去了，只叫轎子往自己邸中來；老九見計已行，忙在轎前開路，一面暗令同黨，去把王府的後門鎖住，自己隨著醇王一路回邸。轉眼到了邸門前，照例當差的要齊聲吆喝一下；但因這天預先得著老九的暗示，大家便默不作聲，故在裏面的人，一點也不曾覺察。

大福晉其時正和柳筱閣歡呼對飲，不料醇王會在這個時候回邸，就是偶然早歸，外面全班喝道，府中人早已聽得了；王府裏房屋多大，柳筱閣一個人，何處不好藏躲呢？只消避過了風頭，由使女悄悄地從後門放了出去，可算神不知鬼不覺哩。這樣的做過了幾回，大福晉和柳筱閣的膽子，也一天的大似一天了。這天照常在後園花亭上，放膽飲酒談笑，一點不提防別的。

那個花亭，是醇王在炎暑時憩息之所；亭的裏面，除大小書案之外，古董珍玩不計其數。又有幾樣值錢的寶物，一樣是劍，青魚為鞘，上嵌碧玉，一經啓視，光鑒毛髮；據說此劍一名湛盧，是從前歐陽子所鑄。歐陽子一生，祇鑄得六劍，除了雌雄兩劍，一名巨闕，一名太阿，還有一口，就是這湛盧了。

講到這口劍的好處，吹氣能夠斷髮，殺人不見血，砍金銀銅鐵石壁，好似腐草一般。當時聖祖收服大小金川，醇王的高祖也相隨軍中，一天夜裏，巡營到一個地方，見火光燭天；醇王的高祖恐有埋伏，

忙令小卒前去探視，回說祇有一口枯井，那火光是從井裏出來的。醇王的高祖識得其中有寶物埋著，喝令竭力往井中掘下去；就得到這口寶劍，醇王府中遺傳著下來，當它是件傳家之寶。

此劍風雨之夕，自能嘎無長鳴，佩帶之人，如中途逢著暴客，也能作響報警；倘府中有賊盜凶事發生，劍就會跳出鞘外三寸，吃吃有聲。光緒帝入繼之時，劍曾叫過一次；所以太福晉已知凶多吉少，不肯放光緒帝進宮，就是這個緣故。

還有一樣，是一張瑤琴；這琴是周幽王時，犬戎主所進。琴上綴有古玉金紋，聲音異常嘹亮。當月白風清，名手鼓起琴來，悠揚之聲可聞數里，真有空山猿嘯、天際鶴舞之概。醇王把一琴一劍，視做第二生命一樣，輕易不肯供人玩視的。

王府之中，以前有一個侍姬能操此琴。大福晉很愛這琴，因請那侍姬指點學琴；後來，大福晉才學得一半，那侍姬已然死了，是以醇王見物思人，益發珍視那張琴了。現在除了大福晉能奏幾曲之外，無人能彈這琴了。

這天，柳筱閣和大福晉在花亭上對飲；柳筱閣忽然指著那張琴，笑對大福晉說道：「福晉能操這琴的麼？」

大福晉笑答道：「咱曾叫府中的侍姬教過，但沒有學得好，那侍姬便死了；直到如今，不去弄它咧。」

柳筱閣笑道：「我知道福晉很好這個，今日倒還有興，請福晉彈一下子，也使我清一清濁耳如何？」

大福晉笑道：「咱這點拙藝是很見笑的，不必彈罷。」

柳筱閣一定不依，逼著大福晉彈一曲；大福晉不好過於推卻，便一面笑，一面把那口琴去取來，拍去琴上的塵埃，先和一和工商，亮了一亮絃子，然後端端正正的坐下去，輕舒纖指，彈起琴來。首段彈了一曲平沙落雁，二段是劉備嘆露，三段是風送松聲，四段是景陽開泰；福晉彈到這裏，把琴聲突然止住，笑問柳筱閣道：「如何，不是很見笑嗎？」

列位！須知琴這樣東西，原有七忌七不彈的規則；在規例上，第一個就是：不遇知音不彈。俗諺不是有句「對牛彈琴」的話嗎，彈琴給牛聽，明明是說聽的人不懂甚麼，簡直和牛差不多的一句俗話啊。

柳筱閣是個伶人，相處的都是下流社會，他懂得什麼琴不琴呢？儌倖給他唱戲唱紅了，西太后召他進宮，居然也出入宮禁；自大福晉和他結識，常常在花亭上飲酒，才得瞧見這種風雅東西。

不是取笑他，在平時，柳筱閣連彈琴是什麼樣兒的，怕也弄不明白哩；此刻大福晉彈了半天，柳筱閣全不懂得，祇覺叮叮咚咚罷了。大福晉問他，他也只有瞎讚了幾句；便胡亂說道：「這琴聲似乎還欠熱鬧一些。」

大福晉笑道：「要熱鬧嗎？咱就彈一段赤壁鏖兵罷。」說著，又和起絃來；指彈手挑，直彈得刀槍震耳，金鼓齊鳴。側耳細聽，真有金戈鐵馬之聲，確是彈得好琴。大福晉彈畢，對柳筱閣一笑，柳筱閣實在苦於不識，又瞎讚了幾句。

他忽然想起戲台上，鑼鼓有什麼十面埋伏的敲發，不知琴中有這個調嗎？想了一想，就開口問大福晉道：「這琴裏，也可以說什麼十面埋伏麼？」說了一句，把兩眼一攢，做了一個鬼臉，似乎怕大福晉笑他外行似的。

大福晉見問，點頭笑道：「調門是有的，祇不過很不容易彈得好，咱還不曾習得精明哩。」大福晉說這話，是因柳筱閣講得出調名，疑他也研究過的，恐自己班門弄斧，貽笑大方呢。

其實，柳筱閣哪裏是懂這工商角徵羽的玩意兒，可憐！他不過是從演九敗章邯中，楚霸王出台趙馬的時候，鑼鼓打十面埋伏的調門，所以他這時亂猜一下，預備猜錯時，給大福晉一笑而已；哪知恰被他

猜著，大福晉還當他是內家啦。

但是，若沒有這一猜，也不至於弄出事來了。其時，柳筱閣已猜中了，自然要充內行到底，逼著大福晉再彈一曲「十面埋伏」；大福晉更不推讓，就重整絃索，再和工商，彈起那「十面埋伏」的亂聲十八拍來。

柳筱閣雖是一竅不通，也覺得十分熱鬧；祇見大福晉手忙得碌亂，顧了彈又顧拍，撥挑按捺，十指齊施。悠揚處如泣如訴，剛勁處如虎嘯龍吟；可惜彈給柳筱閣這不識貨的聽，委屈了大福晉的好琴了。因大福晉的琴技，在北京很有名望，休說是滿族中算得能手；就是我們漢人中，也未必有勝於她的呢。偏偏這木偶式的柳筱閣，倒有這樣的耳福，倘然把當時的琴聲，用收音機收著，收到如今，不是成了絕響嗎？

大福晉似這般的彈得珠汗盈頭，柳筱閣也依然是木不通風，全不知道好壞；真可算得是「鮮花栽糞土，脂粉餧無鹽了。」大福晉正彈得起勁，卻有一位知音客從外面來了。這知音客是誰呢？自不消說得，便是那位醇王爺了。

原來醇王聽了老九的一篇鬼話，心裏疑惑起來，也不到別處去，竟同了老九，一直回轉王府來；那

些王府中的當差，預得老九的知照，也一聲不響地接了王爺進去，祇依例上前請了一個安便退去，在一邊瞧他們演活劇。

當下，醇王走進邸中，平日總是先到內書房，看些各處來的公文請單，及外吏內臣送給他的許多禮物單；一樣樣的過了目，然後到上房和大福晉談些閒話，在福晉房中用了點心，才出來再理公事。這個時間，大約已是下午三時多了；因醇王從朝裏回來，總在這個時候了，那時柳筱閣已去，萬萬不會撞見的啦。

習慣成自然，應是萬無一失的了；豈知今天醇王回來的特別早，逾了往時的定例，大福晉是做夢也不防的。她不曉得，還有一個冤家的老九，正在那裏攛掇著是非呢！

這天醇王有老九領了路，也不照例到書房，卻一直轉入後堂，往著園中來了；但此時如無老九作倀醇王，就逾了時刻早歸，他必定也先到書房，邸中侍女瞧見了，忙去通知大福晉，打發柳筱閣溜走，還正來得及哩。現被老九一作梗，醇王也忘了所以，便一往直前的走到花園裏去咧。

當醇王踏進後堂，已聽得琴聲嘹亮，知是大福晉彈的，因府中無第二人會這玩意的啊。醇王剛待跨入園門，老九就止住了步，不走了；醇王見老九退立一旁，心裏愈不安耽了，想其中定有緣故，那疑雲

更陣陣上來啦。這許多地方，正是老九的奸刁處；他似這般一做作，明明是提醒醇王，叫他注意的意思。

在這當兒，一個侍兒手中提了一把酒壺，從花園中出來；一見醇王，慌得倒縮回去。醇王見這侍兒鬼鬼祟祟的樣子，更令他增添疑思了；於是就喝住那侍兒，不許她回轉，自己便順了琴聲走來。

醇王在自己邸中一望已明白，知道大福晉是在花亭上彈琴，所以也向花亭而來，走到亭畔，聽得琴韻悠揚，不由得喝一聲采！這個采聲，把亭上的琴聲立時打斷，大福晉聽見是醇王的聲音，早吃了一驚！慌忙將琴一推，待探首出來望時，醇王已走上了花亭，瞧見柳筱閣坐在那裏，大福晉呆立在窗邊，兩眼直望著自己發怔；不覺大道：「反了，反了！真會有這件事的嗎？」

柳筱閣一見是醇王，也不免嚇了一跳；他一時情急智生，待那醇王立在亭門口時，便忽地直立起來，衝到醇王面前，趁他不曾提防，只飛起一腿，把醇王直踢下亭去，自己就拔步，一溜煙的逃出花園去了。這也是柳筱閣淫罪未盈，不該絕命；老九怕做大福晉的冤家，中途見大功告成，便退到外面去了。

但一個王府之中，難不成沒有一個當差的跟隨嗎？因花園是醇王內府，遊玩的都是眷屬；當差的不

奉召喚，不能進入後堂的，何況是到花園裏來了。那老九到園門退下，也是這個意思。醇王給柳筱閣踢了一個斛斗，已然頭暈磕銑，哪裏還能叫喊呢？不然，祇要他一聲高呼，柳筱閣就是生了翅膀，也飛不出這個王府啊。

那管園門的見柳筱閣很急促的跑出來，本要攔住他的；後想，他是大福晉的紅人，雖有老九的命令，叫他將園門守住，卻不曾吩咐他捕人。況老九的勢力，到底不能和大福晉比較，自己做個管門人，敢與大福晉作對嗎？想到這裏，便任那柳筱閣出去了。

醇王跌在地上，由大福晉扶他起來，一面替他拍著塵埃，一面淚汪汪的跪在地上認罪；醇王起初是怒氣勃勃，恨不得把劍拔出來，拿大福晉一砍兩段。繼又想，自己是個攝政王，這事如聲張出來，反於名譽有關，滿朝文武得知，必看輕了自己；且與大福晉多年夫婦，也有些不忍。她終不好，現在兒子溥儀做著皇帝，說不定存著太后希望呢；倘一經揭穿出來，也須累及兒子。醇王想到這裏，氣早平了下去；祇長嘆一聲，吩咐大福晉，下次不准再與柳筱閣往來，否則須小心腦袋。大福晉含淚應允，且按下了。

再說那革命黨幾番起事不成，倒犧牲許多生命，如何肯甘心呢？這次卻暗中運動了軍隊，在武昌起

義了；風聲所播，各地都響應。清廷聽得消息，頓時手足無措，平時又沒防備，萬不能和民軍打仗；因此，溥儀祇好讓位。

第九十八回　末代皇帝

三二五

第九十九回　孫文引退

那革命黨幾次鬧事，幾乎把清政府鬧翻，總算有的覺察得早，趁他們勢燄未成的時候，興兵撲滅；但其中的潛勢力，依然不住的膨脹開來，不多幾年，便已漸漸成熟了。到了宣統三年時，攝政王載澧要想把鐵路收歸國有；在這個上頭，很引起了人民的反對。革命黨首領孫文、黃興等，趁舉國沸騰之時，便在武昌舉白旗起義。

協統黎元洪聽得軍心已變，槍炮聲不絕於耳，嚇得鑽在床下，一句話也說不出來。外面兵丁將衙署圍住，逼著黎元洪承認都督，黎越恐慌了。這時，黎元洪的二夫人危氏，倒很有見識；她見大勢已在急迫，若不承認，即刻有性命之危，當下代傳令出去，道：「都督已承認哩，你們快去分頭進行。」這令一出，眾人齊呼萬歲，就去攻打督撫的衙門去了。

那鄂州革命成功的消息，紛傳開去，各省都響應起來；這一下子，把個清政府慌了手腳，平時本已

勉強支持殘局，一旦有事，簡直無法措置了。其時，清廷的大臣如世續、瞿鴻機、盛杏蓀輩，都是奉命謹飭，而不能做事的人；清廷萬分不得已，只好把去職的袁世凱重行起用，著他帶兵去拒民軍。

講到袁世凱的為人，足智多謀、胸負大志；他原是項城人，是個監生出身，仗著他老師李鴻章的引挈，也做過朝鮮委員。當袁世凱幼年的時候，他的老子袁甲三，本在李鴻章的幕府；袁世凱謁見李鴻章，還在髫齡時期。李鴻章見他一舉一動，便嘆謂幕友們道：「此子功名富貴，將來遠在老夫之上，你們不要輕視他。」所以袁世凱在李鴻章的幕下，足足守了十二個年頭。

一天，有一個僕人和廚役吃醋爭風，二人便私鬥起來；廚役持刀追殺僕人，那僕人無處躲避，跑到李鴻章的書房裏來，廚役也緊緊地追趕著。李鴻章正在看書，袁世凱侍立在一旁；這僕人逃進來時，李鴻章祇做不曾看見一般，廚役追到了書房，竟把僕人拖了出去，用刀將他砍死。

事後，有人問袁世凱道：「李老帥的不管閒事，是他平素的脾氣；你在旁邊，為什麼也見死不救呢？」

袁世凱笑答道：「你們見廚役持刀殺人麼？那末，僕人一樣有兩隻手的，何不拿手對抗他呢？他卻任人砍死，連手也不回一下，顯見得那僕人是個極無膽量和毅力的人。這種沒用的東西，留在世上做贅

疣，不如任他去死了的好。李老帥不去喝止救援他，也是這個意思，我何必去保護這無用人呢？」

袁世凱這一番話，便有人傳與李鴻章了；李鴻章拈鬚笑道：「孺子真知我心也！」因此，把袁世凱漸漸的重用起來；不上幾年，就做了駐朝鮮的委員了。

原來李鴻章的遇人，好獎勇摒弱，對於部下的私鬥，誰人膽小吃虧來訴苦時，反受責訴，說他沒用咧，而勝了的人轉得蒙賞。是以李氏部屬，每逢到戰鬥，無不勇往直前，沒有退後的，就是這個道理。

至於袁世凱呢，也是清代歷史上的重要人物，故此不得不細述一遍啦。

袁氏自朝鮮卸職回來，便受知於榮祿，令他為小站練兵督辦。袁世凱在這時，趁間培植他自己的勢力，收了些有本領的將領；那陸軍四傑如馮國璋、段祺瑞、王士珍、張惠芝等，一時是很有名的。

戊戌政變，拳亂鬧事，袁世凱已做了山東巡撫；辛丑回鑾，薦任直隸總督。光緒末年，兩宮賓天，溥儀入繼；醇王載灃攝政，把袁世凱免職閒居。但袁世凱雖然在家閒散著，他常常對家人說：「清廷不識人，現將我去職；我知他們不久就要起用我的哩。」

及至革命在武昌起義，時在宣統的辛亥年；袁世凱在家聽得這個消息，便跳了起來道：「我的出山時期到了，你們快把我應用的衣物，一齊收拾好了罷。」

家人還都笑他是空想咧,不料到了第三天時,清廷果然下旨召袁世凱進見;訓勉了幾句,加了他官爵,把全國的兵權都歸袁世凱指揮。袁世凱是何等角色,一見時機已至,故意搭起架子,遲遲不肯進兵;又經清廷下了特命,將袁世凱當作洪楊時的曾左看待,滿心盼望他支住殘局,拿失地恢復過來。

袁世凱一得大權,一面暗中佈置局面;一面派馮國璋出兵,和民軍開戰。馮氏在當時,手下的鎮兵也很有善戰之名,他和民軍交綏,民軍究屬未經訓練的多,因是給馮國璋殺得大敗。可是,這時的民軍勢力已成,各地紛紛響應,祇仗馮氏一旅之師,也休想成功,不過令兵民多流些血而已。況且,孫文已在金陵被選為臨時大總統了;天下民意均歸向共和,單靠袁世凱一人,也是獨木難支。

袁世凱察風觀色,也知自己用強是不行的了,於是就按兵不動,靜待時機。革民黨一方面呢?以袁氏擁有重兵,也不能不有所顧忌;這樣的兩下一逼,你礙著我,我畏著你,不是成了僵局嗎?結果,終至於雙方講和了。

這時,清廷的攝政王載灃當夜進宮,去見隆裕太后。即由宮中召集瑾太妃和滿族親王大臣,載振、載洵、世續、陸潤庠、太傅等,開了一個御前大會議,以為袁世凱擁兵不進,各省皆舉白旗,端午橋輩且以身殉,張彪夜遁徐州;張勳退出南京;清朝的大勢已去,就是強做,也得不到什麼便宜。各地旗人

又遭民兵殺戮，報復進關時的仇恨！

一朝兵敗將亡，滿族很是危險；所以，決定和民軍講和，由清廷下詔遜位。當下就規定了清室優待條件，一例不加殺戮，並由民國政府正式成立，每年賜給清室優待費三百萬元；這樣一來，清代役使漢民至此告終。

自吳三桂迎清兵入關，多爾袞定都燕京，以攝政王開基入主中國；到現在，也以攝政王終，其傳十主，凡二百六十八年。還有在入主中原之前，在滿洲稱帝時，共傳三主，所以稱滿清十三朝，就是這個緣故。

這且按下，再說清廷既已遜位，孫文見大事成功，便引身而退，把個總統的大位讓給了袁世凱做了。講到袁世凱，確是民國的第一個雄才；他在第二任國會選舉，連任了總統，黎元洪任了副總統。民國開始到如今，正副總統齊齊產生，政府裏一點也不曾殘缺，真是整整齊齊，祇有袁世凱做大總統時有這種現象；民國在這時，很有些太平的氣概。

當袁世凱掌權的時候，於清代的舊將也都引用；如張惠芝、張勳、倪嗣沖輩，一樣授著要職。張勳坐督徐州，野心勃勃，時時轉著復辟的念頭；祇因懼怕袁世凱，不敢發動罷了。所以人家說袁世凱倒有

第九十九回　孫文引退

三三七

用人之量，能壓制部下，不敢遽明異志，這就是他的才能咧。可惜他一時也鬼迷心竅，受了什麼八君子的迷惑，也想恢復帝制，做起皇帝來了；於是仗著他的威權，便籌備起帝制來，改民國為洪憲元年，自己備了冕冠龍服，以便祭天。

其時，蔡鍔和唐繼堯口上贊成帝制，暗中劇力反對；蔡鍔被袁世凱監視著，就改裝出京，到了雲南，立時宣佈獨立。各省的督軍見民氣傾向共和，也紛然獨立起來了。袁世凱得到這個消息，這一氣非同小可，幾乎昏了過去；又兼他老病再發，如何受得住呢？因之不多幾天，便一命嗚呼了！

一世之雄也，如今安在呢？一個人到袁世凱那種地步，也並非容易的；誰知因誤於小人，弄到身敗名裂，正和西太后相信義和拳一樣。一念之差，失足已成千古恨了！

袁世凱既死，自然由副總統黎元洪扶正，做了民國的大總統，推翻了袁氏的帝制，再建起共和旗幟來。但黎氏的為人，是樸誠少謀、臨危無斷的人；那些野心家如張勳等輩，如何把他放在眼裏呢？袁世凱死後，這班人去了一個壓制的人，登時如釋重負，就在徐州密議，實行他們復辟的陰謀。

這時，那自號保皇黨的康有為、梁啟超輩，也開始活動；暗裏和張勳結合，準備推倒共和，請溥儀出台，重復清朝的舊制。一時贊成這個議論的督軍以及在野名流，如徐世昌、金梁、世續、琦善、李梅

菴、瞿鴻機等，倒也很不乏人。

清室在此時受著民國的優待，猶心不知足，欲萌違天之行，可算是自不量力；然一半也因被群小包圍，不由自主，一半是民國人民當在議和之際，大覺疏忽，不曾將帝號廢去，把帝孽趕走出宮，仍讓他關門做小皇帝，才弄出這種鬼把戲來。

在這當兒，清廷的隆裕太后已死；她臨死的時候，世續在病塌前待命，隆裕太后垂淚道：「咱們如今好算得是寡母孤兒了，先帝早薨，留此子餘之身，目睹國亡家破，能心不慘傷嗎？祖宗創業維艱，卻不道輕送在咱們孤兒寡母之手，不是千古憾事麼？咱們不自修政，貽誤大事，坐失江山，何顏去對祖宗與先帝哩！但事到如今，說也無益。」說畢，命召小德張；內監回報，小德張已在兩日前不知去向了。

隆裕后聽了，不由得一聲長嘆道：「小人無良，一至於此，咱自己盲目，差用了人，夫復何說！」

世續在旁奏道：「請太后下諭，令警廳緝捕就是了。」

隆裕后搖手答道：「今日不比從前，國亡勢失，誰來聽你們的使喚。即民國官吏能額外盡力，也徒遣口舌於人，這又何苦來呢。罷，罷！造化了這奴才罷！」

世續在側，一語不發；因為自溥儀遜位後，瑾妃以太妃資格大權獨攬，一味的收拾人心；宮中嬪妃

宮人內監們，都服從瑾太妃，而攻訐隆裕太后；正應了光緒帝臨終之言，說瑾妃不致受苦，別人反要受制於她。這話言猶在耳，昔日隆裕后在西太后面前，攛掇瑾妃的壞處，害她吃盡痛苦；不料今日，隆裕后轉爲瑾妃所制，天理報應，可謂不爽。而人的厄運，也有變泰之時；所謂「說不到底，做人看不煞」咧。

隆裕后因人心背向，宮中大半和她不睦，背後更多怨謗之言；是以鬱鬱不歡，終至一病奄奄；垂危之頃，除世續、琦善兩人外，只有宮人一名、內監兩名侍候在側而已。那種悽涼慘澹的情形，比光緒皇上死時，愈覺得可憐！

當溥儀來視疾時，隆裕后尚能說話，便顧著和溥儀說道：「咱們國已亡了，回想昔日繁華，今日如夢；現宮廷荒淒涼清，我的魂靈，不知到什麼地方去，才是安頓之所呢？你生在帝王之家，稚年繼統，一點事也不曾有爲，已經是國亡家破母死；這樣可悲可痛的境地，你雖過著了，卻是不懂得什麼苦處，將來你自有知曉的一日。咱現今要和你分別了，我死之後，無論把我拋在深溝孤井，悉聽你的處置，我也顧不了許多啦。」

隆裕后說完，淚隨聲落，一班內監宮人也都痛哭起來，世續大泣不可抑；這樣的過了一刻，只聽得

隆裕后大聲道：「早知今日，悔不當初。」說了這兩句，身子往裏一翻，雙足一挺，就追隨光緒帝和西

太后去了。這且不在話下。

再說張勳和康有爲等主張復辟，已不是一天兩天的事，密議得已不知幾次了。講到張勳，他在清末

不過是一個總鎮，光復之前，擢他做了提督；他的爲人好色貪淫，是個極不安分之徒。起初弄了個小毛

子做妾，後來在天津看上了女優王克琴，就一半強奪，一半價買，把她弄了過來；小毛子自王克琴進門

便失寵了，是以過不幾時，就跟了一個當差的捲包逃走。張大辮因有了王克琴，也不去追究她了。

這張勳行爲雖如此，卻死忠於清室；身爲民國督軍，他那腦後的豬尾，卻依然不肯割去，是表示不

忘故國之意，所以人家都叫他張大辮兒。他在民國握了兵權，幾次要想復辟，只爲畏懼著袁世凱，不敢

耀武揚威；他那些大辮兵在光復時，被浙江台州兵在南京打得落花流水，此時做了督軍，坐鎮徐州，便

想把以前的勢力慢慢地恢復過來，以便趁機而興。恰巧袁世凱死了，黎元洪繼任；張大辮見黎氏懦弱可

欺，就百般的要挾，黎元洪怕他專橫，真是百依百順。

張大辮以時機不可失，一面私下調兵進京，一面和康有爲等定計，借著三頭會議的名目，自己便乘

專車進京；黎元洪不防他會復辟，還派人歡迎他咧。張勳進京後，連夜同康有爲等，在六國飯店密議，

次日即進謁遜帝溥儀，述明復辟之舉，金梁等便上本勸進。

這件事被瑾太妃聽得，大驚說道：「那不是玩的啊！咱們受民國的優待，在國亡之日，不損一物，不死一人，就這樣的年年拿一筆優待費，大家吃一口安穩飯，也是心滿意足了，還去想什麼復辟不復辟呢；況且天下人民共和已久，民心傾向民國，於我們清室早已置之腦後了。如今一旦舉事，全國駭怪不安，必至弄巧成拙而後已」；瑜太妃也說：「倘若再失敗下來，不但優待費無著，怕有滅族之禍哩。」

瑾太妃說著，瑜太妃也說：「溥儀年輕，不知世故，你們應當教之入那正軌，才是道理。」

瑾妃對太傅世續道：「溥儀孺子不識利害，他們雖然愛之，但這樣一來，反是害他了。請你們三思而行。」

這時，兩太妃終竭力地反對，怎禁得世續等復辟的念頭正熾，想外援有張勳及各督軍，內有康有為、金梁等；大事在舉手之間就可以成功，何必多所疑惑，以至坐失時機呢。於是，由世續、聯芳、梁敦彥、陳寶琛、辜鴻銘輩一班舊臣，預擬草詔，布告天下。

准漢民辮去不究，留辮與否，悉聽自便；授徐世昌為弼德院正院長，康有為副之；張勳授大將軍，陳寶琛、辜鴻銘、瞿鴻機，均加三級為北洋大臣。載洵貝勒以王入值軍機，諸事安妥，由張勳率領大辮

兵，佩手槍，強迫黎元洪下命令，讓位與清室，自願上疏稱臣。奏牘手本，一概擬就，只要黎氏柔而無剛，才被宵小所趁。

就是了。這樣迅雷不及的手段，弄成復辟的怪象，也是民國人民放棄應有監督之權；兼之黎元洪署名

當舉事的一天，瑾太妃堅執不從，說：「與其看清室滅族，不如自己先死；免得無顏去見先帝。」

後來眾臣和內監勸阻，張勳力保無他，瑾太妃終是不聽；大罵：「康有為逆賊誤了先帝，如今又要來弄溥儀入圈套了。他害得清廷內部骨肉離異，心還不足，必要弄得滅族，才有放棄哩。」

瑜太妃也再三的解釋不應復辟的利害關係，然那些喪心病狂的張大辮等，早已把木造成真楦了；其時北京城內，重復龍旗招颭，立時呈出滿清舊時的氣象來。這消息傳到各省，一班督軍也有事前已贊成的，有口裏附和的，有不出口而默許的；也有看風頭做事的，騎著牆看誰勝，就往誰那邊倒，也有幾個反對的。

其時，倒惱了一位在野的偉人；此人是誰？就是清代陸軍三傑之一的段祺瑞了。他在袁氏總統上任，也做過內閣總理，因不順輿情，被人鬨走；他身雖在野，威望尚在，於是便在馬廠誓師，聲討復辟黨張勳。通電全國，馮國璋首先響應，李純等和之，聲勢浩大！當下，段祺瑞率兵進京，把張勳的辮兵

三三七

打得四散奔逃，張勳也躲入荷蘭使館；溥儀由英文教習莊士敦保護，入德國使館。一場好事，又復付之流水了。

這樣的又過了幾年，已是民國十一年了，人民把復辟的事也逐漸忘懷，清室也向國民政府聲明：前次的復辟，完全是出於臣下的主張，的確非出清室主意；民國政府也大度寬容，不加深究。溥儀因得恢復自由，並在這年的冬季實行大婚。

但一個廢帝結婚，又有什麼輕重呢？不知當此文明日進，去古日遠；這種皇帝大婚的禮節，可不復再見了，所以倒也是一種古禮上的紀念，很有紀念的價值。然在溥儀大婚時，很有一般人在輿論上極力反對，說民國時代不興著這樣舉動；其實，他們的婚姻禮節，於政治有何關礙呢？

第一〇〇回　皇朝已矣

這年的陽曆十二月一日，是舊曆的十月十三日：上午一時，為遜帝溥儀的大婚吉期。到了這一天，一班忠心耿耿的舊臣，自然是十二分的忙碌了。當時，在那天的三更時分，即由內監傳命，以鑾輿往迎新人；去的時候，從東華門出去，走北池子景山東街，過地安門，沿途都有軍警保護著。那觀看的人，當然是人山人海，不消說的了。

鑾輿出發之前，有馬巡、保安隊、游緝隊，是開路的前鋒；後面是一大隊京師的憲兵，都騎著高頭大馬，一崭齊的行走著。憲兵過去，便是步兵一大隊，皆全體武裝，由一個軍官率領著，也徐徐的過去；步兵的後頭是武裝警察，是從京師警察總監處派來的。又有一大隊警察廳的軍樂隊，繼之以總統府的軍樂隊；一切的服裝，都很鮮豔華麗。軍樂的後面，就是清室的宗人，都翎頂輝煌、蟒服朝珠；隨著軍樂隊步行。

在這個時候，有一乘由十六人抬著的彩輿，輿夫一例繡服；輿後是黃緞金頂馬車，車上綴纓絡無數，光明耀眼，真是美麗極了！車過，又是幾十個內監分乘駿馬，慢慢地走著，算是儀仗前的頂馬了。

這馬隊之後，是一面銹金龍的大旗，足有三丈大小；旗後是金瓜銀鉞，一對對的排列著，這就是古天子鑾駕中的儀仗了。

後面是大黃羅傘一頂，方繖一對，雉尾扇一對，絳幡兩對，五色金龍麾，翠華幢，黃龍繡旗，黃緞蓋，曲柄五色翠蓋，大紅龍鳳蓋，華蓋，繡金曲柄銀龍旗，五色曲柄龍鳳繖，大黃緞金繡蓋，曲柄鳳麾，諸將儀仗，一對對的走過；便是滿族親王，朝衣三眼翎，冠寶石頂，騎馬執金節，內監數十人，護衛著親王。

後面又有宮監，列成雁行的樣兒，第一對是八角明燈，第二隊是金龍燈，共是八十一對，也排著過去；燈過是提爐的宮監，金爐裏面，香煙飄渺，很顯出嚴肅的氣氛來。提爐內監之後，是宮中細樂，如笙簫管笛，沒有一樣不全的。細樂後是大樂，凡鑼鼓鐃鈸，也無一不有。這樣之後，是步行的王公大臣，專代表親迎的責任；也穿著朝衣翎帽，排班在鑾輿前引導。

這時鑾輿來啦！但見那鑾輿高可一丈餘，上面的頂，是一隻很大的金鳳，四圍珠絡丁東，繡幔四

垂；角上都含流蘇。抬鑾輿的共三十二人，一例穿紅紬繡衣；紅纓帽上拖著黃翎，很整齊的抬著走過。

鑾輿後是執長纓槍的侍衛，騎著駿馬，蟒袍金冠，更見得威武了。侍衛之後，是一班忠清的大臣，也朝靴朝帽，有穿著以前欽賜的黃馬褂的大臣，都跟在鑾輿的後頭。此外是衛戍司令王懷慶，警察總監薛大可，也穿著制服在後壓隊。

這樣的迎著新人，從皇城沿走安定門，過了字街，進東安門，再入東華門；軍警前導，到東華門止住，軍樂依然隨著。鹵簿直到了乾清門外，便停止了；鑾輿直進乾清宮方才停下來。這時，自乾清門到大殿，都用紅緞毯鋪地，殿上燈燭煌燦，自有說不盡的華美。宮門外面，侍衛十六人，都執長纓槍和指揮刀站立門前；；殿旁列著大鐘巨鼓，以及古時帝王祭太廟的樂器，器上盡紮彩綢。

樂工數十人，也穿著繡衣，侍立奏樂；鐘鼓的上一排，就是笙簫管笛等細樂。殿階之下，二人著黃緞衣服，手裏各拿著金編戲鞭一根，樂工的奏樂止樂，悉瞧戲鞭的動作；戲鞭交叉時，就樂聲大作，戲鞭分開時，樂聲便立刻停止，還有戲鞭上合作大樂，下垂則鳴細樂的分別。

又有黃衣黃帽的內監兩人，各執靜鞭一支；靜鞭這個東西，是古時天子上朝或升殿時所用的。舊小說上，不說過的嗎？「靜鞭三下響；文武兩邊排。」就是這意思啊。因天子升殿，一經靜鞭鳴過，無論

什麼人都得肅靜無嘩，連咳嗽也不敢咳一下哩。

中正殿上又放著黃緞的華蓋，這華蓋的起落，是表示天子出殿之意。這個當兒，那黃蓋便張了起來：靜鞭三嗚，內外肅然。其時，贊引官徐喝禮節，階下戲鞭下垂，細樂悠揚齊奏；大禮官引溥儀就位，行敬迎禮，樂聲三奏，戲鞭上台，大樂齊作，溥儀退入。於是，由載洵、載振兩王的福晉，鞠躬而前，贊引官唱新人降輿，大小樂並奏：鞭又嗚，樂聲都止，兩福晉引新人就位，大禮官贊禮，謝敬迎禮。

禮畢，樂聲隨行禮而作，樂止，贊禮官曼唱禮節；贊禮官同了八個內監，都提了明燈和金爐，引新人就位，那面也由大禮官用明燈金爐，引溥儀就位。大禮官唱禮，溥儀夫婦並立，行天地禮，奏樂，樂止，行祖宗禮，仍奏樂，樂止；又由大禮官曼唱行皇婚禮，加冠，大小樂奏三次，冠加畢，大禮官又唱，贊引宮引溥儀夫婦就位，行君臣禮。到了君臣禮行定，才一行夫婦交拜禮；禮畢，溥儀夫婦正位，受大臣大王們的朝賀禮。

這時，滿族親王在第一起，依著三跪九叩首的舊規朝拜過了，就是些親王福晉等，也均由贊引官引導，大禮官贊著禮，一一行禮畢，才令滿漢大臣列班一一朝拜；大臣之後，便是些宮監宮女，也都齊齊

的叩拜。朝禮既畢，由大禮宮喝退班禮，四班宮監六十四人，各掌著明燈，送溥儀夫婦進宮；一路香煙氤氳，氣象嚴肅，似神佛進座似的，踏著緩步，往宮中去了。

婚禮已罷，第二天，是溥儀接見外人的日期；這天上午，禮節也和昨日差不多，靜鞭響處，戲鞭再合，曲蓋傘既舉，溥儀夫婦同陞大殿。這時，溥儀衣黃緞的繡服，嵌金大褂，雀頂金翎，神采奕奕；溥儀夫人也衣黃緞繡袍，頭上戴著緞髻，鳳釵銀鈿，益顯出她的龍鳳之姿來。夫人的後面，是洵、振兩王的福晉侍立在側。

當樂聲齊奏時，外賓分排入賀；溥儀一面微笑著，並操起很純熟的英語說道：「我們今天和諸位同在一堂，非常的榮幸；又承諸位相賀，我也很是感激！願諸位今後，共享安樂的樂處！」說著，便手把酒盞，微微地飲了一口；又和外賓一一握手，各國公使，始興辭而出。

外賓既去，又是些清室忠臣如陳寶琛、梁敦彥、聯芳、世續等，也列著隊，就殿階下叩拜。辜鴻銘因來得遲了，乾清宮侍衛不放他進去，辜鴻銘沒法，便跪在乾清宮門口，叩頭大哭了一場，方才自去；他這舉動，似乎表示自己一片忠忱，不獲知於故主，所以一腔悲憤無可發洩，祇得叩頭大哭了。

溥儀這場婚禮，事前雖不曾通知各處，但事後卻鬨傳遠近，而且有詫為奇觀的；民國的時代，能再

觀這君主結婚盛典，也是歷史上的一種紀念啊。

光陰荏苒，轉眼已是民國十四年了。在十三年的冬天，因為曹錕做著賄選總統，吳佩孚和張作霖在那年戰過一次，張作霖大敗出關，從此便養精銳，一心要報前仇。到了隔年的秋間，盧永祥在浙江發難，和江蘇齊燮元苦戰了兩個多月，張作霖便調兵進關，響應盧氏；吳佩孚也傾全國之兵，同張氏決戰。這個當兒，國民軍首領馮玉祥，因受了吳佩孚的密令，出兵熱綏。

不料，馮玉祥表面上答應了，暗中卻和奉天張作霖通了聲氣；就與國民軍師長胡景翼、岳維峻、孫岳等一班人私下結合好了，但等吳佩孚出京，進兵督戰的時候，馮玉祥便由熱河回軍，圍住北京，囚了曹錕，截斷了吳佩孚的後路。這樣一來，吳氏不得不敗退天津，甚至隻身遠走岳陽，度他兵艦上的生活去了。

馮玉祥既倒戈進京，在這當兒，卻實行起封閉清宮來。他的意思，以為民國成立將十四年了，清宮依然存著，而閉門做他的小皇帝，仍舊亂贈誥命，濫加封典，那不是笑話麼？況現已五族共和，溥儀雖是滿人，也同是中華民國的人民，帝位既除，就是平民，一樣有選舉之權，與漢民同等的待遇；為什麼任他妄作妄為的，在那裏做小皇帝呢？這是應該鏟除的了。

加之清宮裏的器物，都爲人民公有之品，如今專制已沒有了，這些公有物，應得還我們人民；至於清室的私物，自然撿出來，任他們取去。可是清宮裏的什麼珍寶雜物，何只幾十萬件；既要分出公物、私物，勢所必然要大大的檢查一番。這一場舉動，把清室的一班族人，嚇得手足無措了；如世續、琦善等，紛紛四面運動，要想取消封閉清宮的成議。

哪知馮玉祥以迅雷不及掩耳的手段，派旅長鹿鍾麟率領衞隊，迫令把清宮封閉；限日組織清室善後委員會，檢查清宮物件，一面限令清宮嬪妃內監即日遷出，於是清室大起恐慌！別的不講，單說二千餘的太監宮人，一時也沒處安插哩。倘別處去賃房屋，也沒這般寬敞宏大啊。

然因國民軍催逼緊急，祇得由世續先把外府的太監五百人，給資遣散；但於倉忙之中，有些內監來不及收拾物事的，空身走了出宮。遣散費每人不滿十元，這班太監既成了殘廢之人，平日又是坐吃不工作慣的，一旦沒的依身，叫他們去幹什麼呢？因此，有百多個太監立在宮門前，掩面痛哭，形狀很是悽慘！那些宮女出去倒可以配夫成家，不比太監們無可容身的困苦咧。

其時，溥儀見國民軍要封閉宮廷，慌得不得了，當由他的英文教習莊士敦，雇了一輛汽車，令溥儀扮作日本裝束，在汽車裏如飛的，往德國公使館去；恰巧德國公使不在館裏，莊士敦又令汽車馳往法國

第一〇〇回　皇朝已矣

三四一

領事館去，法國公使卻拒絕不收。莊士敦不得已，只好到日本領事館裏，又逢著日本領事公出。

溥儀見幾個不討巧，心裏著急了起來；莊士敦又替他設法，再到日本兵營裏。當下由書記官打電話給芳澤公使，芳澤公使便乘車到日本兵營，親自接了溥儀到使館裏，並收拾一個房間，給溥儀居住。芳澤公使，答應保護溥儀的安全；第二天，又把溥儀夫人也接了來同住。那時，世續等一班舊臣，便到日本領事館裏，叩頭給溥儀請安。

過不上幾天，適逢溥儀的生辰，聯芳、梁敦彥、琦善等人，一齊乘了汽車，去給他們的故主拜壽。

溥儀雖爲遜帝，但他若很安分的就住在北京城裏，也不至於惹人注目；偏偏那些故日的臣子上奏疏哩、求封典哩、叩賀哩，弄得烏煙瘴氣。

溥儀不自由、不安起來，一有些風吹草動，就要逃走躲避。其實，他也不過是一個平民，誰去害他？有什麼危險呢？但給這一班舊臣痛哭流涕的一來，反把溥儀身價抬高，依然放出皇帝的場面來啦。

當溥儀到日本使館時，國民政府質問他，爲什麼要逃走呢？清室回答，恐怕有危險！但溥儀遷居，由國民軍衛兵在門外保護，他覺得很不自由，而且起了疑心，所以逃往使館。不過，北京的謠言一天盛似一天，都是不利於溥儀的空言。溥儀身居日本使館，心裏兀是不安；於是和日本領事商量，請他保護

出北京。

芳澤公使允許了，即命日本書記護衛著溥儀，乘了火車出京；一聲汽笛長鳴，故國幼主也隨著這汽笛聲音，風馳電掣般的，直往天津去了。

這裏國民軍迫著清宮遷出；那清室的瑾、瑜兩太妃，死也不肯出去。瑾太妃大哭道：「咱們國亡家破，連一點宮室都留不住麼？我願死在宮中，不出去的了。」

清室族人、王公大臣等，一齊來勸著道：「這是國民政府的命令，現在暫為遷出去，將來仍要進來的。」

瑾太妃怒道：「無論以後怎樣，如今要我出宮，是萬萬不成功的。」瑜太妃也是這樣的說法。

好不容易，經親王們再三的慰勸，總算把瑜太妃轉勸了，但不願意單身出去，必得和瑾太妃同走；這時大家又去勸那瑾太妃，百般的解釋，連騙帶哄，才把瑾太妃也說醒了。當下就擇了一個吉期，準備遷移出宮。清室至此，才算根本鏟除了。後人有詩道：

清末葉，氣數絕，學堂興，革命出，亂命行：革命成，都為海上遊學生，奔走革命，終日

匆匆結同盟。昔日滿人進關時，吳氏倒戈迎豺虎；可憐揚州閉門戮十日，嘉定屠城留慘史！胡族待吾乃如此。幸而宮廷自相亂，樞臣自為計，無能庸才光疆吏。一旦民軍舉事戰鼓鳴，天下漢民皆響應；祇苦兵丁不效力，又慮到處無金城，烽火連天迫京師，四地喊殺難入蜀；滿人驚走相告語，千戈無主徒慟哭！兩雄拚力幾時休，遜位之詔頒九州；嗟夫！得來天下何其易，送卻江山一霎那，留此歷史在腦海，後人秉筆堪書寫。嗟，嗟！

清代自吳三桂迎兵入關，多爾袞定都燕京，到現在計算下來，共是二百六十八年。當清兵所向之地，李闖的軍馬一見紅纓馬褂的清兵軍官，疑是神怪，回身便走，連仗也不持一下，所以多爾袞的兵馬，一點也不費氣力，安然的坐了天下。隨後在滿洲稱帝，時在明朝萬曆的四十四年，清太祖稱帝，建元天命，國號大清，到了明代的天啟七年，滿人大強起來，伐朝鮮，降了他的國王；在這當兒，也是風月史的開端了。

滿清的立國，本來是明朝建州衛長李滿住，從朝鮮移居到興京；滿住死後，清太祖絕了他的部，由

是便一天一天的強盛起來。但他們的宗族原屬北外胡人，於禮教兩字，是完全不懂得的；故此亂倫荒淫

的事，也常常發生，留傳到如今，供給後人多少談話的資料。不見滿人的文字嗎？顯見得他們別有一種體例，和我們漢人，是絕對不相同的；可是，似這般無識少學的種族，為什麼也能立國呢？那是怎樣的吏治，怎樣的民，自然是相安無事了。

至於到我們中國來呢？第一椿是吳三桂賣國，為了輕輕一點愛姬的小事，弄得大動干戈；不勝，去借外兵來援助，拋國家大事於度外，一心祇在陳圓圓一人身上，到了清兵進京坐定天下，吳氏還不曾自悟咧。此及清室大事底定了，這呆呆的吳三桂，勉強博得一個王位。不過滿人對我們漢民，是沒有酬與王爵的，三官算是破天荒哩。但是，防範他的心卻始終不懈；其時三官左右的偵探，差不多不離半步，等得三官兵權削盡，醒了過來，已是來不及哩。

總而言之，滿人的有天下，完全算是天助；以化外之民，居然入帝中國二百六十多年。這二百幾十年中，順治初定國基，一切制度未曾齊備；康熙一朝，要算為最盛的時代。雍正只好列入亂世；乾隆間又復大興了。到了嘉慶手裏，外面似很強盛，內部實已空虛的了；道光繼立，那時衰象已見。咸豐十一年中，直亂了十一年；既遭洪、楊的大亂，又被英法聯軍入京之禍。清代到了這時，已算是一半亡國的了。

同治年間，曾左剿平髮軍，大局暫時支持住了；所以曾、左諸人，算爲清室中興的功臣。光緒入繼大統，政權操在西太后手裏，有威也發不出來；因此，一敗於法兵的攻佔台灣，再敗於日本。義和拳的失計，更是清室的致命傷；連年之中，總是割地求和。滿清的國運，到此已在盡頭了。宣統的兼祧入繼，恰來做亡國的末代皇帝。清代以攝政王興，也是攝政王終；其間的成敗，好像是一定不易的規範啊。

全文完，請續看《大唐二十皇朝》

新滿清十三皇朝（四）清宮遺恨

（原書名：滿清十三皇朝［肆］日落西山）

作者：許嘯天
發行人：陳曉林
出版所：風雲時代出版股份有限公司
地址：10576台北市民生東路五段178號7樓之3
電話：(02) 2756-0949
傳真：(02) 2765-3799
執行主編：朱墨菲
美術設計：吳宗潔
業務總監：張瑋鳳

出版日期：2023年4月 新版一刷
ISBN：978-626-7153-91-8

風雲書網：http://www.eastbooks.com.tw
官方部落格：http://eastbooks.pixnet.net/blog
Facebook：http://www.facebook.com/h7560949
E-mail：h7560949@ms15.hinet.net
劃撥帳號：12043291
戶名：風雲時代出版股份有限公司

風雲發行所：33373桃園市龜山區公西村2鄰復興街304巷96號
電話：(03) 318-1378
傳真：(03) 318-1378
法律顧問：永然法律事務所 李永然律師
　　　　　北辰著作權事務所 蕭雄淋律師

行政院新聞局局版台業字第3595號 營利事業統一編號22759935

定價：380元

版權所有　翻印必究

國家圖書館出版品預行編目資料

新滿清十三皇朝. 四,清宮遺恨 / 許嘯天著. -- 臺北市
：風雲時代出版股份有限公司, 2023.01　面；　公分

ISBN 978-626-7153-91-8（平裝）

857.457　　　　　　　　　　　　　112000125